『용재총화』 소재 소화 연구

『용재총화』 소재 소화 연구

임 명 걸

역락

머리말

그토록 개구쟁이로 소문났던 내가 대학 강단에 선지도 어언 20년이 되어간다. 학생시절에 선생님들을 너무 괴롭혔던 내가 대학을 마치고 학부에 바로 남아 교편을 잡을 줄은 꿈에도 몰랐다. 아마 너도 선생님이 되어 그 죄를 뼈저리게 느끼고 갚으라는 하늘의 뜻이었던 것 같다.

1998년 8월 말, 나는 연변대학교 총장님의 추천으로 한국 강남대학교 대학원 국문과 석사과정에 첫 외국인 유학생으로 입학하게 되었는데, 그때 지도교수를 맡으신 홍순석 교수님께서 "중국에서 온 만큼 한문학 전공으로 공부를 하면 나중에 한중 양국의 한문학 분야에 많은 일들을 할 수 있을 것이다"란 말씀을 듣고 따른 것이 오늘에 나를 결정했던 것이다.

2001년 대학원 졸업을 하고 중국 해양대학교 외국어대학 한국어학과에 전임이 되어 현재까지 강단에서 일하게 되었다. 그 와중에 한국 성균관대학교와도 교류를 갖게 되었고, 학교의 추천으로 보직상태로 성균관대학교 동아시아 학술원 동아시아학과에서 박사학위(한문학 전공)를 마치게 되었다. 나의 박사지도교수를 맡으신 진재교 교수님은 내가 학위를 순조롭게 완성할 수 있도록 학문적 지도뿐만 아니라 생활면에서도 많은 관심과 배려를 해주셨고, 고매한 인격 또한 나의 師

表가 되었다. 선생님들께서 베풀어주신 하해와 같은 은혜는 향후 보다 많은 연구업적을 내고, 훌륭한 제자들을 배출해 내는 것으로 조금이나마 보답하고자 한다. 이 글도 그런 취지에서 시도되었지만 본인의 능력부족으로 인해 오히려 선생님께 누가 되지 않을까 하는 생각에 초조한 마음을 감출 길 없다.

이 글은 『용재총화』에 수록된 소화에 대한 구체적이고 심층적인 연구를 시도하고자 하였다. 특히 『용재총화』의 모든 소화를 대상으로 소화의 성격과 유형을 살피고, 이들 소화가 한국문학사에 어떤 의미를 가지냐에 대해 논의를 하였다.

우선, 『용재총화』에 수록된 소화의 문학사적 의미를 한국소화사에서의 위상과 기타 장르에 미친 영향에서 확인할 수 있다. 우선 한국소화사의 양대 계열은 사대부 일화형(逸話型) 소화와 민담형(民譚型) 소화로 파악된다. 즉 계통론의 관점에서 『용재총화』의 소화는 이 양 계열의 총화를 이룬 저작이라고 할 수 있다. 또한 30%에 달하는 호색담 또한 후대 문헌소화집에 직간접적인 영향을 미치고 있다. 이는 『어면순(禦眠楯)』, 『속어면순(續禦眠楯)』을 통해 확인할 수 있었고, 다양한 외설담에서도 그 관련양상을 살펴 볼 수 있다.

또한 『용재총화』 소재 소화들과 타 장르와의 영향관계도 알 수 있는데, 주로 풍자소설의 측면에서 끼친 영향을 확인할 수 있다. 소화 자체가 소설의 소재로써 수용했을 뿐만 아니라 인물과 구성에 이르는 다양한 방면에서 영향을 끼쳤을 가능성을 진단해 본 것이다. 특히 『용재총화』의 경우 풍자와 해학 등 희극성을 갖춘 소설에 큰 변화 없이 적용되는 양상마저 보여주며, 소화의 소설로의 변모과정을 보여준다는 데서 일정한 서사 문학사적 의의를 갖는다고 할 수 있다.

『용재총화』는 풍부한 내용 속에 산재되어 있어 집중적인 관심을 얻지 못했지만 향후 이방면의 연구가 보다 활발하게 이루어지기를 바란다.

끝으로 이 책을 출판을 적극 도와주신 도서출판 역락의 이대현 사장님과 편집을 맡아주신 이소희 선생님께 깊은 감사를 드린다. 특히 이대현 사장님은 한중 문화교류의 활성화를 위해 앞장서서 많은 실질적인 일들을 하시고, 특히 중국 조선족 학계에 많은 배려와 지원으로 인해 이미 널리 알려져 있다. 이대현 사장님의 헌신적인 노력이 좋은 결실을 맺기를 바라고 도서출판 역락 또한 융성 발전하기를 진심으로 기원한다.

2014. 10.

저자 씀

차 례

Ⅰ. 들어가는 말

조선조에 들어서서 특히 성종대에는 건국 초기의 혼란을 완전히 극복하고 모든 국가의 제도와 문물이 완비되어 정치·경제·사회·문화 등 국정 전반에 걸쳐 굳건한 기반을 구축한 시기였다. 학문을 좋아했던 성종은 중국으로부터 많은 서적을 들여오고 간행사업을 벌렸으며, 홍문관(弘文館)에 많은 학자들을 모이게 하고 이들에 대한 비호(庇護)를 아끼지 않아 문인학자들이 국정에 깊이 참여하고 관찬문헌(官撰文獻)의 편찬을 주관하게 하였다.

이 시기에 국가에서 간행한 서적은 『경국대전(經國大典)』을 비롯해서 『동국통감(東國通鑑)』, 『동문선(東文選)』, 『동국여지승람(東國與地勝覽)』, 『악학궤범(樂學軌範)』 등과 이 밖에 많은 관찬문헌이 찬술(撰述)되었고1) "生活에 餘裕가 생긴 士大夫들의 關心은 他人에 대한 인간적인 關心

---

1) 강재철, 「成宗朝 稗官小說의 隆盛動因研究」, 『漢文學論集』 3輯, 檀國漢文學會, 1985년, 11월.

에 이르기까지 擴大되어 多方面의 該博한 知識이 要求되었다."[2] 그리하여 관료층 문인들이 박학다식을 과시하고 파한(破閑)을 위해 정치일선에서 주고받은 이야기나 견문, 희학적(戱謔的)인 내용을 담은 책을 저술하게 되었다.

『용재총화(慵齋叢話)』는 조선전기 대표적 문인인 허백당(虛白堂) 성현(成俔, 1439~1504)의 저술로 조선전기 필기류(筆記類)[3] 문학의 백미로 꼽힌다. 『용재총화』는 고려 때부터 성종까지의 왕세가, 사대부, 문인화가, 음악가 등의 인물일화를 비롯하여 풍속, 지리, 제도, 음악, 문화, 소화(笑話) 등 사회문화 전반을 다룬 필기류이다. 이 책에는 성현의 어린 시절부터 연산군 5년(1499)까지의 일을 기록하고 있다. 따라서 이 책은 당시 상황, 생활상을 보여주는 자료적 가치뿐만 아니라 당시 문인들의 의식구조, 인생관 및 해학성까지 엿볼 수 있는 흥미로운 자료가 담긴 중요한 문헌이다. 이 책이 처음으로 간행된 것은 중종 20년(1525년)으로, 아들 세창(世昌)이 주선하여 경주에서 간행하였다.

허백당 성현은 당시의 명문거족인 창녕 성씨(成氏)의 집안에서 태어나 건국 이래 사림파(士林派)와 대립되는 관학파(官學派)의 노선을 견지하고 다양한 견해를 표방한 문인으로서 경전만 고집하는 편벽(偏僻)된

---

2) 金東旭, 『國文學史』 서울 一志社, 1976년.
3) 『용재총화』의 성격과 양식에 대해서는 임형택(1984)와 홍순석(1992), 이래종(1994), 신상필(2004) 참조.
사실 이 부류의 갈래 명칭에 여러 가지 학설이 있다. 지난날에는 보통 '小說' 또는 稗官小說이라 불렀고, 그밖에도 稗說, 笑叢, 野錄, 奇談, 劇談, 日記, 漫筆, 漫錄, 隨筆, 雜記, 雜著, 瑣錄, 塞說 … 等等으로 서로 다르게 불리고 있다. 북한에서는 일률로 稗說이라고 부르고 있다. 필자는 기존의 여러 명칭 가운데서 임형택과 이래종의 견해를 따르기로 하여 필기라는 용어를 사용했다.

문인들과는 달리 잡예(雜藝)에도 남다른 관심을 가진 현실성이 뚜렷한 진보적인 관료층이기도 하다.

그는 당시로서는 유래를 살필 수 없는 만큼, 무려 17종에 이르는 방대한 저술을 남겼다. 그의 저술이 다양한 만큼 그에 대한 연구도 다양하게 이루어졌다. 그 중에서도 『용재총화』와 『악학궤범』에 대한 연구에 치중된 편이다.

『용재총화』는 일찍부터 여러 연구자들에 의하여 연구되어 왔다. 수록된 내용이 다양한 만큼 이에 대한 관심 역시 다양하였는데, 그 가운데서도 주요 관심사로 부각된 것은 '소화(笑話)'이다.[4] 『용재총화』에 전하는 50여 편의 '소화'는 그 내용 면에 있어서 점복(占卜)·꿈·지신에 관한 지괴담(志怪譚), 남녀 간의 사랑을 담은 애정담(愛情譚), 그리고 해학담(諧謔譚)으로 구분할 수 있다. 장덕순은 이 가운데서 특히 호색적인 애정담을 『용재총화』의 가장 특징적인 설화라 하였다.[5] 최철은 『용재총화』 전체에서 50여 편의 설화를 추출하고 그 가운데 반수 이상을 담고 있는 권5의 내용에 대하여 "『용재총화』 권5의 내용은 하나의 훌륭한 설화 묶음"이라고 하였다. 그리고 여기에 소재한 이야기들을 조작적이고 허구적인 면이 돋보이는 설화로 지목하였다.[6] 『용재총화』 권5에 호색설화이든 '소화'이든 간에 다른 편에서 볼 수

---

4) 『용재총화』에 관련한 연구는 많으나, 이방면에 국한한 연구로는
　　장덕순 「이조초기의 설화-용재총화에 나타난 호색설화를 중심으로」, 『한국설화 문학연구』, 서울대 출판부, 1971.
　　최 철, 「조선 전기 설화연구」, 『동방학지』 42집, 1984.
　　김태안, 「용재총화연구-골계류산문을 중심으로」, 『논문집』 6집, 안동대, 1984 등이 있을 뿐이다.
5) 장덕순, 『한국문학사』, 동화출판사, 168면.
6) 최철, 앞의 논문.

없는 정도로 지괴적이고 풍자적이며, 허구적인 이야기가 전한다는 사
실은 관심사가 아닐 수 없다.

　이 글이 다시 이들 자료에 관심을 갖는 이유는 '소화'에 대한 기존
의 연구가 설화적 측면에서만 이루어져 왔기 때문이다. 좀 더 시각을
확대시켜 작가의식을 담아낸 필기의 관점으로 『용재총화』에 실린 소
화의 성격을 재음미하고자 한다. 『용재총화』의 전반적인 면을 종합적
으로 검토하기보다는 논의 범위를 '소화'에 국한시켜 새로운 시각에
서 보다 심층적인 연구를 하고자 한다. 필자는 우선 문헌에 소재한
'소화'가 사대부간의 필담이나 민간의 이야기가 문인의 관심을 끌어
기록된 것이라는 기존의 학설을 전반적으로 수긍[7]하면서, 또 다른 가
능성을 함께 제시하려는 것이다. 궁극적으로는 『용재총화』에 소재된
'소화'를 유형별로 분류해 분석하고 여기에 반영된 의식구조 및 문학
사적 의의를 살펴보려고 한다. 그간 선생연구자들의 분류기준에 얽매
여 작품의 표면에 드러난 의미만 살피는 데 그쳤을 뿐 작품에 내재한
성격을 밝히려는 본격적인 연구와 함께 주변 문학양식과의 상관관계
에 주목한 연구는 미흡하다고 여기기 때문이다. 이 점을 감안하여 『용
재총화』 소재 '소화'에 접근해 보기로 한다.

　이 책에서 인용한 『용재총화』의 텍스트는 민족문화문고간행회에서
번역한 국역본 『용재총화』[8]를 사용하고, 대양서적에서 출판한 남만
성(南晩星) 역 『용재총화』[9]를 참고로 한다.

---

7) 신상필(2004A), (2002B).
8) 「용재총화」『대동야승』 Ⅰ, 고전국역총서 49, 민족문화문고간행회, 1985.
9) 『용재총화』, 南晩星 譯, 대양서적, 1973년.

　조선조 전기 사회는 정치·경제적으로는 건국 초기의 혼란을 완전
히 극복하고 모든 제도와 문물이 완비고, 생산력이 발전되어 태평세
대를 맞이하게 된다. 이런 사회적 분위기를 바탕으로 문학 역시 사장
(詞章) 위주에서 경학을 중시하는 과도기로 접어들었다.

　세종조부터 세조, 성종조에 이르기까지 임금들이 모두 학문에 깊은
관심을 가지고 중국으로부터 많은 서적을 수집 간행하였으며, 특히
세조조부터는 잡기류(雜記類)에 깊은 관심과 긍정적 의식을 지니고 있
었으므로 관료층 문인들은 국가적인 안정과 임금의 강력한 비호에 힘
입어 학문에 정진할 수 있었다. 이렇게 학문적 성취를 이룬 사대부문
인들은 학문적 창작에만 제한되지 않고 더 나아가 자기들의 박학다식
을 과시하고자 파한을 위한 필기문학 창작에도 깊은 관심을 가지게
되었다. 그리하여 관료문인들 사이의 주고받은 이야기나 견문, 희학
적인 내용을 담은 필기류들이 많이 창작되었다.

　이러한 필기류는 조선조 관학파의 거두인 서거정(徐居正)을 비롯하
여 15세기 후반의 강희맹, 성임, 성간, 이승소, 성현, 채수 등에 의해
많은 필기류가 편찬, 저술되어 전대에 볼 수 없는 획기적인 발전을
가져왔다.

　성현은 사장파와 경학파가 서로 갈등하던 시대에 홍문관과 예문관
을 동시에 겸한 양관대제학(兩館大提學)에 올라 문형(文衡)을 잡고 뛰어
난 문학적 역량을 발휘한 훈구관료계(勳舊官僚系)의 관료문인이었다.
그의 『용재총화』는 당시 필기류의 백미로 꼽히는 거작으로서 오늘날
까지 많은 학자들의 관심을 모아왔다.

　임형택의 「이조전기(李朝前期)의 사대부 문학」10)을 발표한 이래 그

에 대한 관심이 확대되고 다양한 연구가 시작되었다. 처음에는 자료의 정리 차원에서 영인, 번역하는 과정에 해제를 붙인 것이 최초의 작업이라 할 수 있는데, 구자균, 성악훈, 남만성 선생 등의 업적이 이에 해당한다.

본격적인 연구는 장덕순에 의해서 비롯하였다.11) 오춘택(吳春澤)12)은 성현의 연보적 생애에 깊은 관심을 두고 그의 인간적 사항을 살피고 산문에 반영된 사상을 정리하고 이를 토대로 시작품을 검토하였다.

그 밖에도 김태안(金泰雁),13) 이래종(李來宗),14) 김정수(金正洙),15) 김현룡(金玄龍)16) 등 여러 학자들의 논문이 있는데 그 중에서도 홍순석(洪順錫)17)은 그간의 업적을 바탕으로 보다 깊은 관심을 갖고 『성현문학연구』라는 논저를 통하여 성현의 문학 세계를 이해하기 위한 그의 가문의식과 환경, 생애와 저술에 관련한 전반 사항을 면밀히 살펴 성

---

10) 임형택, 「이조전기의 사대부 문학」, 『한국사』 11권, 국사편찬위원회. 1974년.
11) 장덕순, 「이조초기의 설화연구 - 용재총화에 나타난 호색설화를 중심으로」, 『동아문화연구』, 서울대 동아문화연구소, 1968년.
12) 오춘택, 「허백당 성현 연구」, (고려대 대학원 석사학위논문, 1979년).
13) 김태안, 「성현의 문학론과 시세계」, 『성균관 한문학 연구』, 제9집, (성균관대, 한문학교실, 1982).
_____, 「용재총화연구 - 골계류 산문을 중심으로」, 『논문집』 제6집, (안동대학, 1984)
14) 이래종, 「용재 성현의 문학론」, 『한문학논집』 제5집, (서울 단국한문학회, 1987년).
15) 김정수, 「김종직과 성현의 문학사상 연구」, (인하대학교 교육대학원, 석사학위논문, 1988).
16) 김현룡, 『서거정의 「태평한화골계전」 연구』, 건국대 인문과학논총. 1977.
_____, 「조선초기 설화문학연구」, 성곡논총, 16집, 1985.
_____, 「한국고대풍자소설연구」, 건국대 석사학위논문. 1966.
17) 홍순석, 「용재총화 연구」, 『국어국문학』 98집, (국어국문학회, 1987).
_____, 「성현문학연구」 한국문화사, 1992년.
_____, 「용재총화소재 소화에 대하여」『碧史李佑成先生 정년퇴직기념 국어국문학논총』, 여강출판사. 1990.

현에 대한 연구의 집대성을 이루었다고 할 수 있다.

이처럼 『용재총화』에 관련한 연구는 『용재총화』의 내용이 복잡하고 다양한 만큼 다양한 시각으로 연구되어 왔지만, '소화' 방면에 연구는 상대적으로 깊이 있게 이루어지지 못했다. 이 방면의 논저들은 주로 장덕순(張德順),[18] 최철(崔喆),[19] 김태안,[20] 문다리(文多利),[21] 홍순석[22] 등의 논저가 있는데 장덕순과 최철의 논저는 『용재총화』에 나타나는 소화를 중요시 여겨 문학사적으로 연구의 가치를 높이 부여함으로써 후학들에게 연구의 기초를 마련한 분들이다. 이에 힘입어 김태안은 『용재총화』의 골계류(滑稽類) 산문을 살피고 성현의 의식을 중심으로 다루었고, 문다리 역시 『용재총화』에 소재된 소화에 대한 주제 분석연구를 통해 성현의 의식을 고찰하였다. 또 홍순석은 소화가 당시 유행했던 소학희(笑謔戱)와 깊은 관계가 있다는 것을 증명하여 설화적 측면에만 치우친 연구의 한계를 극복하고 새로운 각도의 연구를 시도하였다.

이 외에 소화에 관한 논문들로는 이석래(李石來),[23] 김문규(金文奎),[24] 성기동(成耆棟),[25] 정용수(鄭容秀),[26] 김근태,[27] 신월균[28] 등이 있다.

---

18) 「이조초기의 설화-용재총화에 나타난 호색설화를 중심으로」, 『한국설화 문학연구』, 서울대 출판부, 1971.
19) 「조선 전기 설화연구」, 『동방학지』 42집, 연세대 국학연구원, 1984.
20) 「용재총화연구-골계류산문을 중심으로」, 『논문집』 6집, 안동대, 1984.
21) 「용재총화 소재 소화의 주제분석 연구」, 상명여대 석사논문, 1989.
22) 「용재총화소재 소화에 대하여」, 『碧史李佑成先生 정년퇴직기념 국어국문학논총』, 여강출판사, 1990.
23) 李石來, 「문헌소재 한문소화 연구」, 『성심어문논집』 7집, 성심여대, 1983.
24) 金文奎, 「조선전기 소화집연구」, 서울대 석사학위논문, 1987.
25) 成耆棟, 「조선조 골계류 작품의 문학적 자리매김」, 『玄山金種塡박사 회갑기념논문집』, 1991.

이상의 선행 업적을 검토해 볼 때 미흡한 점을 아래와 같은 몇 개 방면으로 귀납할 수 있다.

우선, 소화를 연구함에 있어서 설화적인 측면에 치우친 점을 들 수 있다. 홍순석 교수는 「『용재총화』 소재 소화 연구」라는 논문에서 이 점을 지적하고 성현이 많은 소화를 수록한 것은 당시 유행했던 소학 희와 깊은 관계가 있다는 것을 증명하여 이런 한계의 극복 노력은 의미가 있다고 하겠다.

둘째, 소화를 연구함에 있어서 아직까지 용어의 복잡성과 불일치성을 면치 못하고 있다. 그리하여 소화, 골계담, 소담, 해학담, 희극담 등 여러 용어가 혼잡하게 사용된다는 것 또한 사실이다.

셋째, 소화를 연구함에 있어서도 대부분 외설담에 깊은 관심을 보이면서도 본격적인 연구는 미흡하다. 또한 선행연구자들의 분류기준에 얽매여 대체 작품의 표면에 드러난 의미를 살피는 데 그쳤을 뿐 작품에 내재한 성격을 밝히려는 본격적 연구와 함께 주변 문학양식과의 상관관계에 주목한 연구는 미흡하다고 여기기 때문이다. 이 점을 감안하여 『용재총화』에 소재된 소화에 접근해 보기로 한다.

---

26) 鄭容秀, 「역옹패설 소재 소화의 성격고」, 『부산 한문학연구』 6, 부산한문학회. 1991.
27) 「야담・소화의 소설적 변모과정」, 『고소설사의 저문제』, 집문당.
28) 신월균, 「한국 소화의 연구」, 인하대 대학원 석사학위논문, 1981.

Ⅱ. 『용재총화』 소재 '소화'의 분류

이 글에서는 『용재총화』 소재 소화의 본격적인 연구에 앞서 우선, 소화의 개념과 범주를 정하고 유형별 분류를 시도한 다음, 이를 기초로 『용재총화』에서 소화만은 추출하여 유형별 분류를 하여 전반적인 면모를 살피려고 한다.

1. 소화의 개념 및 유형 분류

소화는 현대에 와서 여러 가지 이름을 가지고 나타난다. 즉 골계, 유머, 해학, 익살스러운 말, 재담 등 다양한 용어들이 있는가 하면, 각 용어들이 내포하고 있는 의미 또한 서로 약간의 차이를 보이고 있다.

소화의 개념을 정리하기 위하여 우선 어원적 고찰을 해보기로 한다. 소화에 대한 『중문대사전』의 해석을 보면 ① 웃음을 자아내는 말, ③ 중국 북방에서 민간전설 이야기를 이르는 말 등으로 설명하고 있

다.29)

여기서 우리는 소화는 웃음과 관계가 있고, 또 하나는 민간전설 즉 설화와 관계가 있음을 알 수 있다.

한국 국문학사에서 소화에 대한 관심은 조선초중기 서거정(1420-1488)의 『태평한화골계전(太平閑話滑稽傳)』과 같은 골계류 작품을 집중적으로 다룬 소화집들에 대한 관심으로부터 시작되었는데 그 시기는 1920년대 초부터라고 할 수 있다.

최초로 '소화집'이라는 용어를 사용한 것은 장덕순30)이다. 그후 이경우31)와 박희승32)이 이 용어를 수용하면서부터 '소화집'이라고 하는 용어는 학계에 널리 통용되기 시작했다.

그러나 이렇게 '소화집'이라는 용어가 보편화되기 이전에는 실로 각양각색의 용어가 난무하였는데, 한국 최초의 문학사를 쓴 안자산(安自山)은 서거정의 『태평한화골계전』을 배해(俳諧)를 기록한 책, 곧 '배해집(俳諧集)'이라고 하였으며,33) 한국 최초의 소설사를 쓴 김태준은 『고금소총』을 조선 최초의 외담집(猥談集)이라 하였고,34) 문선규(文璇奎)는 『촌담해이』·『골계전』·『어면순』·『어우야담』·『속어면순』·『명엽지해』 등을 해학담집이라고 하였고,35) 이가원(李家源)은 『태평한

---

29) 「중문대사전」, 中文大辭典 編纂委員會, 臺灣文化大出版部.
30) "太平閑話滑稽傳 : 이는 서거정(1420-1488)이 수집한 순수한 笑話集이다. 村談解頤 : 이는 姜希孟(1424-1483)이 편찬한 笑話集이다. 禦眠楯 : 이는 燕山君 때의 사람인 宋世琳(1429-?)이 撰한 笑話集이다." 張德順, 『한국문학사』, 동화문화사, 1975, 170-172면.
31) 李京雨, "「어우야담」연구", 『국문학연구』 33집, 1976년, 58면.
32) 朴熙乘, "「청구야담」연구", 『국문학연구』 52집, 1981년, 74면.
33) 安自山, 『조선문학사』, 崔元植 譯, 乙酉文化社, 1984, 168면.
34) 金台俊, 『조선소설사』, 學藝社, 1933년, 52면.
35) 문선규, 『한국한문학사』, 정음사, 1961, 234면.

화골계전』을 단편골계집이라고 하였다.36) 또한 이병기(李秉岐)37)와 김
동욱(金東旭)38)은 이러한 것들을 야담이라고 하고, 조동일은 조선전기
의 설화와 골계에 나타난 취향을 기술면서 음담집39)이라고 하였다.40)
이 같은 현상은 이들 소화집이 매우 다양하고 복합적인 성격을 지니
고 있음을 말한다. 이석래도 "漢文笑話集에는 순수한 소화만 있는 것
이 아니라, 滑稽故事를 비롯해서 비현실적인 제재, 동화적 고사, 전설,
漢字漢詩遊戱, 巷閭傳乘 등이 포함되어 있다41)"고 하면서, 한문소화
집 속에는 순수소화 뿐만 아니라 여러 다른 문학양식들도 혼재함을
지적한 바 있다.

　이로부터 우리는 '소화'라는 용어가 '소화집'의 연구에서부터 나타
났고 '배해', '외담', '해학담', '단편골계', '야담', '일화', '음담(패설)',
'골계' 등 다양한 명칭으로 불려왔다는 것을 알 수가 있다. 그 중에서
도 골계란 용어가 소화와 같은 의미로 오늘날까지 흔히 사용되고 있
는데 골계란 말은 일찍 초사(楚辭)에서부터 비롯된다.

　　"장돌제골계(將突梯滑稽)하고 여지여위(如脂如韋)하오면 이결영호(以
　　潔楹乎)이리까(매끄럽고 골계스런 말로 기름처럼 매끄럽고 부드럽게
　　하여 기둥 같은 품행을 닦으려고 하는가)"42)

---

36) 이가원, 『한국한문학사』, 民衆書館, 1961년, 212면.
37) 이병기·백철, 『국문학전사』, 신구문화사, 1963년, 156면.
38) 김동욱, 『국문학사』, 일신사, 1976년, 160면.
39) 조동일, 『한국문학통사』 2, 453-457면.
40) 그 외 이들을 수필, 또는 소설집으로 처리하고 있다.
　　李相翊 外, 『韓國文學新講』, 292면.
　　趙潤濟, 『朝鮮小説史 槪要』, 258면.
41) 이석래, 「문헌소재 한문소화연구」, 80면.
42) "將突梯滑稽 如脂如韋 以潔楹乎", 屈原, (楚辭,-卜居).

여기서 골계란, 지식이 많고 말을 잘하여 남의 시비 판단을 그르치게 함을 의미한다. 돌제(突梯) 역시 매끄러운 진창 속에서 비틀걸음을 짓는 꼴을 의미한다. 그런데 골계의 정의가 완전히 정립된 것은 사마천(司馬遷)의 『사기(史記)』의 「골계열전(滑稽列傳)」에서라고 생각한다. 그렇다면 골계란 말이 동양권에서 사용된 지는 2천년이 훨씬 넘는다. 골계에 대한 사전의 해석을 보면

①의 경우 '지식이 많고 말을 잘하여 남의 시비판단을 그르치게 한다'는 뜻이고

②의 경우는 '술그릇 이름', 즉 변하여 '말이 입에서 술술 잘 나온다'는 뜻이다.

③은 '희롱한다', 즉 '희롱하는 말로써 꾀를 잘 낸다'는 뜻이다.43)

이 세 가지의 해석을 종합하면 '우스운 말을 술술 잘하여 남의 시비판단을 그르치게 한다'라고 요약할 수 있다.

또 일본 평범사(平凡社)에서 펴낸 철학사전44)에서 '골계'에 대한 체계화를 정함으로써 해학이요, 풍자요, 아이로니요, 위트요하며 복잡하게 사용되던 용어들이 모두 골계의 하위개념이었다는 것이 밝혀지고 용어의 혼용도 극복할 수 있게 된다.

---

43) 「중문대사전」, 中文大辭典 編纂委員會, 臺灣文化大出版部, 卷 五.
　　滑稽 : ① 滑亂也, 稽同也. 言辯捷之人 言非若是 說是若非 能亂異同也.
　　　　　② 流酒器也. 出口成章 辭不窮竭 若滑稽之吐酒也.
　　　　　③ 猶俳諧也. 滑稽猶俳諧也 滑取滑利之義也 以其諧語滑利 智計疾出者也.
44) 下中邦彦 편, 철학사전(동경 : 平凡社), 429면.
　　滑稽-객관적 골계
　　　　소박한 골계
　　　　주관적 골계-해학(humour), 아이러니(irony), 풍자(satire), 기지(wit).

이상의 분석을 종합하면 소화와 골계의 공통점은 모두 웃음을 자아
내는 재치 있는 이야기라는 점에서 일치하다. 하지만 골계는 문학장
르로서의 용어보다는 언어학의 수사학적 의미를 다분히 띠고 있다는
느낌이 든다. 즉 소화의 예술적 특징을 가장 적합하게 표현한 것으로
미학적 범주의 용어임에는 틀림이 없다. 하지만 소화라는 용어는 한
국, 중국, 일본 즉 동양 3국에서뿐만 아니라 서양에까지 보편적으로
통용되는 문학용어이다. 그래서 소화가 문학장르로서의 개념으로 보
다 적합하다고 판단되어 소화라는 용어를 사용하는 바이다.

중국에서는 소화를 민간취사(民間趣事), 또는 골계고사(滑稽故事)라고
도 한다. 민간에서 전해 내려온 우습고 익살스러운 이야기라는 뜻이
다.[45] 그 원류는 『맹자(孟子)』에 나오는 '揠苗助長', '月攘一鷄', '齊人
一妻一妾' 등에서 이미 그 독특한 경세의 미소를 자아내게 한다. 『한
비자(韓非子)』의 '矛盾', '鄭人買履'에 이르러서는, 그 풍자와 해학이
보는 사람의 가슴을 서늘하게 할 정도이다. 김금자도 이런 중국의 소
화이론의 영향 아래 민간소화라고 보고 "민간소화는 '우스운 이야기'
혹은 '재담'이라고 부른다. 민간소화는 민담에서 파생된 설화형식의
일종으로서 자기의 독특한 예술적 특징으로 하여 하나의 독자적인 장
르로 구분되었다."[46]고 지적하였다.

이는 소화가 비록 민담과 유사한 점이 있다고 하나 문학장르의 하
나로서 자기 고유의 특성과 범주가 있다는 것을 말해준다. 그렇다면
소화가 아무리 단편적이고 순간적인 것이라 하더라도 그것이 엄연한

---

45) 『중국설화』, 조일문, 건국대학교출판사 1995년 4월.
46) 『한국민간문학개설』, 김선풍, 김금자, 국학자료원, 1992년 8월.

장르인 이상, 그것에 대한 보다 체계적인 정의가 내려져야 하며 그 상위장르와의 관계, 그리고 인접 장르와의 상호관계도 아울러 규명되어야 할 것이다.

우선, 소화와 민담의 구별점을 지적하자면 민담을 신화, 전설과 함께 '설화'의 한 하위장르로 파악한다면 소화는 당연히 민담에 포함시켜야 된다. 그러나 민담에 대한 포괄적 규정이 소화를 완전히 감싸지 못한다. 이것은 민담과 소화가 여러모로 부동점이 있다는 것을 말해준다. 그들의 구별점을 간단히 표로 정리하면 다음과 같다.

항목	민담	소화
주인공의 능력	일상적인 능력	평균이하
서술자의 태도	주인공에 대해 관심을 집중한다. 주인공이 타인과 부딪혀 난관에 봉착할 때도 결국은 그것을 극복하고 승리자가 된다.	주인공에 대해 애착을 갖지 않는다. 주인공과 대비되는 상대인물의 편을 든다. 주인공은 조롱의 대상, 봉변의 대상, 패배의 대상이 된다.
서술의 시각	단순한 어른이나 어린이의 눈으로 세상을 볼 경우가 많다. 내용은 유치하고 세상의 실정과는 다소 거리가 있음(비현실적)	성숙한 어른의 시각. 어른 세계의 소재(성과 관련된 내용, 독특하고 재치 있는 말의 구사 등).
내용	기적이 많이 동반되는 이야기	현실을 다루고 웃음을 자아는 것
주인공의 성격	전형인물	주인공이 개성적이고 구체적이다
목적	권선징악의 교훈성이 짙다	교훈성보다는 웃음이 우선
형성시기	신화시대가 끝날 무렵인 이른 시기	고려말 조선초(필기류 소화)
미래의 추세	이미 쇠퇴기에 처함	계속적으로 전승, 창작, 발전.

표에서 보이는 바와 같이 민담과 소화는 필자가 정한 8가지 면에서

모두 부동한 점을 보인다고 할 수 있다.

　다음은 일화와의 구분이다. 소화와 일화는 얼핏 보기에는 잘 구분
되지 않는다. 하지만 무엇보다 소화는 과장되고 꾸며진 것인데 비해
일화는 있었던 그대로가 제시된 것이라는 점에서 구분된다.[47]

　서술자의 태도 면에서도 소화와 일화는 구분되는데, 소화의 서술자
가 기본적으로 주동인물을 희화화하는 서술태도를 취하는 데 비해,
일화 서술자는 설사 심각한 자세로 그 인물을 묘사하지는 않는다 하
더라도 일관된 희화화의 태도를 취하지는 않는다. 즉, 일화 서술자는
적어도 기존 사회의 성립과 지속을 전제로 하기에 그 사회체제가 유
지될 정도의 진지함을 주동인물에 대해 가지는 것이다. 그것은 기존
체제에 대한 서술자의 보수적 입장을 나타낸 것이기도 하다.

　일화가 사건이나 인물이 독특한 인상을 주는 것이 일화형성의 필수
조건이기는 하나 그렇다고 하여 그런 인상을 만들어내기 위하여 지나
치게 과장하거나 꾸미면 일화의 범위를 넘어서 버린다. 일화의 일탈
성은 우연하게 이루어져야 하지 고의적으로 조장되어서는 안 된다는
뜻이다. 일탈이 고의적으로 이루어졌을 때, 그것은 소화에 가깝게 된
다. 즉 일화는 어디까지나 사실성의 테두리를 벗어나면 안 된다. 물론
평민일화의 많은 경우는 그러한 역사적 검증이 불가능하다. 그리고
때로는 사실성의 범위를 훨씬 벗어날 때도 있다. 그렇지만 그러한 비

---

47) 이 분기를 우언의 전통과 관련시켜 생각해볼 수도 있다. 寓言은 가장 오랜 전통을 가
　진 정통한문 장르이다. 그것은 교술적 성격과 서사적 성격을 동시에 가진다. 그런데
　그것은 강한 교훈성, 사상성을 내포한 것인 바, 후대로 내려오면서 교훈성, 사상성이
　옅어지면서 그것을 효과적으로 나타내기 위해 동원된 소재쪽이 더 부각되는 경향이
　생겨난다. 이때 ①역사지향, ②허구지향, ③현실지향의 세 노선이 설정되었는바 ①은
　야사로 ②는 소화로 ③은 일화로 연결되었다는 추정이 가능하다.

역사성과 비사실성은 평민일화의 전형적 속성이 아니다. 평민일화 역시 역사성과 사실성을 원칙적으로 지향하고 있는바, 그 틈으로 그러한 지향과 어긋나는 요소들이 자연스레 스며든 것이라고 볼 수 있다. 그것은 평민들의 일상적 삶 자체가 워낙 다양하고 불안정한 것이어서, 그 삶의 실상이 주체의 합리적 통제권에서 벗어나는 경우가 많기 때문에 초래된 현상인 것이다.

이상의 여러 가지 설을 종합해 보면 소화에 대한 개념은 다양하게 정리되고 있으나 우선 그 효과나 감상의 수준에서 말하면 웃음을 자아내는 이야기라고 할 수 있고 내용의 수준으로 보면, 우스운 것에 관환 이야기라고 할 수 있고, 형식수준에서 본다면 골계를 발생시키고 있는 호흡이 짧고 주제집약적인 이야기라고 할 수 있다.

소화는 개념부터 다양하게 정리된 것처럼 분류(상위분류 및 하위분류) 또한 다양하게 이루어졌다. 하지만 소화의 분류는 그의 상위분류인 설화분류에서부터 나타나기 시작했고 특히 민담의 분류로부터 본격적인 연구가 시작했다. 민담은 종래의 옛말, 옛이야기,[48] 고담(古談)으로도 불리어졌으며, 일본에서는 민화(민간설화의 약칭), 또는 석화로, 또 구미에서는 folktale, Marchen, fairy tale 등으로 불리고 있는데, 민담이라는 용어가 한국에서 최초로 쓰인 것은 1930년 손진태의 『조선민담집』에서이다.[49] 그런데 이 책에서 민담이라고 하는 용어는 석화, 민간설화와 혼용되고 있으며, 이 후에도 민담과 소화는 구분 없이 사

---

48) 崔仁鶴은 狹義의 설화, 즉 民譚을 '옛날이야기'로 부를 것을 제안하였으나 이는 '昔話'의 우리말식 번역뿐이라는 생각이 든다.
49) 孫晋泰, 『조선민담집』, 東京鄕土文化社, 1930.

용되기도 하였으나 현재로서는 설화는 신화, 전설, 민담의 총칭이고 따라서 민담은 설화의 하위범주라는 것이 일반적이다.50)

　필자는 『용재총화』의 소화를 연구하기 위하여 선행학자들의 소화에 대한 기존의 분류를 면밀히 검토하여 문제점을 찾고 보다 정확한 새로운 유형별 분류를 시도하여 『용재총화』 소재 소화는 물론 기타의 모든 소화를 포용할 수 있는 유형별 분류를 시도하려고 한다.

　선행연구를 검토한 결과를 종합하면 다음의 표와 같다.51)

---

50) 이와 같은 분류법은 1914년 Burne여사가 『The Handbook of Folklore』에서 주장한 이래 세계각국에서 널리 통용되고 있으나, 우리나라에서는 조희웅, 이상일 등에 의해서 이의가 제기된 바 있다.

51) Stith Thomps, The Types of the Folktale(FFC, No. 184, 1961, pp.19-20.
　S. Thompson 위의 책, pp.374-512.
　W. Eberhard. 위의 책, p.235.
　柳田國男, 日本昔話明彙, 東京, 1948.
　武田明(편), 일본笑話集, 東京, 사회사상사, 1974.
　關敬吾, 日本昔話集成, 동경, 각천서점, 1966.
　김금자, 김선풍, 『한국민간문학개설』, 국학자료원, 1992년 8월, 125면.
　陳如江과 徐侗은 『明淸通俗笑話集』 前言, 상해인민출판사, 1996.
　장덕순, 『한국설화문학연구』, 서울대학교출판부, 1978년 8월.
　장덕순, 『설화문학개설』, 이우출판사, 1989년 8월.
　최인학, 『한국설화론』, 형설출판사, 1982년 5월.
　조희웅, 『한국설화의 유형』, 일조각, 1996.
　신월균, 앞의 논문, 11-13면.
　화인덕, 앞의 논문, 94-97면.
　김문규, 「朝鮮前期 笑話集 硏究」, 서울대 대학원 국어교육과 석사학위논문, 1987년 8월, 79-80면.

	이 름	상위분류	소 화	하위분류
a. 西洋의 경우	S. Thompson	民譚	소화 및 일화	癡愚譚, 夫婦譚, 女性譚, 男性譚, 虛言譚,
	W. Eberha-rd	民譚	소화	癡愚譚, 詐欺譚.
b. 日本의 경우	柳田國男	설화 → 파생담	소화	허풍(大話), 엉터리이야기, 바보담.
	武田明	설화 → 파생담	소화	허풍(大話), 엉터리이야기, 바보 담, 교활자담
	關敬吾	민담	소화	愚人譚, 誇張譚, 巧智譚, 狡猾者 譚, 形式譚, 補遺
c. 中國의 경우	김금자	民譚 → 派生譚 (독자적 장르)	민간소화	풍자소화, 유우머소화 및 해학소 화, 기지담.
	陳女工 徐 侗		소화	민간통속소화 필기체소화(일화)
d. 韓國의 경우	張德順	민담	소화	A : 과장담, 모방담, 치우담, 사 기담, 경쟁담.
				B : 협의의 소화(치우담), 슬기 (지략담), 음담(외설담)
	崔仁鶴	민담	소화	愚者譚, 꾀지담, 교활자담.
	曺喜雄	민담	소담	起源譚, 風月譚, 智略譚, 癡愚譚, 誇張譚, 偶幸譚, 捕獲譚, 猥褻譚
	申月均	민담	소화	癡愚譚, 誇張譚, 智略譚, 偶幸譚, 捕獲譚, 模倣譚, 風月譚, 笑譚, 猥褻譚
	黃仁德	민담	소화	癡愚譚, 智略譚, 偶幸譚, 阿附譚, 滑稽譚, 猥褻譚
	金文奎	민담	소화	愚者譚, 꾀지담, 교활자담.

위의 표에서 보이는 바와 같이 소화의 분류는 학자에 따라 제각기
달라서 통일된 견해에 도달하지 못하고 있는 것이 사실이지만, 몇 가
지 주목되는 점이 있다.

첫째로 주목되는 점은 누구의 분류에서도 첫 번째로 치우담(癡愚

譚)52)을 설정하고 있는 점이다. 실제로 어느 나라의 소화에서도 치우담은 소화전체를 대표할 정도로 수적으로 우세한 것이 사실이기 때문이다.

둘째, 소화를 민담의 하위 장르로 볼 때 이상일(李相日)이 지적한 것53)처럼 민담을 크게 '정통민담' 또는 '본격민담'과 '부수민담' 또는 '준민담류'로 분류하고 소화를 '정통민담' 또는 '본격민담'이 아닌 '부수민담' 또는 '준민담류'에 속한다고 지적한 것은 W. Eberhard의 '본격담'과 '소화', 柳田國男의 '완형설화(完型說話)'와 '파생설화(派生說話)'와도 일맥상통하고 있다는 점에서 동양의 민담을 분류하는 데 가장 타당하다고 생각되고 소화를 '부수민담' 또는 '준민담'의 하위범주에 속한다고 할 수 있다. 중국의 김금자는 한층 더 나가 민간소화는 민담에서 파생된 설화형식의 일종으로서 자기의 독특한 예술적 특징으로 하여 하나의 독자적인 장르로 구분되었다고까지 하였다. 이는 이석래의 주장과도 일맥상통한 견해라고 할 수 있다.

셋째, 동양 삼국의 경우만 보더라도 소화의 하위분류, 특히 유형별 분류에 있어서 한국이 가장 세분화되어있다는 점이 일목요연하다. 이는 소화에 대한 관심과 연구가 한층 앞섰다는 것을 보여주는 좋은 예라고 할 수 있다.

넷째, 일화가 설화의 하위범주가 아님에도 불구하고 Stith Thompson은 '소화 및 일화'54)로 하나로 묶어 소화로 보고 있다는 점과, 중국의

---

52) '癡愚譚'은 달리 愚人譚, 또는 愚者譚 등으로도 이야기되나, 이 책에서는 癡愚譚으로 통일하고자 한다.

53) 이상일, 「설화장르론」, 『民譚學槪論』, 일조각, 1982, p.33.

54) Stith Thomps, The Types of the Folktale(FFC, No. 184, 1961), pp.19-20.

陳如江과 徐侗이 소화는 민간에서 전승된 민간적 통속소화와 문인아
사(文人雅士)와 현귀명류(顯貴名流)들을 묘사한 필기체소화로 나누고, 필
기체 소화에 익살스러운 목적을 가지고 구연되는 짧은 일화들을 포함
하고 있다는 것이다. 이는 또한 위에서 장덕순이 지적한 문헌소화와
구전소화의 구별55)에서 지적한 특정인(학자, 양반)에 의하여 주로 한문
으로 수집·편찬되었기에 순수한 구비전승이 아니고, 소화의 등장인
물이 바보나 꾀쟁이 그리고 재담자에 국한되지 않고 위로는 왕후장상
에서부터 학자·관료·양반 사대부·중인·무당·판수·승려·기
생·노비·과부에 이르기까지 다양하게 등장하며, 남녀의 육담, 즉
외설담이 수적으로 우세하다고 지적한 것과도 일맥상통하다고 볼 수
있다.

　여기에서 필자는 중요한 단서를 하나 발견하게 된다. 즉 소화는 민
담에서 파생('부수민담' 또는 '준민담')된 전통민간소화와 필기류에서 나
타나는 일화형 소화라는 양대지류가 합일된 것이라고 볼 수 있다는
것이다. 즉 소화는 두 개의 부동한 장르에서, 소화의 개념에서 지적한
바와 같이 내용의 웃음을 자아내는 효과와 골계를 발생시키고 있다는
형식수준의 동일성으로 하나의 새로운 장르를 구성하고 있다고 할 수
있다. 특히 한국의 경우 조선초중기 일시에 융성발전한 필기체에는
순수민간소화를 기록한 것 외에도 문인들의 많은 일화형 소화가 기록
되어 있다. 이 글에서 다루고자 한『용재총화』도 역시 조선초 필기류
의 백미로 꼽히는 대표적인 저서임에도 불구하고 위에서 지적한 두

---

55) 張德順, 「한국의 해학」, 6-7면.

가지 유형의 소화가 동시에 많이 실려 전하고 있다.

이러한 분류를 하고 나면 한국에서는 소화의 분류가 민담의 하위범주로만 많이 간주되었다는 그릇된 점을 알 수 있다. 이는 실로 쌍두마차를 이루고 있는 소화의 양대지류 중 민담의 하위 장르중의 소화만 간주해 왔다는 것이다. 다시 말한다면 민담형 소화만 중요시 해왔고 일화형 소화는 명백하게 지적을 하지 않았다는 얘기가 된다.

또한 소화의 하위분류도 다양하게 논의가 되어왔다는 것을 알 수 있다. 특히 유형별 분류도 각양각색이나 지금까지 장덕순, 조희웅, 황인덕, 신월균에 의한 분류가 비교적 세분화되었으나 내용의 절충, 포섭의 모자람, 지어 용어의 절충 등 문제점이 있다. 그리하여 이상의 것들을 비교 분석하여 장덕순과 조희웅, 황인덕, 신월균의 분류를 기초로 해서 나름대로의 새로운 유형별 분류를 시도하여 아래와 같이 소화를 분류하려고 한다.

> 소화의 유형별 분류 :
> ① 기원담(起源譚) ② 풍월담(風月譚)(어희담(語戱譚))
> ③ 지략담(智略譚) ④ 치우담(癡愚譚) ⑤ 과장담(誇張譚)
> ⑥ 우행담(偶幸譚) ⑦ 호색담(好色譚) ⑧ 모방담(模倣譚)
> ⑨ 실수담(失手譚) ⑩ 악작극담(惡作劇譚, 못된 장난 이야기)[56]

위의 분류 역시 가장 완벽한 분류라고 하기에는 어려우나 한국 여러 학자들의 유형별 분류 중에서 빠진 부분을 미봉할 수 있고 장덕순

---

[56] 惡作劇譚(못된 장난 이야기) : 악한 의도에서 비롯된 것은 아나나 장난기로 인해서 다른 사람을 골탕 먹이고 본인은 아무렇지도 않은 듯이 여겨 웃음을 자아내는 이야기를 말한다.

의 분류 중에서 중복을 극복할 수 있는 비교적 적절한 분류가 될 수 있다고 생각한다. 이를 보다 선명하게 표현하기 위해서 필자가 나눈 분류와 한국의 여러 학자들의 분류를 대조하면 아래 표와 같다.

필자의 분류	기원담	풍월담	지략담	치우담	과장담	우행담	호색담	모방담	실수담	악작극담
장덕순	×	×	○	○	○	×	○	○	×	×
조희웅	○	○	○	○	○	○	○	×	×	×
황인덕	×	×	○	○	×	○	○	×	×	×
신월균	×	○	○	○	○	○	○	○	×	×

위의 표에서 보다시피 앞의 8가지 분류는 선행학자들의 분류를 따른 것이다. 그러나 실수담과 악작극담은 필자가 별도로 설정을 한 것이다.

실수담의 경우 기존의 학자들은 치우담으로 분류를 하였으나 주인공이 분명 바보가 아니라 정상적인 사람이 실수를 하여 웃음을 일으킨 이야기이기에 실수담으로 설정을 하였다.

또 악작극담은 선행학자들이 보통 지략담이나 사기담에 포함시켰으나 필자는 악작극담에 속할 수 있는 이야기들은 이야기의 핵이 지략을 보여주는 것도 아니고 사기에 핵심을 둔 이야기도 아니며 어디까지나 못된 의도를 가지지 않고 순수한 장난기로 해서 다른 사람을 골탕먹이고 자기는 아무렇지도 않은 듯이 여겨 웃음을 자아내는 이야기이기 때문에 별도로 설정을 하였다.

따라서 이런 분류기준으로 『용재총화』에 소재된 '소화'를 추출하여 유형별 분류를 해보려고 한다.

2. 『용재총화』 소재의 '소화' 분류

이상의 작업에 기초하여 『용재총화』에 소재된 소화를 추출하여 유형별 분류를 하여 전반적인 면모를 살필 수 있는 기초를 마련하였다.

1) 기원담

기원담은 언어 자체 그대로 속담이나 관용구의 어원의 유래담이라고 할 수 있다. 성구나 속담은 우리의 생활에서 얻어진 경험과 지혜의 결정체라고 할 수 있다. 따라서 대부분의 성구나 속담은 모두 그 기원담에 있다. 하지만 소화의 기원담은 그 경험이나 지혜에 치중점을 두었다기보다는 그 기원의 스토리가 소화적이어서 웃음의 효과를 일으킬 수 있는 이야기들인 것이 특징이라고 할 수 있다.

2) 풍월담

풍월담은 사건이 우스운 것이라기보다는 언어의 희롱이나 풍월에 더 웃음을 주는 이야기로서 어희담(말장난)과 골계를 띤 시화가 여기에 속한다. 풍월담의 가장 중요한 특징은 주인공의 말이나 짧막한 시구가 웃음을 자아내게 하는 것이 특징이므로 편폭이 다른 소화에 비해 짧고, 또 대부분이 일화형 소화이기 때문에 인물이 밝혀지고 있는 것이고 이를 이해하는 독자 또한 비교적 유식한 지배층이다.

3) 지략담

지략담은 거짓말이나 지혜로 상대방을 속이거나 골탕먹이며 또는 남의 억울한 일이라도 잘 해결해주는 등의 이야기이다. 그것이 혹 사기성을 띤 것이라 할지라도 여러 가지 지략에서 느껴지는 웃음이 소화의 주축을 이루게 한다. 지략담에는 명판(名判), 아지(兒智), 상전 놀리기, 사기치기, 징치(懲治), 지혜 겨루기 등과 같이 기지에 찬 인간의 이야기이다. 지략담 역시 소화 전반에서 많은 양을 갖추고 있어 주축을 이루고 있는 한 부분이라고 할 수 있다.

4) 치우담

어리석은 자의 이야기로서 소화의 가장 많은 부분을 차지하고 있는 이야기이다. 저능아, 어리석은 사위나 어리석은 시부모의 이야기, 또는 엉뚱한 욕심 때문에 실패하는 이야기, 병자, 실언하는 사람들의 이야기 등이 모두 이에 속하며, 그들의 어리석은 행동이 어이없는 웃음을 제공한다. 치우담 중에서 특히 바보이야기의 경우 조희웅[57]과 신원균[58]에 의해서 보다 상세한 항목별 세분을 한바 있다. 바보이야기는 주인공이 누가 되느냐에 따라서 그 우행의 종류와 대상, 제재 등이 아주 다양하게 달라진다.

---

57) 조희웅, 「한국설화의 연구」, 『국문학연구』 11집, 서울대 출판부, 1969년, 36-40면.
58) 신월균, 「한국소화의 연구」, 인하대학교 석사학위논문, 1981년, 14-15면.

5) 과장담

현실에 일어나지 않는 이야기들이나 있다 하더라도 그것을 과장시켜 표현함으로써 웃음을 자아내게 만드는 엉터리 이야기이다. 게으른 자, 구두쇠, 거짓말쟁이, 겁쟁이, 정신없는 사람 등 주로 인간의 약점이 모티프가 되어 그 행위가 상상을 크게 확대되어 있는데 이것이 소화적인 성격을 만든다.

항목별 세분하면 다음과 같다.

1) 게으름 : 소가 된 게으름뱅이·굶어죽은 게으름뱅이
2) 건망증 : 정신 없는 사람·먹보와 장사와 건망이…
3) 인색 : 인색한 세 꼽재기의 내기·꼽재기네 생선국·개성사람과 수원사람
4) 방귀 : 방귀쟁이 며느리·방귀시합·도둑 쫓은 방귀쟁이…
5) 거짓말 : 허풍쟁이 이야기·영천 거짓말쟁이와 경주 거짓말쟁이
6) 오래참기 : 아내보다 떡·견뎌내기·떡 먹기와 오래 참기
7) 힘(재주)겨루기 : 박치기와 물기 시합·재주내기
8) 끈기 : 미련한 사람
9) 대식가 : 대식가

6) 우행담

우연한 행운의 이야기로 뜻밖의 성공을 거둔다는 이야기이다. 사람들의 심리에 우행의 심리가 누구에게나 존재하기 때문에 우행담에 깊은 관심을 갖게 된다. 이런 이야기에는 무심히 지껄인 이야기에 도둑이 도망한다던가 주인공의 의도에 관계없이 상대방의 오해로 예기치

않았던 행운이 주어지는 경우 등이 이에 속한다.

항목별 세분하면

1) 오해 : 떡보와 사신·도둑 쫓은 이야기
2) 치병 : 운이 좋은 사나이·지렁이고기에 눈 뜬 어멈
3) 실물찾기 : 두꺼비의 지혜·돌이와 두꺼비
4) 입신양명 : 우연한 과거급제

등을 꼽을 수 있다.

7) 모방담

흉내를 잘 못내 실패하거나 우스운 일이 일어나는 이야기로 정직하고 올바른 자의 성공을 시기하여 그대로 모방하는 부정자의 이야기가 있는가 하면 의식과 판단이 없이 맹목적으로 따라하다가 상대방의 실수를 한 것까지 모방하여 웃음을 자아내는 이야기도 있고, 모방자체가 기상천외한 행동이어서 순간적인 웃음을 자아내는 이야기가 있다. 첫 번째의 부정자의 이야기는 대개 욕심에서 출발하는 것으로 되어 있어 비교적 교훈성이 농후하며 모방의 실패 과정이 소화의 요소가 된다. 전형적인 이야기로는 '혹 떼러 갔다가 혹 붙인 사람'이 있는데, 또한 많이 전해지고 있는 이야기이다. 두 번째 유형의 이야기는 다른 사람의 행동을 따라하다가 그 사람의 실수를 범한 것까지 따라하여 웃음을 자아내게 하는 이야기는 '상가집 예의범절 따라하기' 등이 있다.

8) 실수담

사람들이 부주의 해서 실수를 범해 전혀 예상치 못한 이상한 상황
이 벌어지면서 웃음을 자아내는 이야기이다. 이런 실수를 하는 사람
의 행동이 바보처럼 보이면서 웃음을 자아내지만 어디까지나 실수로
그런 것이고 주인공 자체는 바보가 아님이 확실함으로 치우담과 구별
된다.

9) 악작극담

못된 장난 이야기인데 악한이 아닌 사람이 나쁜 의도를 가지지 않
고 순수한 장난으로 다른 사람을 희롱하며 골탕먹이고 자기는 아무렇
지도 않은 듯이 여겨 웃음을 자아내는 이야기를 말한다. 이는 익살맞
은 장난기에 사람들의 웃음을 자아낸다. 이런 이야기도 못된 장난기
로 해서 지혜로 남의 속이는 이야기가 있으나 지혜가 돋보인다고 하
기보다는 장난기에 의해서 웃음이 유발되므로 지략담이나 사기담과
구별된다.

10) 호색담(외설담)

사람들이 호색행각을 벌이는 이야기로서 외설적인 내용이 담긴 소
화이다. 그러나 내용이 외설적이다는 이유로 음담패설이라는 지적을
받아 오랜 세월동안 외면을 당해온 것이 사실이다. 하지만 이 유형의
소화는 구전상의 난점에도 불구하고 상당히 많은 양이 전승되었을 뿐

만 아니라 기록에도 방대한 양을 차지하고 있다. 또한 호색행각을 반영한 내용이지만 그를 표현하는 이야기의 구성의 복잡성으로 하여, 즉 인물도 다양하여 왕후장상으로부터 비녀(婢女), 바보, 병신에 이르기까지 다양할 뿐만 아니라 모티프도 위에서 설명한 사기, 지혜, 과장 등 복잡한 유형의 복잡성을 띠고 있어 연구의 대상에서 다시 한번 외면을 당해야만 했다. 하지만 이제는 호색담에 대한 새로운 시각으로 보다 깊은 관심과 체계적인 연구도 논의되어야 한다.

우선, 호색담이 왜 소화로 될 수 있는 원인으로 살펴보도록 하자. 이에 대해서는 우선 동서양에 모두 공성을 갖고 있음을 알 수 있다. 그 원인은 우선 인류의 초기 대규모적 집단의식 중의 하나인 광환의식(狂歡儀式) 같은 데서 찾을 수 있다. 이때 사람들은 이상한 탈을 쓰고, 이상한 옷을 입고, 춤을 추며 괴상한 소리를 지르며 지어는 가장 조속(粗俗)하고 음탕한 언어와 행동으로 서로 희롱하고 '공격'하며 마음껏 즐기지만 가히 합법적인 '범죄'하고 할 수 있다. 이는 외설적인 내용이 사람들의 웃음을 가져다주는 역사적 연원이라고 할 수 있다. 우리가 말하는 코미디(KO-MOIDIA)는 광환(KOMOS)이란 단어에서 온 것이다. 따라서 사람들은 광환이라는 명분 아래 기존 질서나 규범에 억눌려야만 했던 모든 욕망을 '합법적'인 '범죄'의 형식으로 마음껏 해소하고 방종할 수 있었던 것이다. 말할 나위도 없이 인류문명형성의 여러 가지 사회적 금기 중에서 가장 심각하고 엄혹하게 금기의 대상으로 선정되고 억압을 받아 온 것이 성(性)이라고 할 수 있다. 따라서 광환의식같은 데서 나타나는 여러 가지 '합법적 범죄' 중에서 성적인 농담, 조롱, 공격이 가장 맹렬하고 철저하게 나타났을 것이다.

따라서 성적행위는 웃음의 주제로 인류역사에서 가장 일찍 나타났을 뿐만 아니라 영원히 쇠갈되지 않는 주제이다. 중국에도 '不褻不笑'라는 말이 있다. 진여강은 20세기 서양의 정신분석학가, 심리학가, 사회학가 및 소화연구자들의 이론을 종합하여 "모든 경향성을 띤 소화 중에서 성적행위(성욕, 성적본능) 경향을 띤 소화가 가장 전형적으로 표현되며, 그것은 그런 농담의 형식과 유희적 수단이 가히 사람들로 하여금 의념상의 성적 금기의 사슬에서 벗어날 수 있고, 오래 억압된 성적욕망을 발사할 수 있기 때문이다. 그리하여 이런 내용의 소화는 정신적인 성적욕구를 만족시킬 뿐만 아니라 인류의 '범죄'의 공격적 본능에도 적용하면서 사회적 금기를 벗어나고 초월할 수 있는 안전루트"[59]라고 지적하였다. 이로부터 우리는 외설적인 내용이 소화와 매번 마다 궁합이 착착 맞는 동반자가 된다는 것을 알 수 있다.

호색담에는 또 동서양 어느 나라든지 막론하고 양적으로 상당한 비중을 차지하고 있으며 질적으로 용사(龍蛇)가 혼잡하고 양유(良莠)가 부제(不齊)하다는 것을 쉽게 알 수 있다. 즉 이런 호색담 중에는 저속하고 비천하며 조잡한, 말 그대로 음담패설들이 있음을 부정할 수 없다. 특히 이런 유형의 소화에서 관심을 두는 사건은 오입, 난륜(亂倫), 음부(淫婦), 간부들에 관한 사건이고, 표현방식에 열중하는 것도 성기나 성행위에 대한 과감한 표출과 과장적 묘사이며, 취미를 갖게 하기 위하여 노리는 것 역시 그런 어둡고 은회(隱晦)하고 비열한 것으로서 규음(窺淫)적 욕망을 만족시켜주려고 할 뿐이다. 그러나 모든 호색담

---

59) 中國明淸通俗笑話集 序, 12-13면.

이 다 이런 부정적인 면이 있다고 해서 부정의 낙인만을 찍어서는 안 된다. 호색담들 중에는 우리가 홀시 못할 긍정적인 면도 없지 않다. 사람들이 자유혼인에 대한 갈망, 원만한 성생활에 대한 대담한 추구, 정상적인 성적 욕구에 대한 충분한 긍정과 더불어 기존 경직된 제도 가 자아낸 허위적 도덕과 예교에 대한 조소와 풍자 및 비판의 의식을 엿볼 수 있다. 또한 조금 외설적인 것이라고 하나 거기에 강한 권계 의 목적도 엿볼 수 있는 작품들도 허다하다. 이런 점에서 보더라도 호색담에 대한 연구의 충분한 가치가 있고 보다 깊이 있는 논의가 진 행되어야 한다.

호색담에 등장하는 인물은 신분과 관계없이 남자와 여자가 등장한 다. 그러면서도 여성과 남성의 맡은 역할이나 배역은 완연히 다르다. 특히 호색담 중에서 여성들은 진솔하고 대범하며, 건강하며 왕성한 성적 욕구를 소유한 동시에 대범하게 그것을 추구하고 욕구를 충족시 키려고 노력하려는 인물로 등장한다. 그것은 당시의 봉건예교가 여성 에 대한 금고와 속박이 남성에 대한 억압보다 심각했다는 데 원인을 찾을 수가 있다. 압박이 강할수록 반항 역시 강한 것은 힘의 자연법 칙이다. 그래서 이런 호색담에 등장하는 여성의 반항성이 더욱 돋보 이게 된다. 남성은 여성보다 상대적으로 자유롭고 관대했기 때문에 대부분 호색행각을 벌이는 주역이 되고 또한 웃음의 대상이 된다. 하 지만 모두가 자사(自私)하고 협애(狹隘)하고 후안무치(厚顔無恥)하며 비 열한 면을 갖고 있는 사람들로서 별 명예롭지 못한 인물로 나타나는 것 또한 호색담의 특색이라고 할 수 있다.

특히 호색담의 경우, 내용이 호색적이어서 웃음을 자아낸다기보다는 호색으로 인하여 겉으로는 정인군자(正人君子)인 것 같으면서도 속은 비속한 소인배, 또는 속물의 근성을 갖고 있는 아이러니가 드러나게 될 때 웃음의 효과가 강한 본격적인 호색담이 된다.

『용재총화』는 권수로만 10권으로 나누어졌을 뿐, 구체적인 내용은 제목이 있는 것도 아니고, 항목이 나누어진 것도 아니다. 따라서 필자가 분류한 유형별 분류에 적용시켜 본격적인 연구를 시도하려고 한다. 이상의 유형에 해당하는 자료를 표로 표시하면 다음과 같다.[60]

『용재총화』 소재 '소화'의 유형별 분류

분류	대동야승본 출전	내용	시작어	민담형 일화형 여부
기원담	5-27	'睡書房擧案'의 由來	大抵宴品~	逸
풍월담	5-17	양녕대군의 해학	孝寧大君~	逸
	5-20	崔灝元과 安孝禮의 爭辯	世祖晚年~	逸
	6-5	成三問의 姜希顏 조롱	姜仁齋~	逸
	6-6	홍경손의 發願詩	洪同知敬孫~	逸
	6-7	金允良의 金允良 조롱	有儒生金允良者~	逸
	6-14	김복창과 宋碯城의 爭辯	金福昌~	逸
	7-4	양녕대군의 해학	讓寧君褆~	逸
	7-29	諸人의 풍자시 몇 수	昔有一守令~	逸
	7-33	丁壽崑과 奇禶의 諧謔	斯文丁子伋~	逸
	9-20	李則의 滑稽	叔度~	逸
	10-16	奇虔 金賢甫의 고지식	奇宰樞虔~	逸
	10-19	최세원의 농담	崔勢遠~	逸

---

60) 다음의 분류 중에서 분류의 항목은 대동야승본의 분류 순서를 따른 것이다. 물론 분류한 항목에 해당하는 내용들의 제목도 내용 이해의 편의상 필자가 달아 놓은 것으로 분류자의 부동한 시각과 관점에 따라 다를 수도 있다.

분류	대동야승본 출전	내용	시작어	민담형 일화형 여부
지략담	5-1	삼인의 지혜 겨루기 (청주인의 익살)	昔有靑州人~	說
	5-4	上座의 師僧 欺弄	上座誑師僧~	說
	5-26	尹斯文의 속임수	尹斯文~	逸
	6-11	僧 海超와 成世源의 爭辯	洛山寺僧海超~	逸
	6-17	僧 나옹의 위엄	懶翁~	逸
	6-20	僧 張遠心의 無慾과 滑稽	國初有僧~	逸
	6-27	崔勢遠 兄弟의 諧謔	崔斯文勢遠~	逸
	6-31	李次公의 才談	李次公~	逸
치우담	4-7	筆匠 김호생의 號 '毫隱'	金好生~	逸
	5-3	어리석은 형과 영리한 동생	昔有兄弟二人~	說
	5-7	바보 사위	昔有士人迎婿~	說
	5-18	풍산수의 어리석음	宗室豊山守~	逸
	6-24	順平君과 宗學	世宗~	逸
	10-6	世祖 晚年의 破寂	世祖愛篤臣隣~	逸
과장담	2-24	민대생 조카의 言辯	閔中樞大生~	逸
	3-41	金虛의 효성	金副正虛~	逸
	4-8	朴以昌의 諧謔	朴參判以昌~	逸
	4-12	李芮의 戱作詩	世祖設拔英試~	逸
	6-1	池佛陪의 治産	高麗宰臣~	逸
	6-36	辛某의 喘鄙	有朝士辛姓者~	逸
	6-37	辛宰樞의 褊急	辛宰樞~	逸
	7-4	양녕대군의 諧謔	襄寧君禔~	逸
	7-11	慈悲僧의 眞率과 奇行	有慈悲僧者~	逸
	7-26	金宗蓮의 愚直	金斯文宗蓮~	逸
	7-34	蠅牧使 梁某의 政事	武官梁某~	逸
	8-26	申生의 膠柱固執	同年申生~	逸
	9-26	李淑瑊의 滑稽(번쾌)	盧宣城~	逸
	9-31	魚子敬의 金賢甫 놀림	金賢甫~	逸
우행담	4-8	박이창의 해학	朴參判以昌~	逸
	9-16	朴忠至의 末席 及第	世宗甲寅年~	逸

분류	대동야승본 출전	내용	시작어	민담형 일화형 여부
우행담	9-17	私糧儒生 崔恒의 壯元及第	成均館~	逸
	9-18	不正으로 壯元한 金赭	太宗丙申年~	逸
	9-19	不正으로 壯元한 尹鈴平	太宗丙辰年~	逸
모방담	5-2	經師와 중인의 어리석음	昔有人~	說
	5-21	咸北間등 三人의 흉내내기	吾隣~	逸
	6-21	世稱 鷄僧의 奇行	有僧容體釐小~	逸
실수담	4-14	정자영의 迂闊	鄭中樞自英~	逸
	6-2	한봉련의 弓術	韓奉連~	逸
	6-12	安迢와 靑橘	安參判迢~	逸
	6-30	孫比長의 眞率	吾友孫永叔~	逸
	7-5	현맹인의 실수	玄先生孟仁~	逸
	7-6	李維翰과 임숙의 실수	僉知任淑~	逸
	9-27	安栗甫의 風情	安中樞栗甫~	逸
	10-25	辛鏻과 朴巨卿의 愚怯	儒生辛鏻~	逸
	10-36	鄕試 官吏의 허술함	鄕試棘圍~	逸
악작 극담	3-2	영태의 俳優戲	高麗將仕郎永泰~	說
	3-7	한종유의 放蕩不羈	高麗政丞韓宗愈~	逸
	5-13	명통사 盲人의 어리석음	都中有明通寺~	說
	5-14	개성 맹인의 어리석음	昔有一盲~	說
	8-21	성현의 골계	苔出於南海者~	逸
	10-21	蔡壽의 골계	金斯文~	逸
호색담	2-10	崔世遠의 才談	崔勢遠多讀經史~	逸
	2-15	性에 무지한 세 사람	飮食男女~	逸
	3-5	신돈의 好色行脚	辛旽初秉國政~	說
	3-6	趙云仡의 佯狂避世	高麗宰臣趙云仡~	逸
	4-9	尼蛇(버림받은 女僧)의 복수	洪宰樞~	逸
	5-4	上座의 師僧 欺弄(2)	上座誣師僧~	逸
	5-5	好色師僧의 봉변	又有上座~	說
	5-6	好色師僧의 봉변	有僧謀寡婦~	說
	5-8	將軍·寡婦·僧의 호색담	有將軍姓李者~	說

분류	대동아승본 출전	내용	시작어	민담형 일화형 여부
호색담	2-10	崔世遠의 才談	崔勢遠多讀經史~	逸
	2-15	性에 무지한 세 사람	飮食男女~	逸
	3-5	신돈의 好色行脚	辛旽初秉國政~	說
	3-6	趙云仡의 佯狂避世	高麗辛臣趙云仡~	逸
	4-9	尼蛇(버림받은 女僧)의 복수	洪宰樞~	逸
	5-4	上座의 師僧 欺弄(2)	上座誑師僧~	逸
	5-5	好色師僧의 봉변	又有上座~	說
	5-6	好色師僧의 봉변	有僧謀寡婦~	說
	5-8	將軍·寡婦·僧의 호색담	有將軍姓李者~	說
	5-11	정절의 어려움	尹宰臣~	說
	5-15	호색 맹인의 어리석음	又有一盲~	說
	5-16	서울 맹인의 어리석음	京中又有盲~	說
	5-19	盲人 金卜山의 실수	靑坡有沈柳二生~	逸
	5-24	어우동의 호색	於宇同者~	說
	5-25	金斯文과 妓女의 사랑	金斯文~	逸
	6-8	한 처녀의 淫詩	昔有處女~	逸
	6-10	호색맹인처의 속임수	有一經師妻~	說
	6-22	僧 信脩의 奇行	有僧信脩者~	逸
	6-25	朴生의 好色과 狼狽	吾隣有朴姓儒~	逸
	6-26	두 鄭生의 好色과 狼狽	有士人鄭某~	逸
	6-29	徐居正의 諧謔	畵史洪天起女子~	逸
	6-33	孫比長의 迂闊	孫永叔~	逸
	7-13	성현의 풍자시	余爲弘文提學~	逸
	7-14	성현의 풍자시	余與同年元壽翁~	逸
	7-35	朴生의 지나친 好色行脚	乙巳歲朴生~	逸
	9-3	李陸 等 世稱 四李의 風流	叔度放翁~	逸
	9-23	許稠의 원만한 일면	許文敬公~	逸
	10-14	諸人의 所樂處 閑談	世祖每召宰樞~	逸

이상은『용재총화』에서 소화를 추출해서 유형별로 나열한 것이다. 이로부터 우리는『용재총화』에 소재된 소화의 전반적인 개황(概況)을 살필 수 있다. 여기서 보다시피『용재총화』에는 무려 90편의 소화가 소재되어 있다. 그 중에 설화의 장르에 속하는 민담에서 파생된 민담형 소화가 18편이고 소화 전체의 약 20%를 차지하고, 일화형 소화가 72편으로 약 80%나 차지한다. 또한 최철 교수님과 장덕순 교수님이 지적한 것처럼 호색적인 이야기(淫褻譚)가 대부분을 차지한다. 무려 28편이나 되어 전체 소화의 30%를 차지한다.

다음 장에서 위에서 유형별로 분류한 소화의 내용을 살피고 소화에 반영된 성현의 문인의식을 살펴보려고 한다.

Ⅲ. 『용재총화』 소재 소화의
내용 분석과 성현의 의식

Ⅱ장에서 밝혔듯이 『용재총화』에는 여러 가지 유형의 소화들이 있다. 아래 이 소화들의 유형별로 세밀한 분석을 시도하여 그 특징을 밝히려고 한다. 내용상 너무 방대하기 때문에 같은 유형의 내용은 그 중에서 가장 전형적인 것들을 골라 집중적으로 분석을 시도하여 소화에 나타난 문학성 및 저자의 문인의식을 살펴보려고 한다.

1. 기원담

『용재총화』에는 기원담에 해당하는 「목서방거안(睦書房擧案)」이란 내용의 단편이 기록되어 있다. 원문을 보면 아래와 같다.

대개 연품(宴品)의 차림차림은 처음 거안(擧案)할 때가 볼만하다. 그러므로 모든 일에 있어서의 차림차림을 거안이라 한다.

목생(睦生)이란 사람이 있었는데, <그는> 처음으로 충순위(忠順衛)에 들어와서 하루는 그 무리가 모여서 활을 쏘았는데, 그가 늦게 도착하였다. 그는 차림새가 깨끗하고 갖고 있는 활과 살은 모두 정묘(精妙)하므로, 주위 사람들이 모두, "목생은 우리편에 들어라."하며 다투어 마지 않았다. <그러다가> 활터에 나아가자 시위를 당기기도 전에 화살이 앞에 떨어지곤 하였다. 종일 쏘아도 <목생의 살이> 과녁에 미치지 못하니 사람들은 모두 실망하여, "목서방거안(睦書房擧案)"이라 하였다. 지금까지도, 허황하고 과장스러워 실속이 없는 사람을, "목서방거안"이라 한다.[61]

이 단편에서는 목생이란 사람이 화려하고 깨끗한 연품(연회하고 활 쏠 때 쓰는 물건)을 입고 그럴 듯하게 궁도장에 나가서 망신을 당하는 내용이다.

이 단편이 가히 소화로 될 수 있는 것은 무엇보다도 성현이 이 이야기를 기록함에 있어서 상황의 절묘한 배치라고 할 수 있다.

우선 궁도는 사대부들의 육예 중의 하나로써 당시는 그야말로 양반들의 사랑과 이목을 한 몸에 지니고 있었다. 따라서 궁도에는 여러 가지 법도와 예의범절들이 따랐다. 그래서, 의복도 특정된 궁도에 맞는 것이 따로 있었고 사람들 또한 여기에 각별히 신경을 썼던 것이다. 그럼에도 불구하고 목서방의 의복이 얼마나 화려하여 멋이 있었는지 추측이 간다. "주위의 모든 사람이 모두 '목생은 우리편에 들어라'"고 경쟁까지 하였으니 말이다. 또 하나는 늦게 도착하였기 때문에 시합 전에 그의 솜씨를 누구도 알 수가 없었다는 것이다. 따라서 사람들은

---

61) 원문, 5-27. 大抵宴品鋪張, 可於初擧案時觀之, 故凡事之鋪張者, 謂之擧案, 有睦生者, … 終日射之不及候, 人皆絶到曰睦書房擧案, 至今淨誇而無實者, 稱之睦書房擧案.

그의 최상의 의복과 장비에 모두 명실상부하게 잘 하겠지, '적어도 장비값은 하겠지' 하는 착각을 하게 된다. 사실 '영웅에는 보검이 따르고 재자에는 가인이 따른다'는 통념으로 볼 때도 그런 생각은 당연한 논리인 것이다. 그러나 상황은 사람들의 기대와 정반대인 것이었다. 잘은 못 쏜다하더라도 의복과 장비값은 하리라고 믿었던 목서방이 활터에 나아가자 시위를 당기기도 전에 화살이 앞에 떨어지곤 하였으니 말이다. 하루 종일 쏘아도 <목생의 살이> 과녁에도 미치지 못하니 목서방은 '비단에 싼 개똥'이 된 격이고, 그를 믿었던 사람들은 '믿는 도끼에 발등 찍히는' 격이 되었으니 모두들 자기들의 오해로 어이없는 웃음을 지을 수밖에 없다. 그래서 목서방더러 거안(擧案 -밥상을 드는 것을 말함)이나 하라고 한다.

이런 오해의 수법은 소화에서 상용되는 수법 중의 하나지만 여기서는 성현이 수용자(독자)들까지 고려한 상황의 교묘한 배치로 이중적 오해를 갖게 한다. 즉 내용 중의 인물뿐만 아니라 독자들도 이 소화를 볼 때 오해를 사서 보다가 나중에 전혀 반대되는 결과로 부담 없는 웃음을 갖게 한다. 그리하여 이 소화는 비록 기원담의 유형에서 단 한편밖에 없는 이야기지만 그저 서술에 있어서 다만 사건의 전달이 아니라 성현의 수용미학적 각도까지 고려한 뛰어난 문학적 기량이 돋보이는 이야기라고 할 수 있다.

2. 풍월담

성현의 『용재총화』에는 12편이나 되는 풍월담이 실려있다. 그 중

에는 어희담이 6편이나 되고, 시화가 5편이나 되며, 어희담과 시화가
함께 섞인 이야기가 1편 있다.

풍월담 중에서 먼저 어희담을 한편 보면 원문에 이런 문장이 있다.

효령대군(孝靈大君)이 불교에 혹하여 매양 절에 도량(道場)을 베풀고,
온종일 경건한 마음으로 정성껏 머리를 조아려 절하는데, 양녕(讓寧)대
군이 뒤를 따라 첩(妾) 두어 명을 거느리고 매를 팔 위에 얹고 개를 끌
고 와서, 잡은 꿩과 토끼를 섬돌 위에 쌓아 놓고, 고기를 구워 술을 데
워 마시고는 대취하여 당(堂)에 올라가서 함부로 행동하였다.

효령이 얼굴빛을 변하고 말하기를, "형님은 이제 이런 나쁜 업(業)을
하시면서 후생(後生)의 지옥이 두렵지 않습니까."하니, 양녕은, "착한
일을 행한 사람은 구족(九族)이 도리천(忉利天)에 태어난다 하거늘, 하
물며 동기간(同氣間)에 있었으랴. 나는 살아서는 임금의 형으로서 마음
껏 방랑하고, 죽어서는 보살(菩薩)의 형이 되어 반드시 천당(天堂)에 오
를 것인데, 어찌 지옥에 떨어질 리가 있겠는가."하였다.[62]

위의 경우 우리가 재미를 느끼는 것은 양녕대군의 익살과 뛰어난
말재주에 재미를 느끼고 웃게 된다. 어희담의 가장 기본적인 특징이
바로 이렇게 아무런 부담 없이, 여유 있게 웃을 수 있는 것이 특징이
다. 따라서 여기에는 어떤 강한 교훈적 의미가 없다. 신월균이 지적한
것처럼 "웃음을 즐기기 위한 것이므로 특별한 내용이나 의미의 심각
성 등을 요구하지 않는다."[63]

---

62) 孝寧大君酷信佛法, … 兄今作此惡業, 可不畏後生地獄, 讓寧曰, 能種善根者, 九族生忉天,
況同氣乎, 我生則爲國王兄, 浪遊自恣, 死則爲菩薩兄, 必升天堂, 安有墮地獄之理. 원문
5-17.
63) 신월균, 앞의 논문, 150면.

다음 시화의 경우를 보면 대부분 유명한 문인이나 왕후장상들이다.
풍월담 중에 시화는 비교적 많은 양을 차지한다. 시화의 특점을 살피
기 위하여 두 편을 예를 들어보려고 한다. 우선, 양녕대군의 시화 한
편을 보도록 하자.

양녕군(讓寧君) 제(禔)는 비록 덕을 잃어 세자가 되지 못하였으나 만
년에 능히 때를 따라 스스로 감추었다. 세조께서 지에게 묻기를, "나의
위무(威武)가 한고조(漢高祖)에 비해 어떠하느냐."하니, "전하께서 비록
위무하시나 반드시 선비의 관에다가 오줌을 누지는 않으시리다."라고
대답하였다. 또 "내가 부처를 좋아하는데 양무제(梁武帝)에 비해선 어
떠하냐."고 물으니 대답하기를, "전하께서 비록 부처를 좋아하시나 밀
가루[麵]로 희생(犧牲)64)을 삼지는 않으시리다." 하였다. 또, "내가 간언
을 물리침이 당태종에 비해선 어떠하느냐."하니 대답하기를, "전하께
서 비록 간언을 물리치나 반드시 장온고(張蘊古)65)를 죽이시지는 않으
시리다."하였다. 또한 그가 항상 웃으운 말로 풍자를 하였고 세조께서
도 역시 즐겨하며 희롱하시었다.66)

다음으로 권7 제29조에 실린 제인(諸人)의 풍자시 연구를 보면

---

64) 국수로써 희생을 삼다(以麵爲犧牲 麵牲) : 희생의 대신으로 제사에 구수(麵)를 쓰는 일,
불교의 취지는 비린 고기를 먹지 않으므로 불교를 믿는 자가 희생 대신 국수를 쓰는
일. 「노사(路史)」에 양무제(梁武帝)가 종묘(宗廟)의 제사에 면생(麵牲)을 쓰고 혈식(血
食)하지 않았다는 기록이 있다.
65) 장온고 : 당시에 세무에 밝고 문명이 떨쳤다. 태종이 즉위함에 대보잠을 올려 황제에
게 간하다가 죽었다.
66) 讓寧君禔, 雖失德廢嗣, 晚年能隨時自, 缺, 世祖嘗問禔曰, 我之威武何如漢祖, 對曰, 殿下
縱威武, 必不溺儒冠矣, 又問曰我之好佛何如梁武, 對曰殿下縱好佛, 必不以麵爲犧牲 又問
曰我之拒諫何如唐宗, 對曰殿下縱拒諫, 必不殺張蘊古, 禔每以談諧寓諷, 世祖亦樂其誕而
戲之. 원문, 7-4.

옛날에 한 수령이 읍호장과 더불어 시를 지을 때 수령은 배가 불룩하고 호장은 안질이 있었다. 수령이 먼저 지어 말하기를, "호장의 눈이 비록 습(濕)하나 개천을 만들어 물을 끌어들일 수 있겠느냐. 옷 소매에는 재앙이 되나[衫袖之厄]67) 파리[蒼蠅]에게는 좋은 음식이로다."하니, 호장은 다만 엎드려 있기만 하므로 수령이 말하기를, "상존(上尊)도 또한 대구를 지어 보시요."하였더니, 호장이 글을 짓기를, "대인의 배가 비록 크나 세금 바치는 쌀이야 실을 수 있겠느냐. 역마에게는 재앙이로되68)[馹騎之厄] 맹호에게는 좋은 밥이로다."하였다. 내가 일암(一庵)과 더불어 백형을 모시고 관동에서 놀 때에 일암이 항시 제자를 불러 밤에 나가 똥을 누는지라. 백형이 글을 지어, "일암이 아무리 자주 대매를 보려 가나[見馬]69) 말에게 꼴[蒭]을 줄 수야 있겠는가.70) 제자에게는 재앙이 되나71)[弟子之厄] 개 한테는 좋은 밥이로다."하였다. 내가 또 백형를 모시고 명경에 갔을 때, 의원 김원근(金原謹)이 일찍이 독각(獨脚)72)을 앓는지라, 내가 글을 짓기를 "김판사의 다리가 아무리 크다 해도 큰 호로(葫蘆)만이야 하겠는가. 방기에는 재앙이 되겠지만73)[房妓之厄] 진두(眞豆)74)에게는 좋은 밥이로다."하였으니, 진두는 벌레(벼룩) 이름이니 개 다리에 붙기를 좋아하는 벌레이다.75)

---

67) 삼수지액(衫袖之厄) : 눈이 아프면 소매에 눈을 닦으므로 소매에게 액이 됨.
68) 여기서는 사람이 뚱뚱하면 말에게는 무거운 짐이 된다는 말이다.
69) 마(馬) : 상말에 소변을 소마본다, 대변을 대마본다고 한다. 그 마라는 말을 '馬'라는 글자로 표현한 것.
70) 여기서는 속에 "오줌을 소매 똥을 대매라하여, 소매 보러간다 또는 대매 보러 간다." 고 하였다.
71) 원문은 제자지액인데 똥누러 갈 때마다 데리고 가므로 제자가 귀찮다는 말이다.
72) 독각 : 남자의 음경을 익살스럽게 표현한 말.
73) 방기지액(房妓之厄) : 남자의 음경이 크면 기생에게는 고통스럽다는 말이다.
74) 진두 : 진두는 옛말의 진뒤. 즉 진드기인 듯함. 가축의 몸에 붙어서 피를 빨아 먹는다. 여기서는 음경이 크면 기생에게는 고통스럽지만 진드기 한테는 좋은 밥이 된다는 말이다.
75) 昔有一守令, 與邑戶長, 相與占聯, 守令皤腹, 而戶長患眼, 守令先唱曰, 戶長之眼雖濕, 能作渠而導之乎, 衫袖之厄而蒼蠅之宴食, 戶長但俯伏而已, 守令曰 上尊亦對之, 戶長唱曰, 大人之腹雖而, 能載貢稅之米耶, 馹騎之厄而猛虎之宴食, 余與一庵陪伯氏, 東遊關東, 一庵 每呼弟子, 夜出遺矢, 伯時唱曰, 一庵雖屢見馬, 能給馬蒭乎, 弟子一厄而尨狗之宴食, 余又

이상 두 편의 시화형 풍월담은 우리가 보고 어희담의 경우처럼 즉시로 재미를 느끼고 한 번의 웃음으로 지나는 것이 아니라 보다 많은 사색을 하게 하는 이야기이다.

첫 예에서 보다시피 시화형 풍월담은 그것을 보는 독자들이 보통 민담형 소화를 보는 것처럼 그렇게 직관적으로 자연스럽게 웃을 수 있는 것이 아니다. 무엇보다도 독자가 역시 많은 지식과 경험이 필요한 것이다. 즉 어느 정도 한문지식과 고전에 대한 지식이 없으면 그 진수를 느낄 수가 없으므로 웃음의 효과도 당연히 달라지기 마련이다.

양녕대군과 세조의 사이는 삼촌과 조카의 사이이다. 그리고 세조는 또 유교적 명분을 세우기가 어려우니 불교를 좋아했다. 이런 역사적 지식이 모자라면 단지 양녕대군의 기상천외한 응구첩대(應口輒對)에 한번 웃고 말 것이다. 하지만, 답구 역시 해박한 고전지식이 없으면 음미할 수 있는 웃음이 없을 것이다. 이것은 풍월담의 또 다른 특점이 될 것이다. 그러므로 풍월담은 대부분 창작층이 유식층일 뿐만 아니라 소유층 역시 어느 정도 소양을 갖추어야 하며, 지식의 수준이 웃음의 질을 결정한다.

풍월담의 또 하나의 특점은 대부분 식자층들이 동료들을 결함도 있고 약점도 있는 개성적인 보통 인간으로 다루고, 주인공들의 흠집을 전시하면서도 그들을 조소하고 희롱하면서도 오히려 주인공들의 '기괴한' 성미나 습관, 심지어는 치명적인 것 같은 결함 뒤에 숨은 천진성과 개성적 특징을 생동하게 반영하여 웃음을 자아내는 것이다.

___

陪伯時赴京, 醫員金原謹嘗患獨脚, 余唱曰, 金判事之脚雖大, 能作大葫蘆乎, 房妓之厄而眞豆治宴食, 眞豆虫名, 好黏狗脚者也. 원문 7-30.

그리고『용재총화』의 경우 풍월담은 모두가 일화형 소화임으로 전부 '누가 언제 어디서'라는 식으로 되었기 때문에 제10권, 19조의 최세원의 농담(제목은 필자가 나름대로 단것)과 같이 어희담과 시화가 한 주인공에 의해 동시에 나타나기도 한다. 그 내용을 보자면 아래와 같다.

> 최세원(崔勢遠)이 어렸을 때 상사(上舍)로써 관에 있을 때, 상사 김항신(金亢信)은 망건이 정리되지 못하였고, 김백형(金伯衡)은 눈이 어둡고 사시(斜視)이므로, 최세원이 희롱하여 말하기를, "이미 머리에 쓰고 또 얼굴에 쓴 것은 김항신의 망건이요, 동쪽을 보는 것 같으나 실은 서쪽을 보는 것은 김백형의 눈동자다."하고, 상사 곽승진(郭承振)의 별명이 귀(鬼)인지라 세원이 곽귀부(郭鬼賦)를 지어 꾸짖기를, "자네가 두려워하는 바는 복숭아 동쪽가지로다…"하였다. 최세원이 강진산과 친구로서 사귐이 아주 두터웠는데, 강진산은 장원 급제 되고 최세원은 낙제하여 무릎을 안고 탄식하며 말하기를, "강 아무개는 똑똑한 사람이다. 내가 장원이 되고 강으로 하여금 말좌가 되게 하여 불러서 이를 부리려고 하였더니 뜻밖에 나보다 먼저 장원에 뽑히니, 후년에 내가 비록 장원에 뽑힌들 제가 어찌 부러워하리요. 원하건대 하늘은 사흘동안 똥비를 내리시어 유가(遊街)하지 못하도록 하소서."하였다.[76]

위의 내용에서 볼 수 있듯이 일부분은 시화형식의 풍월담이고 그 다음은 어희담이라고 할 수 있다. 이 두 편의 이야기는 모두 최세원의 익살스러운 점에서 일치하기에 성현은 두 이야기를 동시에 누적담의 형식을 빌어 독자들로 하여금 최세원의 익살스러움을 보고 웃지

---

76) 崔勢遠少時, …戲作句曰, 旣着頭又着面, 金亢信之網巾, 似看東實看西, 金伯衡之眸子, 上舍郭承振別名鬼, 勢遠作郭鬼賦, 誅曰, 子所畏兮桃之東枝, …彼何歆羡, 願天雨糞三日, 使不得遊街. 원문 10-19.

않을 수 없게 하였다.

3. 지략담

『용재총화』의 경우 모두 7편의 지략담이 기록되어 있다. 이중에서 권5의 앞 두 편은 민담형 소화이고 나머지 5편은 일화형 소화이다.

5-1의 경우와 같은 '겨루기' 유형을 2장에서 보다시피 따로 경쟁담으로 독립시키는 경우도 있지만 여기서는 무엇보다도 지혜로써 상대방을 이겨 웃음을 자아내게 하는 이야기이므로 필자는 경쟁담을 지략담에 포함시켰다.

그 원문을 보면 다음과 같다.

> 옛날에 청주인(靑州人), 죽림호(竹林胡), 동경귀(東京鬼) 등 3명이 아울러 말 한 마리를 샀는데, 청주인은 천성이 민첩하여 먼저 허리를 사고, 호(胡)는 그 머리를, 귀(鬼)는 꼬리를 샀었다. 청주인이 의논하기를, "허리를 산 사람이 마땅히 타야 한다."하고, 말을 달려서 마음대로 가는데, 호는 먹일 풀을 가지고 말의 머리를 끌고, 귀는 진(蜄, 빗자루를 말함)을 가지고 말똥을 쓸면서 뒤를 따랐다. 두 사람이 괴로움을 참지 못하여 서로 말하기를, "이제부터는 높고 먼 곳에서 놀았던 사람이 말을 타기로 하자."하였다. 호는, "내가 전에 하늘 위에 이른 일이 있다"하니, 귀가, "나는 네가 갔던 하늘 위의 그 위에 갔던 일이 있다."하자, 청주인은, "네 손이 닿는 곳에 무슨 물건이 없더냐. 긴 허리뼈가 없던가."하였다. 귀가, "있었다."하니, 청주인이, "그 긴 허리뼈는 바로 내 다리였네. 내 다리를 만지고 왔으니 반드시 내 아래에 있었을 것이다."하여, 두 사람이 다시는 상대하지 못하고 오래도록 청주인의 종이 되었었다.77)

이 소화는 보다시피 청주인의 지혜로운 말과 익살에 독자들은 웃음을 자아낸다. 세 사람이 합자하여 말을 샀다면 응당 동일한 승마권을 가져야 합당한 것을 독자들은 다 알고 있다. 그럼에도 불구하고 꾀가 많은 청주사람에게 죽림호와 동경귀는 두 차례나 홀려 결국은 노복 노릇만 하게 된다.

주지하다시피 당시 사회의 현실을 볼 때 말은 제일 가는 교통수단 이다. 따라서 말의 값 또한 만만치 않았을 것이다. 이와 동일한 모티프를 가진 소화가 전하는 것으로 보아 여러 사람이 같이 합자하여 사는 경우가 있었으리라고 추측이 간다. 이주홍(李周洪)이 편찬한 『한국풍류소담집』에 "그게 바로 내 다리야"라는 소화가 전한다. 그 원문을 보면 아래와 같다.

> 세 사람이 함께 말을 샀는데 제일 높은 데 올라가 본 사람이 말을 타기로 했다. 한 사람이 "나는 하늘에 올라가 봤다."하자 또 한 사람이 "난 그 하늘 위의 하늘에 올라갔지."한다. 그러자 나머지 한사람이 "그때 네 머리위에 뭐 닿는 것이 없었나, 그게 바로 내 다리야."해서 말을 타게 되었다.78)

여기서 우리는 위 소화가 『용재총화』에서 나오는 '삼인의 지혜 겨루기'와 동일한 모티프를 가진 이야기라는 점을 바로 알 수 있다. 물론 후자의 경우는 『용재총화』의 이야기에서 전승하여 내려오면서 변

---

77) 昔有靑州人竹林胡東京鬼三人, 共買一馬 …靑人曰汝手所觸無乃有物乎, 無乃有骨危而長者乎, 鬼曰是矣, 靑人曰波骨危長者是吾脚, 汝捫吾脚必在吾下, 二人莫對, 長爲靑人僕從. 원문 5-1.
78) 李周洪, 『한국풍류소화집』, 서울 成文閣, 1962, 21면.

이양상이 아닌가 하는 질문도 있겠지만 필자는 위에서 사회적 원인을
밝혔듯이 이런 모티프의 이야기가 전해졌다는 것이 가능하다고 본다.
그렇다면 이 두 이야기를 비교할 때 『용재총화』에 소재된 이 이야기
는 성현이 원 모티프를 기초로 개인의 창작이 첨가된 문학성이 짙은
한편의 창작물이라는 것을 알 수 있다. 두 이야기를 비교해 볼 때 우
선 구성상의 차이점을 들 수 있다. 『용재총화』의 경우 구성이 비교적
복잡하고 논리에 맞게 전개를 했다. 인물설정도 보다 구체적이어서
청주인, 죽림호, 동경귀로 명시되어 있고 각자가 산 부위도 나타나고
처음에 취한 행동들도 나타났고, 승마권을 가지고 경쟁을 하게된 원
인도 밝혀졌다. 웃음의 효과에서도 후자의 경우는 승리자의 지혜가
사기성을 띠고 있기에 도덕적인 면은 그다지 고려하지 않은 점이 치
명적인 제약점이라고 할 수도 있다. 하지만 필자는 『용재총화』에 소
재된 이 소화는 저자의 우리민족의 자긍심과 우월성을 보여주는 한편
의 희소한 소화라고 생각한다. 우선 인물의 설정에서 청주인은 한국
인이고 죽림호(竹林胡)는 만주의 오랑캐며, 동경귀(東京鬼)는 일본인이
라고 볼 때 효과는 완연히 달라지기 때문이다. 『용재총화』에는 제10
권의 26화와 27화는 외인(일본인)의 풍속과 야인(만주인)의 풍속을 다룬
바 있다. 모두 풍속에 치우쳐 다루고 있지만 은연중에 정치사회제도
나 인륜에서 당시 조선보다 못하다는 점을 밝히고 있다. 이런 까닭에
이 지략담은 성현이 기존의 동일한 모티프의 이야기를 기록할 때 성현
의 뛰어난 문학적 재질 즉 문학적 허구와 민족의식을 첨부하여 문학성
은 물론, 사상성까지 보여지는 훌륭한 작품이라는 것을 알 수 있다.
  지략담 중에 사기치기를 모티프로 한 소화도 여러 편 전한다. 『용

재총화』 제5권 4화에서 5화까지 연속 3편의 스님속인 상좌이야기가
전한다. 4화와 5화는 소화의 유형 중 또 하나의 큰 유형군을 이루고
있는 호색담에 속하므로 호색담에서 다루기로 한다. 제5권 3화의 내
용을 보면 아래와 같다.

> 상좌(上座)가 사승(師僧)을 속이는 것은 옛날부터 흔히 있는 일이었
> 다. 옛날에 어떤 상좌가 있었는데 그의 사승에게 말하기를, "까치가 은
> 수저를 입에 물고 문 앞에 있는 가시나무에 올라앉아 있습니다."하니,
> 중이 이를 믿고 나무를 타고 올라가니 상좌가 크게 소리 질러 말하기
> 를, "우리 스승이 까치 새끼를 잡아 구워 먹으려 한다."하였다. 중이
> 어쩔 줄을 몰라 내려오다가 가시에 찔려 온몸에 상처를 입고 노하여
> <상좌의> 종아리를 때렸더니, 상좌가 밤중에 중이 드나드는 문 위에
> 큰 솥을 매달아 놓고, 큰 소리로, "불이야"하였다. 중이 놀라서 급히
> 일어나 <뛰어나오다가> 솥에 머리를 부딪쳐 까무러쳐 땅에 엎어졌
> 다가 오래 된 뒤에 나와 보니 불은 없었다. 중이 노하여 꾸짖으니 상
> 좌는, "먼 산에 불이 났기에 알린 것뿐입니다."하였다. 중이 말하기를,
> "이제부터는 다만 가까운데 불만 알리고 반드시 먼데서 난 불은 알리
> 지 말라."하였다.[79]

이 이야기는 사승의 물욕근성을 간파하여 골탕 먹인 이야기로서 유
사한 이야기도 여러 편 전하고 있는 것[80]으로 보아 당시 이런 이야기
가 많이 구전되었을 것이다. '은수저'가 '옥비녀'로 바뀌는 이야기도
전하는데 모티프는 모두 상좌승이 사승을 놀리는 것으로 동일성을 이

---

79) 上座誣師僧, 自古然矣, 昔有上座, 謂僧曰, 有鵲含銀筋, 上門前刺楡, 僧信之, 攀緣上樹,
　　上座大呼曰, 吾師探鵲兒欲炙而食之, …僧曰自今只告近火, 不必告遠火. 5-3.
80) 신월균, 앞의 논문, 74-75면.

루고 있다. 혹시나 얻을까 허겁지겁 나무로 올라가는데 상좌가 스승이 까치새끼를 잡아먹으러 올라간다고 소리쳤으니 사승에게는 치명적인 타격이 아닐 수 없다. 그래서 체면과 위엄이 손상될 것이 두려워 황망히 내려오다가 상처투성이가 되었으니 말이다. 하지만 상좌는 사승을 희롱한 죄로 종아리를 맞게 된다. 그러나 이야기는 이에 그치지 않고 다시 보복으로 이어진다. 밤중에 불이 났다고 소리치니 목숨만을 구하려고 정신없이 달려 나오다가 미리 달아놓은 큰 솥에 머리를 부딪쳐 까무러치고 만다. 따라서 이번에는 상좌에게 가까이 있는 불만 알리고 멀리 있는 불은 알리지 말라고 하고 어떤 가해도 따르지 않았다. 이 소화의 묘미는 무엇보다도 상좌와 승의 대립에서 상좌의 잠시 성공으로 상위를 차지했다가 다시 좌절을 당해 사승의 반전으로 되고 최종적으로 다시 상좌가 완전성공으로 재반전되는 구성으로 강한 흥미를 가져다준다. 위의 예로부터 알 수 있듯이 이런 유형의 소화는 여러 가지 이야기로 전하고 있고, 대개 민중의 반항의식이 담겨져 있다는 분석이다. 하지만 성현이 굳이 이런 유형의 소화를 실은 것은 자신의 철저한 반불교 의식과도 깊은 연관이 있다고 할 수 있다.

　제5장 26화에 실려 있는 '윤사문의 속임수'[81]라는 내용 역시 세 편의 사기담이 누적된 훌륭한 사기담이다. 우선, 자기방의 기생을 홀려 기생과 사통하는 아전을 잡아 모피를 얻어내고, 두 번째는 상을 치르려는데 돈이 없어 하는 것을 알고 많은 패물을 준다고 사기를 쳐서

---

81) 원문 5-26 尹斯文統…夜半假寐而鼾, 妓以爲熟睡, 挺身而出,…
　　先生初以誑言誘之, 實無所與之物, 遂大叫曰, 喪婦入我房矣, 妓慙而遁,…
　　僧設慶讚法筵以落之, 先生曰吾家婦欲來拜佛,…竟爲先生之家, 家無疾疫, 年八十而終.

희롱한 이야기이고, 세 번째는 중을 홀려 절을 짓는다고 하고는 그 집을 타고 앉아 산 내용이다. 또 불제자를 희롱함에도 불구하고 80세 까지 살았다는 것 역시 성현의 강한 척불의식을 엿볼 수 있다.

기타 지략담들도 모두 주인공들의 지혜 넘치는 행동과 언어로 강한 웃음을 자아내는 이야기들이다. 이런 지략담의 특징은 인물의 지혜를 돋보이기 위하여 누적담의 경우로 구성된 것이 대부분이다.

4. 치우담

『용재총화』의 경우에도 6편의 치우담이 있다. 그 중에서도 '어리석 은 형과 영리한 동생' 그리고 '바보사위'는 민담형 소화로 유사한 내 용의 이야기들도 전하고 있다. 먼저 '어리석은 형과 영리한 동생'이란 이야기의 경우 편폭이 길어 줄거리만 보면 다음과 같다.

① 옛날에 두 형제가 있었는데 형은 어리석고 동생은 민첩하였다.
② 아버지 제삿날이 되어 재(齋)를 올리려 하였으나 집이 가난하여 아무 것도 없었으므로, 형제가 밤중에 도둑을 한다.
③ 형의 어리석음으로 결국 늙은이에게 잡히게 되었다.
④ 벌을 받을 때, 동생은, "썩은 새끼로 묶으시고 겨릅대로 치시기를 원합니다."하고, 형은 "칡끈으로 묶으시고 수정목(水精木)으로 치 십시오."하였다.
⑤ 늙은이가 도둑을 한 원인을 물은 뒤 불쌍히 여겨 곡식을 주면서 마음대로 가져가게 하니, 동생은 팥 한 섬을 얻어 힘을 다하여 짊어지고 집으로 돌아왔는데, 형은 팥 몇 알을 얻어서 새끼줄에 끼어 끌면서, "야허, 야허."하면서 돌아왔다.

⑥ 이튿날에 동생이 팥죽을 쑤고 형을 시켜 중을 청하여 재(齋)를 올리게 하였더니, 형이 까마귀와 꾀꼬리를 청하다가 실패를 한다.

⑦ 동생이 하는 수 없이 직접 중을 청하러 가면서 죽이 다 익으면 떠서 오목한 그릇[凹器]에 담아 놓으시오 하였더니, 형은, 落水물이 떨어져서 움푹 패인 섬돌을 보고 죽을 그 속에 모두 부어 한 솥의 죽이 모두 없어졌었다.82)

'어리석은 형과 영리한 아우'의 이야기는 유사한 이야기가 여러 편 전해지고 있지만 대부분 위의 이야기와 같이 누적담들이다. 이런 이야기는 동생의 영리함 때문에 지략담으로 보는 경우도 있겠지만 소화로써 웃음을 자아내게 하는 원인은 어디까지나 어리석은 형이기 때문에 주인공이 형이 될 수밖에 없고, 동생은 형의 어리석음과 서로 대조를 이루면서 형의 어리석음을 돋보이게 하여 웃음의 효과를 더해주는 역할의 담당자로써 보조인물이 된다. 이 이야기에서 형은 대부분의 치우담에서 보이는 것과 마찬가지로 상황판단능력이 전무하고 무감각하며 고지식하다는 것을 알 수 있다. 부친 제삿날이지만 부친 제사를 어떻게 지내야 할 것인가에 대해서 전혀 관심이 없을 뿐더러 형으로서의 어떤 책임의식도 없는 무기력한 사람으로서 오로지 동생에게 의해서 피동적으로 존재할 뿐이다. 동생을 따라 곡물을 훔치러 갔을 때도 주인이 싼 오줌을 뜨거운 비가 온다고 하여 잡혔고, 매도 "칡끈으로 묶으시고 수정목(水精木)으로 치십시오."하여 호되게 맞았을 뿐만 아니라 불쌍히 여겨 곡물을 가져가라고 했을 때도 동생은 팥 하

___
82) 昔有兄弟二人, 兄癡而弟黠, 値父忌欲設齋祭, 顧家貧無物, 兄弟乘夜, 潛往隣家穿壁而入, … 及弟請僧而還, 則一釜之粥盡矣. 원문 5-3.

섬을 얻어 힘을 다하여 짊어지고 집으로 돌아왔는데, 형은 팥 몇 알을 얻어서 새끼줄에 끼어 끌고 오면서, "야허, 야허."하며 소리까지 친다. 매를 맞은 아픔도 벌써 다 잊고 마냥 즐거워만 하는 형을 보고 독자는 웃을 수밖에 없다. 동생이 팥죽을 쓰고 형더러 염불할 중을 청해오는 단순한 일을 맡겼지만 중이 누군지도 모르고 까마귀와 꾀꼬리를 청하다가 달아나자 돌아온다. 답답한 동생이 직접 중을 모시러 가면서 가장 단순한 일, 즉 다된 팥죽을 오목한 그릇에 담아놓으라고 한다. 그런데 오목한 그릇도 몰라 낙숫물에 오목패인 섬돌에 다 부어버려 웃음을 극치에 달하게 한다.

이러한 치우담은 '어리석은 사위' 이야기도 한 편 전한다. '어리석은 사위'형의 이야기도 역시 치우담 중에 가장 많이 전하는 이야기이다. 이런 형식은 대개가 단순형으로서 길이가 짧고, 이야기의 줄거리나 결과에 중점을 두는 것이 아니라 어리석은 말이나 행동에 중점을 둔다.

그러나『용재총화』에 소재된 '바보사위'이야기는 두 사건의 누적담으로 되었을 뿐만 아니라 구성도 사위의 바보스러운 행위로 봉변을 당하였다가 신부의 도움으로 위기를 넘겼다가 보다 큰 우행으로 구제불능하게 처리함으로써 두 사건이 하나씩 떨어져 각기 단편을 이룬 것이 아니라 통일된 하나의 유기적 결합체로 기술하여 '바보사위' 이야기들 중에서 학입계군(鶴立鷄群)이라고 할 수 있는 훌륭한 작품이다. 이 역시 성현의 뛰어난 문학적 기량이라고 할 수 있다. 이 내용을 보면 아래와 같다.

① 옛날에 어떤 선비가 사위를 맞이하였는데, 사람이 매우 어리석어서 콩과 보리를 구별하지 못하였다. 사흘 동안 신부와 함께 앉았더니 소반 위에 있는 송편을 가리키며, "이것이 무엇인고."하므로 신부가, "쉬쉬(休休, 잠자코 있으라는 말이다)"하였다. 또 사위가 떡을 쪼개니 그 속에 잣[松子]이 들어 있었다. "이것은 또 무엇인고."하고 물으니, 신부가 또, "말 말아요[莫說]."하였다. 사위가 그의 집에 돌아가니 부모가, "무엇을 먹었느냐."물었더니, 그는, "한 '쉬쉬'속에 세 개의 '말 말아요'가 있었습니다."하였다.

② 신부집에서는 근심과 후회로 어찌할 바를 몰랐다.

어느 날 <처가에서> 50휘[斛]들이나 되는 노목(盧木)궤짝을 사서 <서로> 약속하기를, "사위가 만약 이것을 알면 내쫓지 않으리라."하였다. <그래서> 신부가 밤새도록 가르쳐 주었더니, 이튿날 장인이 사위를 불러내 보이자 사위가 몽둥이로 그것을 두드리며 말하기를, "노목 궤짝이 50휘들이나 되겠습니다."하니, 장인이 매우 기뻐하였다. ③ 또 나무통을 사서 보이니 그는 몽둥이로 두드리며, "노목통이 50휘들이나 되겠습니다."하였으며, <또> 장인이 방광염[腎膀]을 앓으므로 사위가 병 문안을 갔다. 장인이 나와서 보니 <역시> 몽둥이로 장인을 두드리며, "노목 방광이 50휘들이나 되겠습니다."하였다.[83]

이 이야기는 장모집을 무대로 하는 어리석은 사위의 바보스러운 행위가 사람들의 웃음을 자아내게 한다. 시작부터 콩과 보리를 구분 못하는 바보라고 전제를 달아 첫 번째 바보스러운 행위는 사람들이 예측했던 것이기 때문에 웃음이 그다지 강하지 못하다. 하지만 다음에 이어지는 사건은 바보사위로 하여금 면치 못할 큰 위기를 당하게 한

83) 昔有士人迎婿, 婿甚愚駭, 未辨菽麥,… 指盤中饅豆曰, 此何物, 婦曰休休, 婿劈餠, 餠中有松子, 問曰此何物, 婦曰莫說, 婿歸其家, 父母問食何物, 婿曰, 一休休裏有三莫說,…翁患腎膀, 婿往問疾, … 婿以杖叩之曰, 盧木腎膀可容五十斛矣. 원문 5-7.

다. 즉 처갓집에서 노목 궤짝으로 시험을 하려고 한다. 그러나 신부가
밤새 가르쳐 주어 시험을 무사히 통과하여 또 한 번의 구수한 웃음을
짓게 한다. 이처럼 이야기를 자연스럽고 흥미진진하게 전개하다가 나
중에 고조를 이루며 강한 웃음을 유발하게 처리하였다. 즉 신부가 가
르친 것이 문제가 된 것이다. 하나를 배워서 성공을 하자 무조건 기
계적으로 실천에 옮기는 것이다. 나무통을 보고도 똑같이 기계적인
반복을 하고, 장인 병문안을 가서도 역시 그 어려운 장인을 몽둥이로
두드리며, "노목 방광이 50휘들이나 되겠습니다."라고 하여 웃음이
극치에 달하게 한다. '바보사위'이야기는 고지식하고 미련하며 배운
것을 전혀 융통성이 없이 기계적으로 실천에 옮기는 어리석은 행동이
나 말이 소화를 이루게 하는 것이 특징이다. 하지만 성현이 기술한
이 '바보사위'이야기는 전반적인 사건의 구성이 긴밀하게 이어질 뿐
만 아니라 하나의 주제에 맞게 잘 짜이게 하고 이야기 또한 굴곡적이
여서 독자들의 웃음도 점층적으로 강하게 나타나게 한다. 이는 성현
의 의도적인 배치가 아니고서는 결코 이룰 수 없다고 생각한다.

　일화형 소화에 속하는 바보담 역시 주인공들의 어리석음으로 인하
여 웃음을 자아내게 한다. 제4권 7화[84])에 실린 이야기 필장 김호생이
사람들에게서 호모(毫毛)를 받아 매양 절취하므로 절취한다는 은(隱)자
를 써 호은(毫隱)으로 호를 달아준 것을 '목은(牧隱), 포은(圃隱), 도은(陶
隱), 농은(農隱)' 등 유명한 사람이 은둔(隱遯)이라는 隱자를 사용한 것

---

84) 金好生者本儒者也, 少時居京, 善造筆, … 好生問齋名於文士, … 後有一文士到家曰, 汝知
　　毫隱之義乎, 隱字非隱遯之隱, 以汝受人毫毛, 每窃取之, 故號之隱, 乃倣窃之隱, 好生而不
　　福稱. 원문 4-7.

도 모르고 마냥 좋아만 하는 것으로 웃음을 자아내게 한다.

제5권 18화[85]의 풍산수 역시 수를 헤아릴 줄 모르고 오직 쌍쌍으로만 셀 줄 알아 집의 어린 종이 오리 한 마리를 삶아 먹었을 때는 쌍쌍으로 세다가 한 짝이 남으므로 대노하여 종을 때리며, "네가 내 오리를 훔쳤으니 반드시 다른 오리로 변상하여라."하고, 이튿날 종이 또 한 마리를 삶아 먹었을 때는 그 쌍이 맞으므로 매우 기뻐하며 하는 말 역시 가관이다. "형벌이 없지 않을 수 없도다. 어제 저녁에 종을 때렸더니 변상해 바쳤구나."라고 하였으니 말이다. 이 소화는 극히 짧은 편폭으로 풍산수의 어리석음을 생동하게 그려 웃음을 자아낼 뿐만 아니라 이야기 중에 통치배들의 무식하고 흉악한 본성까지 드러내 한 편의 훌륭한 소화를 이룬다.

기타의 치우담 역시 40세가 넘었으나 한 자도 알지 못한 순평군(順平君)이 죽을 때 처자를 모아 놓고 유언[呼訣]하기를, "사생(死生)이 지대하니 어찌 관심하지 않으리요마는, 다만 영구히 종학을 이별하는 것이 대단히 통쾌하다."하다고 한 이야기,[86] 그리고 잡류인 최호원(崔灝元)과 안효례(安孝禮) 세조가 파적을 목적으로 그들의 부르군 하는 것도 모르고, 교만하게 은혜가 내리지 않는 것을 원망하여 "나의 승지와 너의 첨지(僉知)되는 것이 어찌 그리 늦느냐."고 하는 이야기[87]들

---

85) 宗室豊山守, 愚騃不辨菽麥, 家養鵝鴨, 而不知算計, 惟以雙雙而數之, 一日家僮烹食一鴨, 宗室數至雙雙, 而無餘隻, 乃大喜曰, 刑罰不可畏也昨夕杖僕, 而僕償納之矣. 원문 5-18.

86) 世宗新設宗學聚宗族讀書, 順平君年過四十, 不識一字, … 臨死聚妻子呼訣曰, 死生至大, 豈不關心, 但永離宗學, 是大快也. 원문 6-24.

87) 世祖愛篤臣隣, 引接無虛月, … 晚年玉体違豫不能寐, 或召儒臣講書, 或引雜類崔灝元安孝禮等, 各以其術相鬪, 口角流洙, 有時攘臂詬罵, 無所不之, 上亦連晝夜, 憑几而廳之, 二騃人傲望恩於不下, 灝元私謂孝禮曰, 吾之承旨汝之僉知何其遲也, 聞者無不掩口, 聖主雖因破寂而召進, 其實以俳優畜之, 而二人仰希大用, 時識鄙之. 원문, 10-6.

도 모두 독자들로 하여금 폭소를 자아내게 하는 훌륭한 소화들이다.

5. 과장담

『용재총화』에도 과장담이 13편이나 실려 전한다. 하지만 모두 필기류의 일화형 소화라는 것이 특징이다. 주인공의 어느 한 특징을 표현하기 위하여 사실에 저자의 허구와 과장을 가하여 생동하게 표현하여 웃음을 자아내게 한다. 그것들을 순서대로 나열하면 다음과 같다.

이들 중에서 허풍쟁이 이야기에 속하는 제6권 36화의 '辛某의 噦鄙'라는 내용을 한 편만 보도록 하자.

① 조사(朝士) 가운데 신(辛)이란 성을 가진 사람이 있었는데, 성품이 부탄(浮誕)하여 항상 부자(富者)임을 자랑하고자 하였다.

하루는 쌀 한 주먹을 가지고 문 밖에 뿌린 뒤, 손님을 맞아들이면서 당을 내려다보고 종을 꾸짖기를, "어찌 하늘에서 내린 물건을 마구 버리느냐. 그저께 충청도 사람이 쌀 2백 곡(斛)을 보내왔고, 지금 전라도 사람이 3백 곡(穀)을 보내왔다고 이와 같이 어지럽혔단 말이냐."하였다.

② 또 희첩(姬妾)의 아름다움을 자랑하고자 하여 항상 지분(脂粉)을 뿌려 방벽에 바르고, 손님을 맞아들일 때 종을 꾸짖기를, "어째서 창벽을 더럽혔느냐. 아무 기생이 이 방에 와서 자더니, 이것은 새벽에 화장할 때 낯을 씻으며 한 짓이었구나."하고, 또 헝겊 조각을 종에게 주었다가 손님이 와서 당에 앉았을 때, 종이 뜰 아래 꿇어앉아 말하기를, "아무 아가씨 비단신에 수놓은 것을 화아(花兒)에게 쓰오리까, 운아(雲兒)에게 쓰오리까."하면, 선비는 말하기를, "대운아(大雲兒)에게 쓰는 것이 좋을 것이다."하였는데, 이들은 모두 한때의 명기(名妓)였다.

③ 또 교우(交友)를 자랑하고자 하여 미리 권세 있는 재추(宰樞)의 명함을 써서 종에게 주고는, 손님이 와서 앉았을 때 종이 명함을 가지고 와서 바치면, 선비는 그것을 옆에 놓고 일부러 오래 보지 않다가, 손님이 이것을 집어보고 노상(盧相)의 이름이어서, 놀라 달아나려 하면 선비는 말리면서 말하기를, "노상은 나의 친한 친구이니 동요하지 말라."하였다. 조금 있다가 종이, "노상이 그냥 돌아갔습니다."하니, 선비는 웃으면서 말하기를, "내가 오래 이 사람을 보지 못해서 지금 보고자 했는데, 어찌 그리 급하게도 갔느냐."하였다.

④ 이런 줄을 아는 사람은 모두 그 鄙陋함을 비웃었다.[88]

이상에서 보다시피 ① 부자인척 허풍떠는 이야기, ② 명기와 가까운 척 하는 허풍떠는 이야기, ③ 권세 있는 사람과 친한 척 하는 이야기의 세 가지 삽화와 ④ 세평을 달아 신씨가 비루한 허풍쟁이라는 주제를 짜인 구성으로 통일성을 이루며 제시하고 있다. 성현은 신씨의 비루함을 세 가지 동질성 있는 사건으로 생동하게 나타내 독자들로 하여금 그의 필요 없는 허영심을 간파하고 어처구니없는 웃음을 자아내게 한다.

6. 우행담

『용재총화』에는 5편의 우행담이 있는데 모두가 과거에 관한 이야기인 것이 특징이다. 거기에는 오해도 있고, 우연한 장원급제도 있고,

---

88) 有朝士辛姓者, 性浮誕, 常欲誤其富, 取米一掬, 散于門外, 邀客而入, 俯地叱僕曰, 何暴殄天物, 昨昨忠淸人輸米二百斛, 昨日全羅人輸米三百斛, 故如此狼戾耳, …人有知者, 皆笑其嗤鄙也. 원문 6-36.

좀 사정이 다르게 안되는 것도 노력하여 우연하게 급제된 이야기이다. 과거에 급제여부는 물론 본인의 수준과도 관계가 되지만 현장발휘와도 관계됨으로 행운이 따라줘야 함은 주지하는 사실이다. 더구나 장원급제는 수준도 수준이지만 우행의 요소도 있다.

우선 제4권 제8화에 실린 참판 박이창의 이야기에는 어렸을 적에는 상주(尚州)에서 살았는데 게을러 학업에 힘쓰지 아니하여 부모가 나무라도 좇지 않았는데, 과거 때가 박두해서, 이웃집 과부가 공에게 자기 아들이 향시(鄕試)에 나가려 하나 혼자 가지 못하니 꼭 데리고 가 달라고 부탁하기에 부득이 시장(試場)에 들어가니 응시자들이 모두 글을 짓느라고 깊은 생각에 잠겨 있자, 공도 스스로 생각하기를, "조교(曹交 : 키 큰 사람을 말함)같이 큰 키로 백지를 내고 나오면 반드시 사람들의 웃음거리가 되겠지."하고는, 할 수 없이 붓을 잡고 글을 지었는데 우연히 공이 장원이 되었다는 이야기[89]이다.

또 오해에 속하는 박충이 요행 말석급제를 하고 종을 나무라는 이야기[90]가 있다. 종은 말석급제를 한 박충을 부끄럽게 여겨 기분이 상하여 돌아오니, 낙담하여 누웠다가 말석급제란 말을 듣더니 벌컥 성을 내며, 도둑놈이라고 욕을 하고 말석도 다행으로 생각을 했으니 말석급제 역시 요행이라고 할 수 있다.

우행담 중에서도 마지막 편(9-19)이 전형적인 우행담이라고 할 수

---

89) 朴參判以昌, 宰樞朴安身之子, 少倜儻不羈, 談辯諧謔, … 公不得已入場中, 羣擧子皆沉吟, 公忽自思曰, 以曹交之長, 曳白而出則必貽笑於人, 強執筆成篇, 榜出則公爲壯元…. 원문 4-8.

90) 世宗甲寅年設別試, 出榜之日, 上舍朴忠至縮縶在家, 伻僕往觀榜目, 舍倚而待, 日夕其僕緩步而還, 不措一言, 坐莝馬蒭, … 僕曰崔恒氏爲壯元, 而上典爲末坐, 上舍勃然變色大罵曰, 唉老賊, 是余所嘗欲者也. 원문 9-16.

있다. 그 내용을 보면

> 세종(世宗) 병진년(丙辰年) 별시(別試)에 처음에는 서의(書疑)로써 하
> 다가 갑자기 대책을 썼다. 윤영평(尹鈴平)은 어려서부터 과거의 업(業)
> 에 졸(拙)하다가 우연히 친구를 따라 응시하였는데, 친구들의 힘을 입
> 어 선(選)에 들었으나 전시(殿試) 날에는 친구들이 자기의 답안 작성에
> 만 몰두하여 조력을 얻지 못하였나. 영평(鈴平)은 초지(草紙)를 가지고
> 한 마디도 쓰지 못하고 있는데, 핵 질 무렵에 회오리바람이 어지럽게
> 일어나 어떤 서초(書草)가 앞에 날아와 떨어졌다. 윤영평이 드디어 갖
> 다 써 바쳤더니 장원(壯元)에 뽑혔다. 서초는 곧 강희(姜曦)가 지은 것
> 으로 강희는 기미년(己未年) 별시에서 제1로 합격하였다.91)

여기서 윤령평은 저자가 지적하였듯이 학업에는 약한 사람이다. 하
루 종일 앉아서도 한마디도 못쓰고 있다가 회오리바람 덕에 앞에 날
아온 시험지를 주워다 자기이름을 써 바친 것이 장원이 된 것이다.
그는 한 글자도 못써서 백지를 바치면 부끄러우니 부끄러움을 면하고
자 바람에 날아온 시험지에다 자기의 이름을 썼을 따름인데 급제는
물론, 장원급제를 했으니 말이다. 이처럼 전혀 주인공의 의도와 달리
우연하게 행운을 얻는 이야기가 우행담의 전형적인 예이다. 사람들은
누구나 요행을 얻으려는 원초적인 욕망이 있기 때문에 이런 우행담을
보면 원초적 욕망의 간접적인 만족으로 자연히 즐거운 웃음을 짓게
된다.

---

91) 世宗丙辰年別試, 初用書疑, 卒用對策, 尹鈴平出自紈袴, 拙於擧子之業, 偶因觀光, 隨朋赴
試, 賴朋徒得中出選, 至殿試之日, 朋徒困於自作, 未得助力, 鈴平持草紙不措一辭, 日夕飄
風亂起, 有書草吹落於前, 鈴平遂取而書呈之, 擢壯元 … .원문 9-19.

7. 모방담

『용재총화』에는 모방담이 3편 전하지만 첫 번째 유형의 이야기는 한 편도 없다. 그 중에서도 첫 번째 이야기가 가장 전형적이라고 할 수 있다. 그 내용을 보면 아래와 같다.

옛날에 어떤 사람이 집에서 기르는 비둘기[鴿]를 남몰래 가지고 시골로 내려가다가 어떤 집에서 유숙하고 새벽에 나왔는데, 그 집에서는 손님이 가지고 온 것이 무엇인지 몰랐다. 시골에 이르러서 집비둘기는 다시 서울로 날아갔는데, 가다가는 반드시 전에 묵었던 집에 들려 빙빙 돌고 나왔다. 그 집에서는 비둘기를 보고 모두 놀라서 장님[經師]에게 묻기를, "비둘기도 참새도 아닌 것이 방울 소리처럼 울고, 집을 세 번 돌다가 가는 데 이 무슨 상서로운 징조입니까."하니, 장님이 말하기를, "반드시 큰 화(禍)가 있을 것이니 내가 가서 빌어서 물리치리라."하였다. 이튿날 장님을 집으로 맞아 왔는데, 그가 말하기를, "반드시 내가 하는 대로 따라 하라. 만약 그렇게 하지 아니하면 화가 도리어 중해지리라. 내가 시험삼아 말해 볼 터이니 당신들은 듣겠는가."하고 부르기를, "명미(命米)를 내놔라."하니, 모두, "명미를 내놔라."하고, 또 장님이, "명포(命布)를 내놔라."하니, 모두들, "명포를 내놔라."하였다. 장님이 또, "아니 어째서 내가 말하는 대로만 하는가."하니, 모두들, "아니 어째서 내가 말하는 대로만 하는가."하였다. 장님이 그만 성이 나서 나가다가 머리가 문설주에 부딪치니 여러 사람들이 모두 좇아 나오며 다투어 머리를 문설주에 부딪치고, <또> 사다리를 놓고 부딪치는 어린이들도 있었다. <또> 장님이 문밖으로 나오다가 마침 진흙처럼 미끄러운 쇠똥이 있어서 발이 미끄러져 넘어지니, 사람들이 모두 미끌어 넘어지고, 쇠똥이 없어지니 혹은 그들이 넘어진 위에 덮쳐 넘어지기도 하였다. 장님이 급해서 동과(冬瓜) 덩굴 밑으로 도망쳐 들어가니, 사람들이 또 따라 들어가서 산처럼 겹겹이 되었다. 어린이들은 미처 들어

가지 못하고 울부짖으며, "아빠, 엄마 나는 어디로 들어가요."하니, 부
모들이 대답하기를, "동과 덩굴로 들어올 수 없거든 남쪽 기슭에 있는
칡 잎 밑으로 들어가는 것이 좋을 것이다."하였다.92)

위의 이야기는 한 편의 훌륭한 모방담이다. 비둘기가 길을 기억했
다가 돌아갈 때 왔던 길로 가는 것을 모르고 중을 보고 물어보니 중
은 재물을 탐내서 사기를 치려고 자기가 시키는 대로 따라하라고 한
다. 그러나 이것이 잘못 받아들여져서 시키면 행동을 하라는 것인데
그만 말만 따라하게 된다. 바라는 것을 얻지 못하고 얄밉게 앵무새처
럼 흉내만 내니 중은 화가 날 수밖에 없다. 그래서 중은 "아니 어째
서 내가 말하는 대로만 하는가." 하니, 모두들 그 말마저 따라한다.
여기까지만 해도 폭소를 터뜨리기에 족하지만 웃음의 시작에 불구하
고 점점 더 강한 웃음을 만든다. 중이 성이 나서 나가다가 머리가 문
설주에 부딪치는 실수를 하자 그것도 따라하고, 미끄러운 쇠똥을 밟
고 미끄러져 넘어지자 그것마저 따라한다. 중의 화를 당한다는 말에
겁을 먹은 상태이기 때문에 두 번 실수를 모두 기계적으로 모방을 하
여 독자들로 하여금 포복절도하게 한다. 두 번이나 실수를 하여 똥까
지 묻은 중은 낭패를 모면하려고 급해서 동과(冬瓜) 덩굴 밑으로 도망
쳐 들어간다. 여기서 웃음은 극치에 달한다. 모두들 또 따라 들어가서
산처럼 겹겹이 되었고, 미처 들어가지 못한 어린이들은 울고불고 야
단법석이니, 부모들이 동과 덩굴로 못 들어오면 남쪽 기슭에 있는 칡
넝쿨 밑에라도 들어가라고 하는 것이다. 이 소화는 웃음도 점층적으

---

92) 昔有人潛携響鴿下鄕曲,…經師惶劇竄入冬瓜蔓下擧衆隨入, 倚疊如山, 兒童未及入, 呼而泣
曰, 爺耶孃耶我去何處, 爺孃答曰, 瓜蔓不得入, 則往入南麓葛葉底可矣. 원문 5-2.

로 더해주고, 구성도 논리에 맞게 잘 짜여진 한 편의 훌륭한 모방담
이다.

　모방담의 이야기들은 다른 소화집에서도 많이 보이고 있지만 대부
분 악한 사람이 선한 사람을 모방하다가 낭패를 보는 이야기들이나,
그럴듯한 사람을 모방하다가 그 사람의 실수까지 모방하여 웃음을 자
아내게 하는 이야기들이다. 그러나 성현에 의해 기록된 이 소화는 강
한 웃음을 겨냥한 이야기이면서도 엉큼한 중이 봉변을 당하는 이야기
로서 권선징악적인 교훈성도 다분히 담고 있을 뿐만 아니라 사건의
전개에 있어서도 논리에 맞게 엄밀한 짜임새를 갖춘 훌륭한 소화라고
할 수 있다.

　기타 두 편의 이야기는 함북간이란 사람이 행동을 잘 모방한다는
이야기와 대모지(大毛知), 불만(佛萬), 계승(鷄僧) 구기(口技)를 잘한다는
것을 생동하게 묘사해서 웃음을 자아내는 이야기이다. 그러나 모두
순간의 웃음을 자아낼 뿐 앞의 모방담처럼 소화적 구성이나 웃음의
효과에 있어서는 이 이야기만 못하다.

8. 실수담

　『용재총화』에는 9편의 실수담이 전하는데 모두 일화형 소화이다.
첫 편의 내용 '정자영의 우활'이라고 하는 이야기를 보면 아래와 같다.

　　중추(中樞) 정자영(鄭自英)이 어떤 날 입시 하였다가 상례(常例)에 따
　라 매를 宰樞들에게 下賜받아 모두들 팔뚝에 얹고 나왔다. 중추는 팔

뚝에 얹을 줄을 모르고 두 손으로 붙잡다가 매가 날개를 쳐 할켜 두 손이 모두 찢어졌다. 좌우를 돌아보고, "이 새는 무엇을 먹고사느냐." 물으니, "날고기를 먹인다."하니, 중추는, "우리 집에서는 날고기는 얻 기 어렵고 다만 사슴 고기포가 몇 조각 있는데, 이를 물에 담가서 연 하게 해서 먹이면 되지 않겠소."하니, 좌우가 배를 안고 웃었다.[93]

여기서 정자영은 바보가 아니라 중추벼슬까지 지닌 사대부이다. 비록 사대부계층에 속하는 인물로 정치나 학문이 뛰어날지는 몰라도 그렇다고 만사가 모두 사대부의 신분처럼 월등할 수는 없는 것이다. 사람은 누구나 배우지 않았거나 경험해보지 못한 일에 대해서는 서투르기 마련이다. 그래서 매를 다룰 줄 몰라 매에게 할켜서 두 손이 모두 찢어지는 실수를 범하고, 사육방법을 몰라 또 한 차례의 웃음을 낸다. 날고기를 먹여야 한다고 알려주자 사슴고기 포를 물에 담가 연하게 하여 먹이면 되냐고 물어 웃음을 자아낸다. 날고기는 만만하니 만만한 것을 먹는 줄로만 알고 고기포를 만만하게 만들면 된다고 생각한 것이 실수가 된다. 이런 실수담의 경우도 누적담의 형식을 취하여 웃음에 웃음을 더해주는 효과를 가진다. 하지만 이런 실수는 마치 바보처럼 표현되어 바보담에서와 같은 짙은 웃음을 자아낸다.

제6권 2화에 실린 '한봉련의 궁술'이라는 내용도 역시 궁술이 뛰어나 맹호도 한 화살로 죽이는 사람이지만 내정(內庭)에서 나회(儺會) 때 광대들이 호랑이 가죽을 쓰고 나희(儺戲)를 놀자 그것을 쏘는 시늉을

---

93) 鄭中樞自英, 一日入侍, 例賜鷹子諸宰樞, 皆臂而出, 中樞不知臂之之術, 以兩手拱執之, 鷹飛騰不已, 兩手盡裂, 顧謂左右曰, 此鳥食何物, 左右曰以生肉喂之, 中樞曰, 吾家難得生肉, 惟有鹿脯數條, 漬水而脆之, 則可以飼之乎, 左右絶倒. 원문 4-15.

하다가 발을 잘못 디뎌 계단에서 떨어졌을 뿐만 아니라 팔까지 부러
진다. 실로 어이없는 실수가 아닐 수 없다. 독자들은 이런 이야기를
보면서 우월감을 느끼면서 흐뭇한 웃음을 짓게 된다.

푸른 귤도 모르는 참판 '안초(安超)의 이야기(권6, 12화)'나 대간(大諫)
이 되어 형옥의 폐를 논할 때 어렸을 때 옥(獄)에 있어 보니 옥은 죄
인을 가두어 두고 괴롭게 하는 곳이 아니라 오히려 영화로운 곳이라
고 하여 불각중(不覺中)에 말을 실수하여 자기의 불명예스러운 과거를
탈로낸 손영숙의 이야기(6-30) 등도 모두 실수로 인해 웃음을 자아내
는 이야기이다.

『용재총화』의 실수담 중에 또 하나의 재치 있는 소화는 제9권 27
화인 '안율보(安栗甫)의 풍정(風情)'이라는 이야기가 있다. 그 내용을 보
면 아래와 같다.

> 중추(中樞) 안율보(安栗甫)는 그 성격이 친구를 사랑하여 술자리에서
> 는 화목하고 취하면 친구 손을 잡고 서로 희롱하였다. 예조정랑(禮曹正
> 郎)이 되었는데, 공사(公事)때문에 판서(判書) 홍인산(洪仁山)[94]을 찾아
> 가니 홍인산이 술자리를 베풀었다. 두 공이 모두 잘 마시는 지라 종일
> 토록 술에 빠져 있었다. 사랑하는 첩이 술잔을 권하는데 바로 홍인산
> 의 사랑을 한 몸에 모으고 있는 여자였다. 중추(中樞)가 억지로 그 손
> 을 잡으니 여자가 놀라 일어나다가 적삼 소매가 끊어졌다. 중추가 따
> 라 나오다가 엎어져 뜰 가운데 누워 인사불성이 되었는데, 때마침 소
> 나기를 맞아 옷이 모두 젖었다. 홍인산이 거두지 말도록 종에게 경계
> 하고 날이 저물어 허둥지둥 집으로 돌아갔다. 홍인산이 의상을 보내며
> 말하기를, "천우(天雨)가 무정하여 귀하의 옷을 더럽혔는데, 실은 나의

---

94) 홍인산 : 홍윤성을 말한다.

권주로 말미암아 그렇게 된 것이니, 옷 한 벌을 갖추어 보내거니와 여자의 소매를 끊은 것은 그대가 스스로 변상하여 주라."하였다. 중추가 그 연고를 물어서 알고는 크게 놀라면서 말하기를, "당상(堂上)에게 무례했으니 무슨 낯이 있겠는가."하고, 버슬을 내어놓고 떠나려 하니 홍인산이 듣고 굳이 말렸다. 중추가 그 집에 가서 사죄하니 또 술상을 베풀었다. 취하고는 다시 여자의 손을 잡으니 홍인산이 껄껄 웃으며 말하기를, "안공(安公)의 풍정(風情)은 절세 무쌍이로다."하였다. 사람에서 이 소리를 듣고 웃음거리가 되었다.[95]

예조정랑인 안율보는 친구와 술을 좋아하여 판서 홍인산과 술을 마시다가 취하여 본의 아니게 엄청난 실수를 한다. 판서가 좋아하는 여자의 손을 잡고 희롱하다가 소매까지 찢어 놓고 따라 나가다가 비오는 뜰에 엎어져 인사불성이 되었으니 말이다. 여기까지만 해도 한편의 생동한 화폭처럼 그려져 훌륭한 소화라고 할 수 있다. 그러나 여기서 끝이 나는 것이 아니다. 술이 깬 다음 자초지종을 알고 벼슬까지 포기하겠다며 성근(誠勤)한 사과를 한다. 그래서 홍인산이 용서를 하고 다시 술자리를 베풀자 그만 또 술에 취하여 꼭 같은 실수를 저지른다. 홍인산도 하도 어이가 없어 화를 내는 대신 오히려 껄껄 웃으며 안공의 풍정이 절세무쌍이라고 '감탄'까지 한다. 홍인산의 느긋한 태도는 이 소화에 해학적 미까지 더해주어 보는 사람들로 하여금 마음속 깊이 흐뭇한 웃음을 자아내게 한다.

제10권 26회에 '신린과 박거경의 우겁(愚怯)'을 내용으로 한 이야기가 있다. 그 내용을 보면

---

95) 安中樞栗甫, 其性愛友, … 因又設酌, 劇飮大醉復執兒手, 仁山大噱, 安公風情絶世無雙, 士林傳以爲笑. 원문 9-27.

　유생 신린(辛鏻)은 강진산(姜晋山)의 누이의 아들이다. 키가 9척이요, 눈이 횃불과 같으나 겁이 많고 재용(才勇)이 없었다. 일찍이 강진산을 따라 명경에 가는데, 이 때에 새로이 건주위(建州衛)를 정벌하여 여진(女眞)이 모두 원수로 미워하고 보복하고자 하였는데, 마침 서로 중원 가는 길가에서 만나 돌을 던지고, 혹은 주먹으로 때리며, 혹은 의복과 물품을 빼앗아 일행이 어리둥절하여 탐탁한 맛이 없었다. 신린을 돌아다보니 뒤떨어져 혼자 오고 있으므로 일행은 모두 침욕을 당했으리라 하였더니 여진이 신린을 보고 모두 길옆으로 피하여 갔다. 사람들이 괴이하게 여겨 물으니, 신린이 말하기를, "심신이 떨려서 어찌할 바를 모르고 다만 눈을 크게 뜨고 보았을 따름이다."하였다. 왜냐하면 그 사람이 신린의 키가 크고 눈이 큰 것을 보고 두려워서 피한 것이었다.

　박거경(朴巨卿)이 일찍이 영압사(營押使)로 명경에 갈 때 또 여진과 노상에서 만나 박거경이 말을 달려나오니, 같이 가던 사람도 역시 말을 달려 쫓아갔다. 그러자 뒤를 따르는 줄 알고 힘을 다하여 말을 채찍질해서 수십 리를 달아나서야 비로소 허실을 알았다. 그 때 사람이 웃으며 말하기를, "신린은 마땅히 겁낼 사람이 겁내지 아니하고, 거경은 겁내지 않아야 할 사람이 겁냈으니 겁냄과 겁내지 않음이 모두 겁을 낸 것이다."하였다.96)

　이 이야기는 두 이야기가 결합된 이야기이다. 즉 신린의 이야기는 신린의 실수가 아니라 상대방의 오해로 실수를 한 것이고 신린은 우행이라고 할 수 있다. 그러나 성현은 이 두 이야기를 각각 단독적으로 처리하지 않고 두 사람의 우겁의 공통성으로 서로 정반대로 대조되는 이야기를 한 이야기로 묶어 독특한 구성미를 보여주면서 웃음을

---

96) 儒生辛鏻, 姜晋山之妹子也, 身長九尺, 目大如炬, 然怯惻無才勇, … 盖其人見鏻身長目大, 畏而避之也, 朴巨卿嘗以營押使赴京, … 其件而亦馳馬在後而來, 巨卿意賊人追我, 盡力加鞭而走行數十里, 是知虛實, 時人笑曰, 辛鏻常惻而不惻, 巨卿不當惻而惻, 惻與不惻, 皆是惻也. 원문 10-25.

자아내게 한다. 박거경은 자기를 따라오는 동료가 자기를 잡으려고
오는 여진사람인 줄 알고 몇 십리를 달아났다는 이야기이다. 두 사람
의 공통점은 모두 겁이 많고 또 상대방도 모두 여진인들이다. 그러나
결과는 너무나도 정반대여서 보는 사람의 웃음을 자아내게 하는 이야
기가 된다. 따라서 이 소화는 실수담에서 이색적 양상을 보이는 이야
기가 된다.

9. 악작극담

못된 장난 이야기인데 악한이 아닌 사람이 나쁜 의도를 가지지 않
고 순수한 장난으로 다른 사람을 희롱하며 골탕먹이고 자기는 아무렇
지도 않은 듯이 여겨 웃음을 자아내는 이야기를 말한다. 이는 익살맞
은 장난기로 사람들의 웃음을 자아낸다. 이런 이야기도 못된 장난기
로 해서 지혜로 남을 속이는 이야기가 있으나 지혜가 돋보인다고 하
기보다는 장난기에 의해서 웃음이 유발되므로 지략담이나 사기담과
구별된다.

『용재총화』에는 총 6편의 악작극담이 있는데 분류표에서 지적하였
듯이 두 편은 민담형 소화이고 네 편은 일화형 소화이다.
제3권 2화는 고려장사랑 영태의 장난기로 폭소를 자아내는 이야기
이다. 그 내용을 보면 아래와 같다.

① 고려 장사랑(將仕郞) 영태(永泰)는 광대놀이를 잘 하였다. 겨울인

데도 용연(龍淵)가에 뱀이 나타나니, 절의 중이 용의 새끼라고 가져다 길렀다. 하루는 영태가 옷을 벗고 전신에 오색(五色)으로 용의 비늘을 그리고 승방(僧房)의 창을 두들기며, "선사(禪師)는 두려워하지 말라. 나는 못 속의 용신(龍神)인데, 선사가 나의 자식을 애호한다는 소문을 듣고 감덕하여 왔다. 어느 날 어느 저녁에 내가 다시 와서 선사를 다시 맞으러 오겠다."는 말을 마치고는 자취를 감추었다. 약속한 날, 중은 새 옷으로 잘 차려 입고 기다리고 있으려니, 이윽고 영태가 와서 중을 업고 연못가로 뛰어와서 말하기를, "꽉 잡지 마시오. 바로 들어갈 수 있을 것이요."하니, 중은 눈을 감고 손을 놓자 영태는 중을 물 속으로 던지고 가버렸다. 중의 잘 차려 입은 옷이 모두 더러워 지고 몸에 상처를 입고 기어서 돌아와 이불을 덮고 누웠다. 다음날 영태가 와서, "스님은 어쩌다가 그렇게 심하게 아픕니까."아니, 중은 말하기를, "용연의 신이 늙어서 노망을 하여 무고한 나를 이렇게 만들었다."하였다.

  ② 또 영태가 충혜왕(忠惠王)을 따라 사냥을 갔을 때도 늘 광대놀이[優戲]를 하니, 임금은 그를 물 속에 던져버렸다. 영태가 물을 헤치고 나오니, 임금은 크게 웃으며, "너는 어디로 갔다가 지금 어디서 오느냐."하니, 영태는 "굴원(屈原)을 보러 갔다가 옵니다."하였다. 임금이 "굴원이 뭐라고 하더냐."하니, 굴원이, '나는 어리석은 임금을 만나 강에 <몸을> 던져죽었지만, 너는 명군(明君)을 만났는데 어찌 되어 왔느냐.' 하였습니다."하니, 임금은 기뻐서 은구(銀鷗) 하나를 주었다. 옆에 있던 우인(虞人)이 이것을 보고 역시 물에 몸을 던졌다. 임금이 사람을 시켜 머리칼을 붙잡고 끌어내서 그 이유를 물으니, "우인은 굴원을 보로 갔다."하였다. 임금이 "굴원이 뭐라고 하더냐."하니, 우인이, "그인들 뭐라 말하겠으며, 낸들 무엇이라 말하겠습니까."하니, 삼군(三軍)이 크게 웃었다.[97)]

---

97) 高麗將仕郞永泰, 善俳優戲, 冬月有蛇現于龍淵畔, 寺僧以爲龍兒, 收而養之, … 王投泰于水中, 泰撇裂而出, 王大笑問曰, 汝從何處去, 今從何處來, 泰對曰, 往見屈原而來, 王曰, 屈原云何, 對曰, 原云我逢暗主投江死, 汝遇明君底事來, 王喜賜銀甌一事, 旁有虞人見之, 亦投于水, 王令人捉髮而出, 推問其故, 虞人云, 往見屈耳, 王曰, 屈云何, 虞人曰, 彼何言

이 소화는 보다시피 두 이야기의 결합이다. 첫 번째 이야기는 익살
궂은 영태가 중을 홀리기 위하여 온몸에 용처럼 무늬까지 칠하고 용
궁으로 데려간다고 거짓말을 하고 물에 빠지게 하는 이야기이다. 장
난치고는 지나친 장난이라고 할 수 있으나 하도 익살궂은 행동이라
보는 이로 하여금 그의 장난기에 웃지 않을 수가 없다. 그의 장난기
는 임금님 앞에서도 마찬가지이다. 그래서 임금이 그를 물에 빠지게
했는데도 여전하다. 오히려 웃으면서 굴원을 만나뵙고 오는 길인데,
굴원이 "나는 어리석은 임금을 만나 강에 몸을 던졌지만 너는 明君을
만났는데 왜 왔냐"고 하더라고 뻔한 거짓말을 하여 임금의 귀여움을
얻어 은구(銀鷗)까지 하사받는다. 그래서 우인도 흉내를 내다가 죽을
뻔 한다. 두 번째 이야기는 우인으로 놓고 보면 모방담이라고 할 수
있지만 전체이야기가 영태의 익살궂은 장난기를 나타내는 이야기로
악작극담에 귀결시켰다.

나머지 이야기들도 모두 이와 유사한 이야기이다. 3-7의 고려 정승
을 지냈던 한종유가 어렸을 때 무당들의 굿판에 가서 음식을 빼앗아
취하도록 포식하곤 했다는 이야기와 남의 빈소에까지 가서 죽은 사람
을 가장하여 곡을 하는데 "내 여기 있소."하여 상을 당한 부인을 놀
라서 달아나게 하고 제상에 차려놓은 것을 모두 가지고 돌아왔다는
이야기[98]는 미친 행동에 가까운 못된 장난이다.

我何言, 三軍勝笑. 원문 3-2.
98) 高麗政丞韓宗愈, 少時放蕩不羈, 結徒數十人, 每於巫覡歌舞之處, 劫掠醉飽, 拍手歌楊花,
時人謂之楊花徒, 公嘗漆兩手, 乘夜投入人家殯室, 其家婦人來哭殯前曰, 君乎君乎, 何處
去乎, 公以黑手出帳間, 細聲答曰, 我在此矣, 婦人皆驚懼而遯, 公盡取所設床果而還, 其狂
多類此, 원문 3-7.

권5의 12화에서도 서생이 대들보에 올라가 있는데 장님이 작은 종
(鐘)을 칠 때 종을 끌어 올려 장님이 북채를 휘둘러 허공을 치게 하고
그런 뒤에 다시 종을 내려 주어 장님이 손으로 만져보면 종이 여전히
있게 서너 번씩 하다가 들키지도 않고 돌아온 이야기와 삼 노끈 두어
발을 얻어 가지고 절 변소에 숨어 있다가, 주인 장님이 변소에 와서
웅크리고 앉았을 때 <그의> 음경(陰莖)을 매어 당긴 이야기[99]도 역시
주위사람이 어리석음보다는 서생의 못된 장난으로 해서 웃음을 돋보
이는 이야기이므로 훌륭한 악작극담이라고 할 수 있다.

악작극담에는 성현 자신의 이야기도 한 편 있는 것이 특이하다. 친
구 김간(金澗)이 김이 맛있다고 하자 청태(靑苔)를 먹여 구토설사를 하
게하고 또 송충이를 싸서 봉해 매산이라 거짓말을 쳐서 김간 부부가
먹으려다 부스럼을 앓게 된 이야기[100]도 그렇다. 이는 성현 자체의
여유와 낙천성을 보여주는 중요한 자료이기도 하다.

악작극담 중에 제 10권 21화는 가장 전형적인 한편의 소화라고 할
수 있다.

원문을 보면 아래와 같다.

　　김사문(金斯文)이 한 눈이 멀었다. 채기지(蔡耆之 채수를 말함)가 말
　　하기를, "내가 일찌기 옛날 늙은이에게 들으니, 옛날 고려말에 한 선비

---

99) 都中有明通寺, … 升樑棟間, 盲擊小鍾, 生引鍾紐擧之, 盲揮枹打空, … 翌日得麻繩數引,
　　隱寺厠間, 有主盲方來踞厠, 生遽以繩結陽根鉤之, 盲大叫求救, 羣盲爭來嘔祝曰, 主師爲厠
　　鬼所祟, 或有呼隣救藥者, 或有鳴鼓祈命者. 원문 5-13.

100) 苔出於南海者, 謂之甘苔, 似甘苔而差短者, 曰苺山, 可作炙, 吾友金上舍澗讀書山寺, 寺
　　僧饋之, 食之甚美, 然不知爲何物, 詳問然後始知其名, … 徑出還家, 上嘔下洩, …余於園
　　中見靑虫滿樹食葉, 遂拾取, 以紙片裏封甚密, 佯小驚往遺之曰, 幸得苺山, 以備君之一殽,
　　… 夫妻驚恐大叫, 虫之觸處, 皆病瘡, 一室大噱. 원문 8-21.

가 눈이 당신의 눈과 같았는데, 신령한 중이 이르기를, '급히 눈동자를 잘라버리고, 개새끼의 눈알을 뽑아서 넣으면 뜨거운 피가 서로 붙어서 며칠 안 가서 보통과 같게 된다.'하였다."하므로, 좌우가 모두, "과연 그 이치가 헛되지 않은 것 같다."하였다. 그러나 김사문이 크게 의심하므로 채기지가 말하기를, "좋기도 좋으나 다만 꺼리는 바가 있다. 만약 변소 안의 똥을 보면 모두 연석의 찬과 같이 보여서 먹고자 할 것이다."하였다. 김사문이 크게 노하여 꾸짖으니 좌우가 절도하지 않은 이가 없었다.[101]

이 내용은 채수가 한 눈이 먼 김사문을 상대로 못된 장난을 하는 것이다. 물론 앞의 못된 행동들과는 달리 언어를 도구로 삼고 있다. 먼저 "내가 옛날 한 늙은이에게 들으니, 옛날 고려말에"라는 시간과 "신령한 중이"라는 인물까지 언제, 누가 라는 식으로 그럴 듯하게 운운하여 김사문의 귀를 솔깃하게 한 것은 물론 주위사람들까지 채수의 목적을 알아차리지 못하게 한다. 그리고 나서 나중에 "좋기도 좋으나 다만 꺼리는 바가 있다. 만약 변소 안의 똥을 보면 모두 연석의 찬과 같이 보여서 먹고자 할 것이다."하고 말하여 김사문이 그 못된 장난을 알아차리고 대노하고 주위사람도 그제야 이때까지 그럴듯하게 운운한 것은 모두 덫에 불과하고 목적은 김사문을 희롱하려는 것을 알게 되고 또 그 기발하고도 교묘한 속임수에 포복절도를 하지 않을 수 없다. 우리는 이 이야기로부터 성현의 뛰어난 문장 구성능력에 다시

---

101) 金斯文瞎一眼, 蔡耆之曰, 我嘗聞於古老, 昔在麗季, 有一儒士眼亦如足下, 神僧教云急割去瞳子, 又割狗兒目瞳而納之, 熱血自然相附, 不數日如常, 左右曰, 果如其理不虛, 斯文亦大疑, 耆之曰, 好則好矣, 只有所憚, 若見厠中糞穢, 皆如宴饌, 而思食之, 斯文大怒叱之, 左右無不絶倒.

한 번 탄복하지 않을 수 없다.

이런 악작극담은 풍월담과 같이 사대부들의 해학을 즐기는 마음과 여유를 가진 낙천성에서 비롯되었다고 할 수가 있다.

10. 호색담(외설담)

『용재총화』에도 무려 28화나 된다. 그 중에 민담형 소화가 10편이고, 일화형 소화가 18화나 된다. 이 호색담 중에는 이상에서 말한 특징들을 모두 구비하고 있다고 하지만 성현은 호색담을 일관적으로 지나친 외설에 치우치거나 관능적인 묘사에 역점을 주력하지는 않았다. 어디까지나 사건을 제시하여 웃음을 일으키게 하고 자기의 의식을 표현하는데 까지만 하였다. 그 뿐만 아니라 호색담은 다른 모든 소화와 비교가 되지 않을 정도로 문학성이 돋보이는 작품들이 있다.

그럼 우선 호색행각을 벌이다가 망신당한 사위의 이야기의 줄거리를 보면 아래와 같다.

> ① 박가 성을 가진 유생이 유가(柳家)의 사위가 되어 우거 하였는데, 항상 두 종년을 사랑하였으나 사람들은 이것을 알지 못하였다.
> ② 어느 날 한밤중에 종년의 방에 들어갔다.
> ③ 마부가 도둑인줄 알고 주인께 알리는 바람에 봉변을 당한다.
> ④ 나중에 장인이 사위임을 알고 말려 수습이 되고 사위는 매우 부끄러워하여 몇 달 동안 문밖으로 나오지 못하였다.[102]

---

102) 吾隣有朴姓儒, 爲柳家婚郞而寅居焉, 常愛二婢, 二人不知, 乘夜投人婢房, … 郞大慙, 數月不出門閫. 원문 6권 25화.

이 이야기는 사위가 장인 집에서 우거하는 입장임에도 불구하고 호색으로 인해서 낭패를 보는 이야기이다. 사위는 언제나 장인집 사람들 앞에서 처신을 조심해야 하고 더구나 호색은 금물이다. 그럼에도 불구하고 이 사위는 한 사람도 아닌 두 여종을 좋아하고 처갓집에서 호색행각을 실천에 옮긴다. 폭소를 더해주는 것은 이런 호색행각이 그만 도적으로 오해를 받아 폭로되는 것이다. 그 사실을 알게된 장인은 그래도 "큰 도둑은 아니니 잡을 필요가 없다"며 사위를 감싸주는 너그러움에서 다시 한번 구수한 웃음을 일으킨다.

이 호색담은 이미 상당한 문학성을 보여는 작품으로 성현의 문학기량을 잘 보여준다. 우선 구성상 서두, 사건의 발생, 고조, 결말의 완벽한 이야기 구성을 보여줄 뿐만 아니라 서술에서도 간략한 서술과 상세한 서술이 잘 결합된 훌륭한 표현예술을 볼 수 있다. 서두에서는 간략한 서술의 수법으로 인물, 장소를 밝히고 '이웃'이라고 밝혀 신빙성까지 부여했을 뿐만 아니라 종년을 사랑한다고 문제의 발생요소를 제시하여 독자들로 하여금 진실된 이야기처럼 느낄 뿐만 아니라 강렬한 호기심을 불러일으킨다. 그리고 강력한 웃음을 짓게 하는 사건의 고조, 즉 사위가 도둑으로 몰려서 난리를 겪는 대목은 상세하고도 면밀하게 서술을 하여 마치 영화의 한 대목을 보는 것처럼 고도의 긴장감과 흥미를 불러일으키게 한다. 도둑이 들었다는 소식을 듣자 "장인이 크게 노하여 나오니 사방의 이웃이 이를 보고 다투어 활과 몽둥이를 가지고 잠깐 사이에 구름과 같이 모아들었다."는 상황의 생동한 묘사는 긴장감이 넘치는 훌륭한 묘사로써 독자들이 사위의 운명에 깊은 관심을 갖게 되며 이 이야기 속에 푹 빠져들게 한다. 사위가 처한 위기상황을 표현함에 있어서도 "사위가 문을 밀어 보니 바깥으로 자물쇠를 채워 놓았고, 발로 벽을 박찼으나 단단하여 깨뜨릴 수가 없어, 나가려 했으나 나갈 수 없고 손발이 모두 상하고 땀이 온 몸에 흘렀"고 "아는 이웃 사람이 서있으므로, 사위는 몰래 불러서 구해 줄 것을 애걸하였으나 시끄러워서 듣지 못하였다"고 서술함으로써 위기상황은 물론 손과 발, 땀에 이르기까지 상세한 서술이 되어 도저히 헤어 나오지 못할 상황의 위기를 눈으로 보는 듯이 생동하게 그려냄으로써 독자들이 웃음을 웃지 않을 수 없게 한다.

성현은 이처럼 뛰어난 문학적 재능으로 사건을 완벽하게 구사하고 서술하여 사람들로 하여금 주인공의 허위적인 실속을 보여주고 어이없는 웃음을 자아내게 하지만 지나친 외설적인 언어나 묘사는 없다.

호색담 중에서 비교적 저속한 언어들이 있는 소화는 권5 제6화의 '도수승' 설화가 있다. 이 소화 역시 문학성이 돋보이는 훌륭한 작품이다. 그 줄거리를 보면 보면 다음과 같다.

① 어떤 중이 과부와 잠자리를 하러 가는 날 상좌가 양기에 좋다며 가루양념과 생콩을 물에 타먹게 하여 중은 일의 성사는커녕 잠자리에 설사를 하여 매를 맞고 쫓겨난다.
② 밤중에 혼자 가다가 길을 잃었는데 흰 기운이 길을 가로질러 있으므로, 중이 시냇물로 생각하고 옷을 걷어올리고 들어가니 가을 보리밭이었다. 또 흰 기운이 길을 가로질러 있는 것을 보고 보리밭인줄 알고 들어갔는데 강물이었다.
③ 중이 모두 젖은 채 다리 하나를 지나가며 자기 일을 생각하며 "시큼시큼하구나."하였는데, 아낙네들은 술 담글 쌀을 씻는데 시큼하다고 한다고 때려 주었다.

④ 밤새 먹지 못해 수령의 행차 때 밥을 얻어먹으러 나갔다가 말이 놀라 수령이 땅에 떨어지는 바람에 매를 맞는다.

⑤ 중이 다리 옆에 누워 있었더니, 순찰관들이 지나가다가 죽은 시체로 알고 매질 연습을 하는 바람에 죽게 맞고, 양근을 자르려 하니 크게 소리 지르며 달아났다.

⑥ 겨우 절에 도착하였으나 문이 잠겨 상좌를 부르지만 나오지 않아 개구멍으로 들어가는데 상좌가 누구 집의 개냐고 몽둥이로 때린다.

⑦ 낭패하여 고생한 사람을, "물 건넌 중[渡水僧]"이라고 한다.103)

이 이야기는 상좌가 사승의 호색한이라는 본질을 파악하고 이용해서 그의 위선과 부도덕을 응징하는 이야기이다. 따라서 사기담의 형식도 띠고 있다. 하지만 이 소화는 어디까지나 기상천외한 호색행각이 핵을 이루며 웃음을 나타내게 하기에 호색담에 귀속시켰다. 스님이라면 구도에만 열중하고 자비를 베풀어 존중을 받아야 할 신분임에도 불구하고 색욕에 눈이 어두워 호색행각을 직접 실천에 옮긴다. 이는 색즉공이라는 가르침을 행해야할 사람이 오히려 색에 집착을 함으로써 내면과 외면의 괴리를 현실에 노출시켜 웃음의 효과를 강하게 부각하였다. 양기에 유리하다는 말을 듣자 아무런 고려도 없이 '비방이 아닌 비방'을 복용하고 과부와 통정은커녕 이불에다 물똥을 싸는 바람에 쫓겨나게 된다. 이는 연암 박지원의 <호질>에서 북곽선생을 똥통에 빠지게 함으로써 북곽이 대표하는 고상한 가치를 똥과 동질화시키는 것과 같은 구조라 할 수 있다.104) 중의 봉변은 여기서 그치는

---

103) 有僧謀寡婦往娶之夕, 上座詭之曰, 粉蘖生豆和水而飮之, … 至今言遭狼狽辛苦之狀者, 必曰渡水僧云. 원문 5-6.
104) 황패강, 『조선왕조소설연구』, 서울, 단대출판부, 1986, 301-335면.

것이 아니라 돌아오는 길에서도 막심한 고생을 한다. 몽둥이로 칠 때
까지는 죽은 듯이 참다가도 양근을 자르려고 하니 정신 없이 달아난
다. 여기서부터 우리는 이 스님이 얼마나 호색한인지를 알 수 있다.
그에게는 아무리 중이라고 하더라도 양근이 더할 나위 없이 소중히
여기는 물건이었으니 말이다. 더구나 자기보다 약한 상좌승에 의해
위상이 떨어지게 만든데서 소화의 묘미가 진하다. 이 소화는 기타의
소화처럼 단순한 구성이 아니라 복잡하고 굴곡적인 구성을 갖고 있어
소설에 가까운 느낌을 주기도 한다.

그 외에 6권 8화에 처녀의 저속한 음시가 한 편 있다. 그 내용을
보면 아래와 같다.

> 옛날에 한 처녀가 있었는데 중매하는 사람이 많았다. 혹은 문장에
> 능하다 하고, 혹은 활쏘기와 말달리기를 잘 한다 하고 혹은 못 가에
> 좋은 밭 수 십 이랑이 있다 하고, 혹은 양기가 장성하여 돌든 주머니
> 를 <거기에> 매달고 휘두르면 머리를 넘긴다 하였다. 처녀가 시를 지
> 어 그 뜻을 보이며 말하기를, "문장이 활발함은 노고가 많고 활쏘기와
> 말달리는 재능은 싸워서 죽을 것이요, 못(池) 밑에 밭이 있는 것은 물
> 로 손해를 볼 것이니, 돌 든 주머니를 <휘둘러> 머리 위로 넘기는 것
> 이 내 마음에 들도다."하였다.[105]

이 호색담은 가히 소화로서 전형적인 틀을 갖췄다고 할 수 있다.

필자는 이처럼 '도수승의 이야기'는 연암의 한문소설 '虎叱'과도 많은 유사성 및 상
관관계를 다음 장에서 소화와 他文學과의 영향관계를 논하면서 상세하게 다루기로
한다.

105) 昔有處女居室者, 人之媒者衆, 或云能文章, 或云能射御, 或云有池下良田數十頃, 或云陽
道壯盛, 能掛石囊而揮之踰首, 女作詩於以示其意曰, 文章瀾發多勞苦, 射御材能戰死亡,
池下有田逢水損, 石囊踰首我心當. 원문 6-8.

짧은 편폭에 서술적인 결론이나 후평이 없이 독자에게 강한 웃음을 주는 한 편의 율시로 끝이 난다. 내용은 비록 저속하다는 평을 받을지 모르나, 괜찮다는 것들과 대조를 이루면서 양기가 좋다는 것만 택하는 것으로도 충분히 웃으운 것인데, 당시에서 문인들이 제일로 쳐주는 율시의 형식으로 음운까지 달아 표현했기에 사람들로 하여금 배꼽을 잡게 한다.

이처럼 『용재총화』에는 많은 호색담들이 있다. 그러나 이색적인 것은 사대부의 호색행각에 대해서는 다소 관대하게 해학의 수법을 썼고, 승려에 대해서만 강한 풍자의 수법을 쓰고 있음을 쉽게 알 수 있다. 호색담 뿐만 아니라 전반 소화에서 모두 승려를 비하하는 강한 풍자의 시각을 알 수가 있다. 『용재총화』 권6 제29화에 실려있는 호색담은 이 점을 잘 보여 준다. 그 내용을 보면 아래와 같다.

화사(畵史) 홍천기(洪天起)는 여자인데 그 얼굴이 한 때의 절색이었다. 마침 일을 저질러 헌부(憲府)에 나아가 추국(推鞫)을 받을 때, 서달성(徐達城)이 젊었을 적에 여러 연소한 패들과 같이 활을 쏘고 술을 마시다가 또한 잡혀 와 있었다. 서달성은 홍녀(洪女)의 옆에 앉아서 눈을 주어 잠시도 돌리지 않으니, 이때 상공(相公) 남지(南智)가 대헌(大憲)었는데, 보다 못해 말하기를, "유생이 무순 죄가 있느냐. 속히 놓아주어라."하였다. 서달성은 나와서 친구들에게 말하기를, "어찌 공사(公事)가 이처럼 빠르냐. 공사는 마땅히 범인의 말을 묻고 또 고사(考辭)를 받아서, 곡직(曲直)을 분별한 뒤에 천천히 할 것이거늘, 어찌 이렇게 급하게 하는가."하였다. 이것은 다 홍녀의 옆에 오래 있지 못한 것을 한(恨)하여 한 말이므로, 친구들이 듣고 모두 웃어 마지않았다.[106]

---

106) 畵史洪天起女子, 顔色一時無雙, 適以事詣憲府推鞫, 徐達城少時隨輩少射的聚飮, 亦被拿

이 호색담은 조선초기 문형을 잡았던 서거정에 관한 호색적인 이야기이다. 잘못을 저질러 추국을 받으러 나가 있는 위험하고도 엄숙한 상황임에도 불구하고 어여쁜 화사에 반해 얼굴도 떼지 않는 것으로 사람들에게 웃음을 자아낸다. 이 이야기가 무엇보다 웃음을 일으키는 원인도 성현이 단순히 사건의 전달에 그친 것이 아니라 상황의 절묘한 배치도 의도한 것이다. 하지만 위에서 본 '도수승'이야기와는 웃음의 질이 다르다. 여기서의 웃음은 동정과 애정어린 시각으로 흐뭇한 웃음을 자아내게 한다. 그것은 대헌인 남지가 그 상황을 보다 못해 추국을 취소하는 것으로 서거정을 불명예스러운 행동을 감싸주는 것으로도 잘 나타난다.

이상으로부터 『용재총화』에 소재된 소화들을 유형별로 나누어 그 내용과 특징들을 살펴보았다. 『용재총화』에 소재된 90편이라는 소화는 양적으로나 질적으로나 만약 한 편의 소화집으로 묶어졌다면 훌륭한 소화집으로 절대 손색이 없다. 그러나 『용재총화』의 방대한 편폭에 묻혀 독자에게는 흥미를 느끼며 읽게 하였을 뿐 소화 자체로서의 빛을 보지 못해왔음을 알게 된다.

위에서 보다시피 성현의 『용재총화』에 소재된 소화는 대부분 교훈성보다는 흥미성에 초점을 맞춘 작품들이 많으며, 권계의 목적을 둔 이야기라 하더라도 주제의 직접적인 노출과 설교보다는 독자의 흥미

去, … 盖恨不久在洪女之側也, 儕輩聞之齒冷. 원문 6-29.

를 유발하여 강렬한 웃음 속에 교훈을 제시하는 이야기가 많다. 또한 위에서도 살폈듯이 『용재총화』에 소재된 소화는 다른 소화집에서 볼 수 없는 문학성이 뛰어난 작품들이 많이 있는데 이는 성현의 소화를 다루는 능란한 솜씨 즉 문학적 재능을 잘 볼 수 있다.

소화를 다루는 능란한 솜씨는 우선 소화를 서술하는 독자적 시각에 서 보여진다. 이런 독자적 시각은 기타의 저서들에서 동일한 모티프 나 같은 소재를 다룬 이야기와의 비교에서 보다 정확하게 나타난다. 앞의 풍월담에서 다룬바 있는 양녕대군의 재담(원문 5-17)과 같은 내용 의 이야기가 남효온의 『추강냉화(秋江冷話)』에 수록되어 있다. 그러나 두 작품을 비교하면 『추강냉화』에서는 "양녕대군 禔가 주색에 빠져 세자의 位를 잃기는 했으나, 천성이 너그럽고 활달하여 평생 자기 생 활을 매우 잘하였고 주색과 사냥 외에는 한가지도 손에 대지 않았 다."[107]라는 저자의 자평과 말미에 "선비들의 공론이 통쾌하게 여겼 다."[108]라는 세평을 달아 양녕대군에 대한 부정과 효령대군에 대한 긍정적인 입장이 노골적으로 나타나지만 『용재총화』의 경우 "효령대 군이 불교에 혹하여…"[109]라고 언급을 했을 뿐 기타의 논평은 없다. 이는 성현이 사건의 서술에서 양녕대군의 재치 있는 응구첩답(應口輒 答)에 초점이 맞춰진 것임을 알 수 있다. 이는 바로 소화의 기술수법 에 초점을 맞추고 있는 성현의 독자적 서술시각이라고 할 수 있다.

또 앞에서 다룬 악작극담 중에 채수가 김사문을 희롱한 이야기[110]

---

107) 讓寧大君禔 以荒淫失位 然天資倜儻 平生自奉甚厚 酒色遊獵之外 不一着手… 남효온, 「추강냉화」, 『대동야승』Ⅰ, 민족문화추진회, 1971, 706면.
108) 士論快之. 앞의 글, 같은 면.
109) 註釋 72 참조.

(10-21)와 같은 소재의 이야기가 이육의 『청파극담』에 기록되어있다.
그 줄거리를 보면 아래와 같다.

　① 金亮은 애꾸눈인데 성질이 급하여 남이 애꾸눈이란 말을 하면 화
를 내기에 친구들이 그의 앞에서 애꾸눈이라는 말을 함부로 못한다.
　② 弘文 정휘란 사람이 김량의 逆心理를 이용하여 도량이 넓어 성을
내지 않는다는 확답을 받고 "애꾸눈 이 병신놈아 너는 반조각 사람이
요, 온전한 사람이 못된다. 너도 사람이냐, 왜 죽지도 않느냐"하고 조
롱을 하여, 김량이 성난 빛이 발발하나 성을 내지 않기로 하여 한마디
도 詰難하지 못했다.
　③ 다음날 채기지(채수)가 김량에게 말하기를 "공의 눈은 고칠 수
있는데 다만 그대가 모르고 있다."하여 김은 몹시 불쾌했으나 혹시나
하여 "그럼 말해보라."하고 채가 "좋다, 좋아."하니, 또 "얘기해보라."
라고 하자 채수가 "술을 무척 취하게 마신 후, 칼로 병든 눈을 뽑고 1
년생 개의 눈을 급히 넣으면 피가 식지 않고 근육이 합하여서 능히 볼
수 있다.[111] (이하는 『용재총화』의 내용과 대동소이하다)

　이 이야기를 『용재총화』의 채수가 김사문을 희롱한 악작극과 비교
를 해보면 우선 등장하는 인물이 『용재총화』에서는 김사문이라고 불
명확한 이름으로 되었지만 『청파극담』의 경우, 김량이라고 이름이 명
시되었다. 사건도 정휘와 김량의 도량을 시험하는 것과 채수가 김량
을 조롱하는 두 개의 이야기로 구성되어 있다. 물론 채수가 김량을
조롱하는 이야기는 대동소이하지만 성현과 이륙의 서술의 초점이 확

---

110) 註釋 113 참고할 것.
111) 金公亮一目眇而性躁急…. 李陸, 「청파극담」, 『대동야승』 Ⅱ, 민족문화추진회, 1971,
　　 530면.

연하게 다름을 알 수 있다. 즉『청파극담』에서 이륙은 서술의 초점을 김량의 성급함과 좁은 소견의 서술에 있다고 할 수 있다. 따라서 인물의 구체적 명시는 필연적이다. 하지만『용재총화』의 경우 성현은 채수의 장난기에 초점을 두었기에 상대방이 누구인지 명시할 필요도 없고 명시한다해도 사족에 지나지 않기에 아예 김사문이라고만 한 것이다. 앞에 악작극담을 다루면서 밝혔듯이 "일찌기 한 노인에게 들었는데, 옛날 고려 말에"라고 하면서 청중의 반응까지 언급하여 신빙성을 부여해가면서 그럴 듯하게 서술하여 문학적 허구까지 보이는 한편의 훌륭한 악작극담을 이루고 있다.

그 외에도 위의 소화의 분석에서 밝혔듯이 소화에 반영된 성현의 문학적 기량은 사건의 서술에서 간략한 서술과 상세한 서술의 합리적인 배치, 상황의 묘한 설정, 서술에서 정연한 논리성, 굴곡적이면서도 짜여진 구성, 짧은 구성에서의 기승전결의 표현방식 등에서도 잘 나타난다.

따라서『용재총화』에 소재된 소화들은 성현의 뛰어난 문학적 재능으로 하여 다른 소화와 구별되는 강한 문학성을 지니는 작품들이 많다. 이는 후에 기타의 문학에도 깊은 영향을 미쳤는데 우선 이렇게 많은 양의 소화가『용재총화』에 소재된, 소화의 형성배경과 이 소화에 반영된 성현의 현실인식을 살피고 소화가 후세에 미친 영향을 고찰하려고 한다.

Ⅳ. 『용재총화』 소재 소화의 형성배경 및 문학사적 의의

1. 『용재총화』 소재 소화의 형성배경

소화의 대량 출현은 15, 6세기 필기류의 융성발전과 밀접한 관계를 가진다. 이 점에 대해 강재철은 성종조 당시의 사회적 동인과 성종이 차지하는 동인을 꼽았다. 우선, 사회적 동인으로 국가의 정치적 안정과 사대부의 안정, 퇴거문인의 한거를 들었고, 수기치인을 강조하고 인간본성의 감정을 억제하는 유학의 발달로 인한 표출 욕구와 홍문관을 중심으로 한 교우관계의 신장, 문인들의 자각성과 당시의 자주정신의 발현으로 인한 우리 것에 대한 욕구, 패관소설류의 유통과 간행사업의 융성을 들었다. 또한 시문을 좋아한 성종의 긍정적인 소설관이 그 중요한 동인이 되었다고 보았다.112) 이런 전통한문학의 범주에

---

112) 강재철, 「성종조 패관소설의 융성동인 연구」, 『한문학논집』 3집, 단국한문학회, 1985.

서 벗어난 필기류가 나타난 데는 무엇보다도 정통한문학을 통한 규범
양식을 강조하면서 한편으로는 상대적으로 자유로운 기술을 할 수 있
는 문예양식을 요구하게 되었던 점[113]이라고도 할 수 있다. 즉 전통
한문학이 권계를 강조하면 할수록 주변 양식의 필요성을 더욱 느끼게
되며 그 결과물이 바로 필기류의 형성이라고 할 수 있다.

『용재총화』 역시 그 내용으로 보아 성현 자신의 신변잡기를 정리
한 필기류에 속한다. 현재 전하지는 않으나 성현의 저술 가운데『패
설』이 별도로 있다는 사실이 이를 방증한다. 물론『용재총화』에 패설
류의 자료가 전혀 없다고는 할 수 없다. 이 점에 대해서는 임형택 교
수는 다음과 같이 견해를 밝힌 바 있다.

> 필기와 패설은 성격이 본래 다른 것이지만 민간의 이야기가 문인의
> 관심을 끌어 필기류의 기록에 뒤섞인 사례가 허다하다. 예컨데 성현의
> 『용재총화』나 유몽인의『어우야담』은 문인의 필기이면서도 패설의 범
> 주에 속하는 성격의 글이 잡다하게 들어가서 책이름도 '총화' '야담'으
> 로 된 것이다.[114]

'총화'라는 이름에 걸맞게 『용재총화』에는 성현의 당대의 잡다한
이야기가 망라되었다. 서거정의『필원잡기』,『태평한화골계전』, 강희
맹의『촌담해이』, 이육의『청파극담』과 비교할 때 그 다룬 범위가 훨
씬 방대하다. '소화'의 내용에 있어서도 본격적으로 이 분야의 이야기
만 채록한 다른 저술에 뒤지지 않는다. 호색적인 애정담은 장덕순・

---

113) 윤기홍, 「시화 잡기류의 양식적인 성격과 소설의 발달에 관한 연구」,『연우논집』
　　 15-2, 연대대학원, 198, p.134.
114) 임형택,『한국문학사의 시각』, 창작과 비평사, 1984, p.415.

최철 교수의 지적대로 특징적이다.

 대부분의 문헌소화집은 기록자가 평소에 전해들은 이야기를 그때
그때 기록하여 두었다가 한 책으로 엮는 것이 상례이다. 다음 기록에
서 그 같은 사실을 확인할 수 있다.

 "조야의 사대부들은 한 마디 말, 하나의 일을 듣는 대로 곧 기록해
 두었다가 붓을 놀려 글을 지어서 명교를 돕고 담소를 돕는데, 강호초
 야에서의 새로운 이야기가 아니라 국노들이 동헌에서 즐기던 필담이
 다."115)

 "내가 병이 들어 별장에 누워서 두문불출하고 있었을 때 村老들이
 와서는 우스게 말로써 위문하였는데, 혹간 들은 뒤 웃음을 마치고서
 그 가운데 절도할 만한 것은 달력을 찢어 뒤에 기록해 두었다. 훗날
 일삼아 검토하여 한 책을 엮고는 명엽지해라 하였다."116)

 이와 같은 필기류의 '소화'는 민담이 기록되어 문헌소화로 된 경우
와 성격을 달리 한다. 민담이 오랜 기간동안 전승되어 오다 정착된
것임에 반하여 사대부간의 필담은 시공간적으로 국한될 수밖에 없다.
내용에 있어서도 후자의 경우는 재치, 기지의 지혜담과 외설담이 주
류를 이루고 있어 구별되는데117) 이는 2장에서 설명하였듯이 민담형
의 소화와 사대부간의 필기형 소화가 양대지류를 이루면서 이루어졌

---

115) 梁誠之, 「東國滑稽傳序」(『太平閑話滑稽傳』 卷首):"凡朝野士大夫間, 一言一事, 門耳輒
   書, 仲筆爲文, 于以助談笑, 非湖海歸田者新話也, 乃國老東軒之筆談也.
116) 洪萬宗, 「蓂葉志諧自序」:"余病臥湖上, 杜門養眞, 時有園翁村老, 來問輒報以齊諧之說,
   或聽之笑罷, 擇其最可絶倒者, 而折曆書其背, 課日較得, 因成一編, 名之曰, 蓂葉志諧."
117) 장덕순, 「한국의 해학, 문헌소재 한문소화를 중심으로」, 『동양학 4집』 단국대, 1974,
   6~7면.

다는 점을 설명한다.

홍순석 교수님은 여기서 한 걸음 더 나아가 15, 6세기에 잡기(稗官)
류가 일시에 가장 많이 간행되었다는 사실이 같은 시기에 창우(倡優)
들의 소학희가 위로는 왕으로부터 아래로는 백성들에게까지 널리 인
기 있었다는 사실118)과 밀접한 관계가 있다고 지적한바 있다.119) 즉
창우와 같은 일정한 직업인에 의하여 연출된 희해담이 문인들에 의하
여 기록되었을 가능성을 배제할 수 없으리라는 것이다.

앞서 지적하였듯이 사회의 안정과 생산력의 발전으로 백성들의 생
활이 여유가 있게 되고 이런 욕구를 만족시키는 광대놀이가 흥행하였
던 것이다. 이런 광대놀이는 양식도 다양하고 명칭도 다양하게 불리
웠는데 그 중에 소학희라고 하는 것이 있다. 이런 소학희는 궁중에서
의 나례희(儺禮戲)나 잡희(雜戲) 또는 각종 연회에서 규식희(規式戲)와 함
께 때로는 독자적으로 연출되던 일종의 화극(話劇)이라 할 수 있다.120)
줄타기, 공놀리기, 꼭두각시놀음 등 일종의 기구를 사용하여 관객을
즐겁게 한 놀이가 규식희임에 반하여, 소학희는 이야기와 몸짓으로
관객을 즐겁게 하는 놀이이다. 골계희, 덧뵈기, 풍자놀이 등이 이에
속한다.121) 조선 초기의 실록 가운데 창우가 임금 앞에 나아가 소학
희를 연출하였다는 기록이 단편적으로 전한다.

『세조실록』에는 관나시(觀儺時) 축역우인(逐疫優人)이 탐관오리와 항
간에서 일어나는 일들을 자문자답의 화극으로 연출하였고,122) 우인

---

118) 이두헌, 『한국가면극』, 문화재관리국, 1968, 91면.
119) 홍순석, "『용재총화』 소재 소화에 대하여", 『한국고전문학의 이해』, 1998, 한국문화사.
120) 조동일, 『구비문학의 세계』, 새문사, 1980, 269~270면.
121) 장한기, 「한국연극무용영화사」, 『한국예술총서』 4, 대한민국예술원, 1985, 81면.

고룡(高龍)이 맹인의 술위한 모습을 연출하여 세조를 즐겁게 하였다는 기록이 있다.123) 『연산군일기』에는 공결(孔潔)이란 자가 관나시 이신(李紳)의 「민농시(閔農詩)」를 암송하고 「삼강령팔조목(三綱領八條目)」을 논하다가 무례하다 하여 유배되었다는 기록124)과 공길(孔吉)이란 자가 노유희(老儒戱)를 연출하다가 유배되었다는 기록이 있다.125) 『중종실록』에는 정재인(呈才人)으로 하여금 민생의 어려움과 구황절차를 놀이로 연출하였다는 기록이 있다.126)

이러한 기록으로 보아 왕은 웃는 것이 즐거워 소학희를 듣고, 우인은 왕을 즐겁게 하면서 백성의 간고(艱苦)를 풍간하는 것이 예사였음을 알 수 있다. 성현의 시 「관나(觀儺)」에서도 이러한 사실을 확인할 수 있다.

秘殿春光泛彩棚	궁궐이라 화사한 봄날 채붕은 높다랗고
朱衣黃袴難縱橫	붉은 옷에 얼룩바지 어지러이 춤추는데
弄丸眞似宜僚巧	방울놀이 재간은 의료의 솜씨요
步索還同飛燕輕	줄타는 모습 나는 제비처럼 날래네
小室四旁藏傀儡	작은 방엔 꼭두각시 꽉차 있고
長竿百尺舞壺舡(곤굉)	백척 솟대 위에선 술잔잡고 춤추네
君王不樂倡優戱	임금이야 창우희 즐기시지 않지만
要與群臣享太平127)	오로지 뭇 신하와 태평세월 즐기려 함이네.

---

122) 『세조실록』, 10년, 12월, 丁未條. 『국역조선왕조실록』 CD.
123) 『세조실록』, 14년, 5월, 丙子條.
124) 『연산군일기』 권 35, 5년, 12월.
125) 『연산군일기』 권 60, 10년 12월.
126) 『中宗實錄』 권15, 22년, 12월.
127) 『허백당 시집』 권7, 21b.

이 작품은 제목에서 시사하듯이 궁중에서의 나례희를 보고 지은 작품이다. 고려 때 이색의 「구나행(驅儺行)」과 유사한 작품이다. 첫 부분에서 나례희가 벌어지는 시공간적 배경을 묘사한 다음, 방울놀이·줄타기·꼭두각시놀음·장대타기 등 규식희의 광경을, 그리고 결구에서 "임금님이야 창우희를 즐기시지 않지만 오로지 뭇 신하들과 태평세월 즐기시려 함이네."라 하여 성현 자신의 견해를 붙였다. 구체적으로 창우희의 내용은 살필 수 없지만, 임금께서 즐기시지 않는다는 것으로 보아 시사를 풍자한 것이었음이 분명하다.

『용재총화』 권10 제6화에 "세조가 만년에 몸이 편치 못하여 잠을 잘 수가 없었으므로 문사들을 모아 경사를 강론하며, 어떤 때에는 우스운 소리를 잘하는 사람을 불러들여 담소하기도 하였다."[128]하면서, 최효원과 안효례의 재담(치우담)을 예로 들었다.

직업적인 창우들이 연출한 소학희에서 시사를 풍자한 것말고 관객의 흥미를 끌었던 것은 역시 호색적인 육담이었던 것 같다. 서거정이 쓴 『태평한화골계전』에 어떤 사람이 골계전의 내용을 들어 "한갓 잗달한 짓으로 맹랑한 이야기를 엮어 호사가들의 웃음거리가 될 뿐이다. 이런 것은 배우들의 雄長일 따름이니 어찌 世敎에 도움이 되겠는가"[129] 반문하였다는 기록이 있는데, 여기서 잗달맞고 맹랑한 이야기가 배우들의 웅장이었다는 지적은 중요한 사실을 시사한다. 즉 15, 6세기 잡기류에 전하는 '소화' 가운데 민간에 떠도는 이야기나 사대부

---

128) 『용재총화』 권 10-6 ; "世祖晚年違豫不能寐, 多聚文士, 講論經史, 或入恢散之人, 以資談笑"
129) 서거정, 『태평한화골계전』 권수 : "徒瑣瑣焉, 綴拾孟浪, 爲好事者解頤, 此則俳優之雄長耳, 何補世敎乎."

간의 필담 외에 배우들의 희해담이 화제가 되었을 가능성을 시사해
준다. 훨씬 후대의 기록이지만, 이익의 『성호사설』 가운데, "지금 登
科한 자들은 倡優를 써서 낙으로 삼는데, 창우들의 놀이에 儒戲라는
것이 있다. 다 떨어진 의관에 胡說로 억지로 웃기며, 온갖 몸짓을 연
출하여 축하연의 즐거움으로 삼는다."[130]는 기록이 있다. 사대부 사
이에서도 창우희의 소학희를 즐겼음을 증빙하는 자료이다. 이 기록에
서 '호설(胡說)'은 바로 사대부의 입에 담을 수 없는 온갖 상스로운 이
야기를 지칭한 것으로 육담이 포함될 소지도 충분하다.

소학희의 내용이 유몽인의 『어우야담』, 어숙권의 『패관잡기』, 작자
미상의 『지양만록』과 같은 잡기류 저술에 단편적으로 전하고 있는데,
이 역시 소학희에서의 희학담이 기록되어 문헌소화로 정착되었을 가
능성을 충분히 방증한다. 유몽인의 『어우야담』에는 배우 귀석(貴石)이
진풍정시(進豊呈時)에 연출한 시사를 풍자하는 놀이와 동윤(洞允)의 탐
화봉접지희(探花蜂蝶之戲), 우인의 상소놀이가 소개되어 있다. 어숙권의
『패관잡기』에는 정평부사가 말안장 사는 놀이와 무세포(巫稅布)놀이가
소개되어 있다. 『지양만록』에는 이조판서와 병조판서가 서로 못난 조
카와 사위에게 정실을 쓰는 내막을 연출하여 왕이 크게 웃었다는 내
용이 소개되어 있다.[131] 『용재총화』에도 우인으로 생각되는 함북간의
이야기를 기록한 것이 있는데, 해당 부분만 보면 아래와 같다.

---

130) 『성호새설』 권5, 技藝文, 雜戲條 : "今時登科者, 必以倡偶戲爲樂, 有倡優則必有儒戲,
   其破衣弊官, 胡說强笑, 醜態百陳以資歡宴."
131) 『어우야담』『패관잡기』『지양만록』에 소재한 소학희의 내용은 이두현, 조동일 교수
   의 앞의 책에 소개되어 있다. 그 쪽을 참조하길 바란다.

"우리 이웃에 함북간이라는 사람이 있는데, 강원도 지방에서 왔다. 피리를 불줄 알며 우스운 말과 광대 놀음을 잘하였다. 매양 남의 얼굴이나 행동을 보면 곧 그 사람의 흉내를 내곤 하였는데, 진가를 구별할수 없었다. 또 입을 오므리고 피리소리를 내면 그 소리가 매우 웅장하여 몇 리 밖까지 들렸다. 비파나 거문고 같은 소리를 입으로 내는데그 소리가 모두 박자와 가락에 맞았다. 번번히 궁궐의 내정에 들어가많은 상을 하사 받았다."132)

성현은 이 밖에도 『용재총화』 권 5에 대모지(大毛知)와 채수(蔡壽)의 노비가 잡희에 능하였음을 소개하였다. 이런 이야기는 보다시피 사실의 기록에 불과한 일화로서 본격적인 소화는 아니지만 많은 소화들이이런 기록가운에 저자의 문학적 창작이 가미되어 소화로 되었으리라는 점도 무시할 수 없다. 즉 광대 소학희에서의 희학담이 소화로 기록되었으리라는 소지도 배제할 수 없다는 것이다. 독경사의 행동을그대로 따라한 어리석은 사람의 이야기나 바보사위, 맹인의 이야기는희학담일 가능성이 더 짙다. 앞에서 『세조실록』 가운데 고룡이 맹인의 술취한 모습을 연출하였다는 기록을 소개하였는데, 여기에 소개한맹인의 이야기와 같은 패턴이다. 바보사위 이야기 역시 『지양만록』에소개된 소학희의 내용과 크게 다르지 않다. 호색승의 이야기도 성현이 처한 당대의 현실을 감안할 때 충분히 소학희의 화제가 되었을 듯싶다. 15～6세기는 불교의 쇠퇴와 함께 승려들의 타락상이 부각되고사회문제가 되었던 시기이다. 한 예로 『용재총화』 권1, 8에는 비구승들은 과부를 유혹하여 단나를 구성하여 불사를 올리며, 한편으로는

---

132) 『용재총화』 권5 ; 19.

비구니와 음행을 자행하기도 하였다는 기록과 심한 경우 나이 어린
비구니가 아이를 버리고 도망하였다는 기록도 있다. 이 같은 승려들
의 타락상이 창우들에 의하여 풍자적으로 연출되었을 개연성은 의심
할 바 없다.

또한 성현은 당시 예문관 대제학으로서 궁중의 의례는 물론 이런
잡희를 장관하는 인물로서 소학희의 접촉이 남보다 많았다는 것을 알
수 있다. 이는 홍문관과 예문관 양관 대제학을 장관하면서 문형을 쥔
바있는 서거정이 『태평한화골계전』이란 본격적인 소화집을 세상에
내어놓은 것과도 같은 원인이 된다.

이상의 논지로부터 『용재총화』에 소재된 소화는 항간에 떠도는 민
담형 소화와 문인들의 필담이 기록뿐만이 아니라, 특히 당시 소학희
의 흥행과 밀접한 연계가 있다는 것을 알 수 있다.

또 하나의 중요한 원인은 성현 자체가 훈구파의 문인으로서 사림파
와는 달리 다양한 문예취향을 표방한 문인이기 때문이다. 성현의 문
학에 대한 전반적인 연구는 서론에서도 설명했듯이 홍순석의 『성현
문학연구』에서 이미 체계적이고도 면밀하게 다루어졌다. 이에 필자는
소화에 반영된 의식만으로 범위를 좁혀 구체적으로 어떤 의식이 반영
되었는가를 살펴보려고 한다.

구체적인 연구가 시작되기 전에 『용재총화』가 필기라는 장르에 속
한다는 것을 중요시 할 필요가 있다. 그리고 이런 다양한 내용과 형
식을 기록한 성현의 주장을 간단히 살피는 것이 본격적인 연구에 도
움이 되리라고 생각한다.

이런 연구에 가장 좋은 직접적인 편찬목적과 의식이 반영되는 것은

자서(自序)에서 잘 나타나기 마련인데 『용재총화』에는 자서가 없다. 성현은 『용재총화』의 편찬 이유를 밝혀 놓지 않아 편찬 목적을 직접적으로 알기는 힘들다. 그러나 그는 친구 채수가 지은 잡기문학 『촌중비어(村中鄙語)』의 서문을 쓰면서 필기류에 대해 평가하였다. 여기에 나타난 잡기문학에 대한 그의 견해가 곧 『용재총화』를 편찬하게 된 목적이라 할 수 있다.

그는 육경(六經)을 오곡(五穀)에, 사서(史書)를 맛있는 고기에 비유하면서, 제가(諸家)의 기록은 온갖 과일이나 채소에 비유할 수 있다고 하였다. 또 과일과 채소는 맛은 다르지만 입에 맞지 않는 것이 없으니 모두 혈액과 골수에 유익하지 않겠는가[133] 하여 경학이나 역사서 못지않게 제가의 기록, 즉 필기류도 우리의 삶에 유익한 글이 됨을 강조하였다. 비록 필기류가 정통의 한문학 범주에서 벗어나 비속하기는 하나 진정한 문학은 삶의 본질적 의미를 밝히는 것이며 이는 진솔한 글을 통해 얻을 수 있음을 역설한 것이다. 그래서 『시경』의 장자(墻茨)와 순분지어(鶉奔之語) 같은 비루한 말이나 『사기』의 골계류의 글, 장자의 기괴한 말들이 모두 권계와 악을 징계할 수 있음이 이 때문이라 하였다.[134] 교화는 모범이 될 만한 글을 통해서만 이룰 수 있는 것이 아니라는 사실을 통해 필기류의 정당성을 강조한 셈이다.

한편, 그는 필기류가 지닌 가치는 견문을 넓혀 줌에도 있음을 강조

---

133) 夫六經如五穀之精者也, 史記如肉截之美者也, 諸家所錄如菓菰荣茹, 味雖不同而莫不有適於口者也, 莫不有適於口者則 莫不如補於榮衛骨髓也. 「村中鄙語序」, 『虛白堂集』 한국문집총간 14, 1989년, 474쪽.

134) 詩有墻茨鶉奔之語, 而孔子不刪, 史家滑稽傳太史公錄之, 是不可刪去不錄, 而猶不去者, 蓋有意焉, 所以使人知戒而懲惡也, 南華子效之, 其言尤怪, 然後之作文者, 皆組尙其法而鼓舞之也. 「촌중비어서」 앞의 글, 같은 면.

하였다. 만약 제가의 기록이 아니면 야외의 일들을 어떻게 얻어들을 수 있겠느냐 하면서 이들이 견문을 넓혀주니 국승(國乘)에 도움이 되는 공이 매우 크다고 하였다. 정사로서 기록되지 못한 야사들도 역사서 못지않게 기록물로서의 중요성을 지니고 있음을 강조하였다. 한국의 경우 이인로, 최자, 이제현 등이 『파한록』, 『보한집』, 『역옹패설』 등의 책을 남겼지만 그들도 시화를 기록하였을 뿐 시사를 널리 기록하지 못하였다[135]는 지적이 이를 말해준다.

또 그는 필기류가 주는 파한의 즐거움도 간과하지 않았다. 기록을 보면, "나의 친구 채수가 벼슬에서 물러나 한가한 사이에 평소 들었던 것과 친구들 간에 담소하였던 것을 비록 鄙俚한 말이라 할지라도 모두 기록하여 남김이 없었다."[136] 하여 담소의 내용이 흥미 위주의 가벼운 이야기 거리들이었음을 짐작하게 한다.

성현은 서문의 마지막에서 "…… 가히 후대 사람들에게 勸戒가 될 만하고 野外의 逸事로서 늘그막에 즐길만하여 한가한 때에 소일거리가 될 것이다."[137]라고 하여 『촌중비어』가 지니는 의미를 종합적으로 제시하였다. 이를 보면 후세사람들에 대한 권계, 야외의 일사, 한거의 소일거리, 이 세 가지는 잡기 문학이 지니는 중요한 가치라 할 것이다.

여기서 우리는 성현의 잡기류에 대한 인식을 분명하게 반영하였음

---

135) 自漢以來, 記事之家非一, 而皆記朝廷所無之事, 以資聞見之博, 若非諸家之錄則野外之事, 誰得知之非徒有關於勸戒, 實有助於國乘, 其功豈淺淺哉, 我國名爲儒者亦非一家, 徒知詞藻之爲文, 而不知著書垂範, 惟李仁老崔滋李齊賢著破閒補閒稗說等書, 然惟錄詩話, 而不能廣記時事, 可笑也. 앞의 글, 같은 면.

136) 吾友蔡耆之氏退於閑之際, 以平昔所嘗聞者與夫朋僚談諧者, 雖鄙俚之詞 皆錄而無遺, 앞 글, 같은 면.

137) 其著述之勤, 用力之深, 非老於文學者, 其何能爲, 可爲後人之勸戒也, 可爲後人之逸史也, 可爲老境止玩揭(게), 而閑居之鼓鐘也. 앞의 책, 같은 면.

을 알 수 있다. 또 필자가 다루려는 소화도 정통의 한문학 범주에서 벗어나 비속하기는 하나 진정한 문학은 삶의 본질적 의미를 밝히는 것으로 이런 진솔한 글을 통해 얻을 수 있음을 알 수 있다. 즉『시경』의 장자와 순분지어 같은 비루한 말이나『사기』의 골계류의 글, 장자의 기괴한 말들이 모두 권계와 악을 징계할 수 있듯이 소화도 권계와 교화의 기능이 있다는 것과 흥미를 불러일으켜 정서를 즐겁게 해주는 기능이 있음을 강조하였다. 성현도 일대 문형을 쥔 양관 대제학으로서 전통학문을 경세치도의 중요한 수단임을 충분히 긍정하고 더나가 소화와 같은 하찮은 것도 모두 이 근본에 도움이 된다는 것을 주장하였다. 이를 잘 설명해주는 글이『허백당집』에 한 구절이 있다.

> 나라에는 하루도 儒者가 없을 수 없다. 儒者가 없다면 道가 깃들 곳이 없는 것이다. 도가 깃들 곳이 없다면, 治道가 어떻게 이루어질 수 있겠는가? 옛날의 儒者는 크게는 繼天立極하여 經論化育하였으며, 다음으로는 開物成務하여 事攻을 베풀었다. 기타 經術·文章·刑名·法律·醫卜·書畵의 하찮은 것에 이르기까지 각각 그 技藝를 바쳐 治道를 보좌하였다. 따라서 人君이 뭇 技藝를 모아 大成을 이루는 것은 마치 河海가 뭇 支流를 모아 大海를 이루는 것과 같은 것이다.[138]

이처럼 성현은 무질서하게 광범한 모든 분야를 모두 동일시 한 것이 아니라 주차가 분명하게 질서정연하게 큰 강과 지류의 관계처럼

---

138) 國不可一日無儒也. 無儒則道無所寓, 道無所寓則治何由而得成乎? 古之儒者, 大則繼天立極經論化育, 其次開物成務以施事功. 至於經術文章刑名法律醫卜書畵之微者, 莫不各售所技以補治道. 人君集衆藝而大成, 猶何海集衆流爲大成野..(成俔,「儒者可與守成」『虛白堂集』권11, 문집총간 책 14, 497면.

포섭을 하고 있다는 것을 알 수 있다. 이에 필자가 분석하려는 소화
는 작은 지류에 불과하지만 여기에도 성현의 의식이 역시 잘 나타나
있다고 판단하여 구체적으로 살펴보려고 한다.

『용재총화』 소재 소화에도 강한 경세치도의 의식이 반영되었다. 그
것은 위에서도 말했지만 봉건통치계급의 탁월한 인물로써 이러한 의
식은 그의 직분이라고도 할 수 있다.

이런 의식은 소화에 나타나는 강렬한 반불교의식이다. 이런 반불교
의식은 다른 데서도 나타나고 있다. 성현이 성종에게 아뢴 <치팔도
사(治八道事)>의 글 가운데,

> "심지어 절에서 세금을 거둠은 무슨 공적에 의한 것입니까. 무릇 나
> 라에 농지가 있고, 농지에 세금을 부과하는 것은 조정의 백관에 대한
> 용도를 대비하기 위한 것인데, 농사를 짓지 않는 무리로 하여금 또다
> 시 백성의 고혈을 짜내게 한다는 말이십니까, 지금 양종에 소속된 사
> 사전(寺社田)이 무려 9천여 결입니다. 이것을 군자에 충당하고, 궁한
> 백성을 구제하는데 쓰면 만백성의 생명을 구할 수 있을 것입니다. 그
> 런데도 이익도 없이 국고의 곡식을 소모케 하고 있으니 이보다 심한
> 것이 어디에 있습니까."139)

라고 한 것은 실로 당시의 불교사원의 규모와 폐단을 잘 나타내고 있
다. 봉건 유교이념을 정치이념의 기반으로 하는 유학자로서 이런 반
불교의식을 갖고 있다는 것은 충분히 이해할 수 있다. 오랜 세월동안
융성발전하여 왔던 불교가 서서히 그 맥을 다하여 점차 타락하게 됨

---

139) 국역 조선왕조실록, CD. 성종실록, 9년, 11월, 정해조.

과 동시에 이조의 역성혁명이 있은 다음은 사상적 기반을 유교 사상
으로 하였기 때문이다. 『용재총화』 권8 제2화도 좋은 예가 있다. 그
내용을 보면

> 일찍이 성중의 니사(尼社)는 정업원(淨業院)만 남겨두고 헐어버리고
> 모두 동대문 밖으로 내쫓았기 때문에 안암동(安巖洞) 등에 서너 채가
> 있다. 남대문 밖 종약산(種藥山) 남쪽에 옛날부터 한 채가 있었는데, 그
> 뒤에 두 여승이 각기 그 곁에 작은 집을 짓고 여기에 거처하더니, 지
> 금은 10여 채가 되었다. 늙은 여승들이 과부를 꾀어서 단나(檀那)로 삼
> 아 모두 큰 집을 짓고 비단을 깔며 단청을 올렸다.
> 4월 8일의 연등과 7월 보름의 우란분(盂蘭盆)과 12월 8일의 욕불(浴
> 佛)때에는 다투어 다과와 떡 같은 것을 시주하여 부처에게 공양하고
> 중을 먹이는데, 중들은 노래 부르고 성장한 부녀자들은 산골짜기에 모
> 여들어 자못 추잡한 소문이 밖에까지 들렸으며, 나이 어린 여승들은
> 아이를 낳고 도망가는 자가 많았다.[140]

이 예문으로부터 우리는 불교의 퇴폐를 한눈으로 볼 수 있다. 그러
나 소화에서는 이러한 정론으로서의 반박을 소화 특유의 형식을 빌
어, 즉 웃음을 무기로 해서 불교를 풍자하였다. 특히 신랄한 조소와
풍자로 불제자들의 허위적인 내면을 반영하였기 때문에 독자들로 하
여금 따분한 정론보다 포복절도의 웃음소리와 함께 자기도 모르는 사
이에 저자의 입장에 서게 함으로써 권계의 목적을 실현했다. 『용재총
화』에 소재된 소화는 이야기에 등장하는 승려들을 모두 불제자로 보
다는 누구보다 속된 인간들로 그려냈다. 갖은 추악한 욕망으로 가득

---

140) 城中尼社, 曾已撤毁, 而惟存淨業院, … 年少尼輩, 多有産兒逃亡者. 원문 8-2.

차 있으면서 겉으로는 점잖고 고매한 척하는 이중인격자들로 형상화
를 했다는 것이다. "누구보다도 숭고한 존재로 추앙되어져야 할 성직
자들의 양극적인 乖離性이 反硬化·反權威的인 존재의 도전에 의해
폭로됨으로써 권위가 추락되고 비속화되는 모습은 아이러니컬한 웃
음을 일으키게 한다."141) 즉 누가 봐도 물리적, 사회적 경제적 지위에
서 유약한 상좌한테 속임을 당하여 감춰진 이중적인 모순과 허위성을
드러나게 함으로써 우스꽝스럽게 만들어버린 것이다. 권5에 실린 '스
님속인 상좌'와 '도수승'의 이야기가 이 점을 가장 잘 설명해주고 있
다. 까치둥지에 은수저가 있다고 하자 그것을 갖고 싶은 물욕에 나무
에 올라가는 스님으로부터 물욕을 보여주고 색욕으로 온갖 낭패를 보
면서도 끝까지 뉘우칠 줄 모르는 것으로 잘 표현하고 있다. 성현 자
체가 "음식과 남녀(男女)는 사람들의 큰 욕망"142)이라고 지적하면서
유생, 사대부, 심지어는 양가녀(良家女), 과부에게까지 너그러운 태도를
보였지만 승려에 대해서는 인색한 것도 이를 잘 설명해주고 있다.

다음으로는 파괴된 윤리와 도덕적 위상에 대해서 해학의 수법으로
표현함으로써 권계의 목적이 반영된다.

유교적 윤리도덕의 규범에 의해 모든 행동의 통제를 받아오던 조선
조사회에서는 남녀노소를 막론하고 성욕에 관해서는 특히 금지시되
고 죄악시되기까지 하였다. 그런데 그런 속에서도 과감하게 유별난
호색행각을 벌이는 사람들이 소화에 등장하여 강한 웃음과 함께 그들
의 비윤리적 행위와 허식적이고 위선적인 언행에 대해 비판적 눈길을

141) 문다리, 앞의 논문. 23면.
142) 본문, 권2, 19화, 飮食男女, 人之大欲存焉….

던졌던 것이다. 이는 무엇보다도 겉으로는 양반의 체면과 권위를 내세워 유자연(儒者然), 군자연(君子然)하고 정절녀(貞節女)인 척 하면서도 속으로는 비윤리적, 비도덕적 행위를 자행하는 충분한 실증에서 나타나다. 위에서 예든 음녀의 신랑감 선택이라던가, 기생 자운아가 남자의 성행위와 실력에 대해 당시 과거에서 등수를 매기는 것과 같이 13급으로 등수를 매기는 일은 놀랄 만한 일이다. 유교적 윤리를 몸소 실천해야할 사대부들이 외직이나 지방을 순행하면서 기생들과 벌이는 호색행각들이 좋은 예로 된다. 김사문이 영남에 사신으로 가서 대중래(기생)와 정을 통하는 모습도 가관이라고 할 수 있다.143) "그 묘사에 있어서 다른 데서 볼 수 없는 <抱臥> <手足相交> <偕臥> 등 어휘가 호색적인 분위기를 조위하고 있는 것이 특징적이라 하겠다."144) 이처럼 기상천외한 애정행각은 성형의 강한 유교적 교육이론을 바탕으로 강한 경세치도의 목적을 소화라는 특수형식으로 반증을 하게 하고 이런 소화를 봄으로써 스스로 부끄러움을 알게 하는 흥미성과 교훈의 효과를 동시에 부드러운 조화를 통해서 실현하려는 의식이 전반적인 바탕에 깔려있다고 할 수 있다.

그 다음으로는 인간성과 사회제도 자체의 모순과 괴리현상을 알고 있으면서도 인간성을 존중하고 긍정하는 의식을 볼 수 있다. 이는 봉건사회의 부조리의 하나로서 유교적 도덕에 의해 오직 순종을 강요당하고 또 순종을 해야만 그 가치를 인정받았을 뿐이다. 그러나 결과적으로 유교적인 도덕규범은 인간에게서 인성을 말살함으로써 도덕적

---

143) 권5, 24화.
144) 장덕순, 「이조초기의 설화」, p.84.

인 이성만을 강조한 것이 되어 오히려 인간의 호기심을 자극하고 내면에 감춰진 욕구를 부각시키는 아이러니를 낳았다. 성현은 『용재총화』의 소화를 통해서 인간성의 옹호의식을 반영하였다. 특히 외설적인 이야기들은 단순히 성적흥미의 차원을 넘어서 인간의 본성과 인생에 대한 긍정적인 인식을 잘 반영하고 있다. 『용재총화』 권9 제23화에 나오는 허문경의 폐기반대이론을 보아도 선명하게 나타나고 있다.

> "남녀 관계는 사람의 본능으로서 금할 수 없는 것이다. 주읍 창기는
> 모두 공가의 물건이니, 취하여도 무방하나 만약 이 금법을 엄하게 하면
> 사신으로 나가는 나이 젊은 조정 선비들은 모두 비의(非義)로 사가의
> 여자를 빼앗게 될 터이니, 많은 영웅 준걸이 허물에 빠질 것이다."145)

이처럼 성현은 성욕은 억제할 수 없는 자연적인 본능으로 보고 있다. 소화 중에 나오는 양반들도 체면이나 권위를 찾아볼 수 없도록 기생들과 사랑에 빠지고 무조건 돌진하여 거듭되는 실수에도 아랑곳하지 않는 것을 그려내 웃음을 일으키는 것은 인간의 본성을 외면한 채 도덕적 규범만을 강조하던 사회에서 "삶의 자유로운 모습을 기탄 없이 그려냄으로써 인간본성의 갈구를 조명한 것"146)이라고 할 수 있다.

성현의 인간본성의 긍정의식은 또 여성에 대한 독특한 의식에서 잘 나타나고 있다.

봉건사회는 윤리도덕으로 여성들에 대한 억압과 금고가 가장 첨예

---

145) …男女人之大欲, 而不可禁者也, 州邑娼妓, 皆公家之物, 取幾無防, 若嚴此禁, 則年少奉
　　使朝士, 皆以非義, 奪取私家之女,英雄俊傑, 多陷於辜…. 원문 9-23.
146) 김태안, 「용재총화연구」, pp.15-16.

하다. 특히 여인들의 정조문제는 가장 민감하고 첨예시한 문제이다. 그래서 여필종부(女必從夫)니, 칠거지악(七去之惡)이니, 열녀불경이부(烈女不更二夫)니 하며 효와 열을 강요하였다. 『용재총화』의 소화에도 딸들에게 효와 열에 대해 교육을 하는 윤(尹)수령의 이야기[147]가 있다. 여기에서 우리는 당시사회에서 생각만으로도 음행으로 간주하는 것을 봄으로써 구속의 정도를 엿볼 수 있다. 중국에도 조사걸(趙士杰)이 밤중에 일어나 마누라보고 자다가 다른 여자와 동침을 한 꿈을 꾸었는데 당신도 그러한가고 물어 마누라가 남자와 여자가 무슨 차이가 있는가고 대답을 하니 펄쩍 뛰며 두들겨팼다는 소화가 구전한다. 이는 모두 봉건적인 예교가 남성보다 여성에게 터무니없이 강한 구속과 억압을 하였음을 보여주며 위선적으로라도 은폐시켜 온 문제라고 할 수 있다. 그러나 성현은 『용재총화』의 소화에서 많은 양으로 여러 여성인물을 등장시켜 유교적 도덕규범의 허위를 거부하고 자유로운 삶을 추구하며 인간성의 긍정의식을 표현하였다. 기생들은 신분상의 특수성으로 인해 가히 용서를 한다고 하지만 위에서 말한 음녀가 신랑감을 고르는 이야기나 경사의 아내[148]와 서울 장님의 아내[149]가 외간 남자를 끌어들여 정을 통했다는 이야기나, 양가집 주부인 어우동이

---

147) 尹宰臣有女數人, 百僚備儀衛迎詔, 士女奔波觀光, 尹女亦靚粉欲往, 公呼前而諭之曰, … 今汝若見俊逸之士, 得無有寢席之念乎, 女竟不得行. 권5 제10화.

148) 有一經師妻, 値其夫出, 邀鄰人入室, 方與講歡之際, 其夫適至, 妻計無所出, 兩手持裳遮夫眼, 踊躍而前曰, 從何處來經師乎, 夫意謂妻之弄己, 亦踊躍而進曰, 從北宅宰臣送葬而來, 妻以裳裹其夫頭而臥, 隣人遂遁去. 권6 제10화.

149) 京中又有盲, 與一年少女善, 年少一日來云, 路逢小艾欲叙話, 主人幸借別室, 盲許之, 年少遂與盲妻入別房爲繾綣歡, 盲來巡廳外曰, 何久向久, 速去速去, 家婦若來見之, 大是異事, 受譴必矣, 少焉妻自外至曰, 此間有何處客蹤, 如憤怒之狀, 盲曰卿聽我語言, 日午但東隣辛生來訪我耳. 권5 제15화.

미소년을 유혹하는 이야기150)나 홍재추와 사랑을 기약했던 여승이 죽어서까지 홍재추를 못잊어 뱀으로 화해서 찾아왔다는 이야기151)는 모두 여성들이 남성과 같이 감정과 본능적인 욕구가 있고 남녀의 관계에 있어서 자신의 감정적 만족을 적극적으로 추구하는 것을 보여준다. 과부의 수절은 봉건윤리도덕에서 표방하는 것이다. 그러나 『용재총화』 권6 26화에 나오는 '두 정생의 호색과 낭패'란 이야기에서 과부는 정씨가 수염이 많아 늙은 병자로 알고 "내가 나이 젊은 장부(丈夫)를 얻어서 만경(晚境)을 즐기고자 하였는데, 어찌 이런 늙은 것을 얻으리요."152)하며 파혼을 하는 이야기에서는 과부가 자기의 본능적 욕구를 만족시키려고 젊은 남자를 선호하는 목적이 직접적으로 선연하게 나타난다. 악관 정씨가 첩으로 맞으려는 여인도 "70살이 아니면 60살은 넘었으리라."하며 늙음을 탄식하고 결혼 날 밤중에 창문을 열고 도망을 갔다는 이야기153)에 나오는 부잣집 여인 역시 과부와 다름없이 노골적으로 자신들의 건강한 신체에서 나오는 본능적 욕구를 표현한다. 그들은 봉건 윤리나 도덕 따위는 아랑곳도 하지 않는 인물로써 기성 제도와 윤리에 대한 철저한 반항자임에 손색이 없다.

봉건관료문인인 성현이 당시 이런 이야기를 기록하였다는 사실은

---

150) 於宇同者知承文朴先生治女也, 其家殷富, 女婉變有姿色, 然性蕩放不檢, … 女雖穢行汚俗, 而以良家女被極刑, 道路有垂泣者. 권5 제24화.

151) 洪宰樞微時路逢雨, 趨入小洞, 洞中有舍, 有一尼, 年十七八, 有姿色, 儼然獨坐, 公問何獨居, 尼云三尼同居, … 遂成心疾而死, 公後爲南方節度使左鎭, 一日有小物如蜥蜴, 行公褥上, 公命吏擲外, 吏遂殺之, 翌日有小蛇入房, 吏又殺之, 又明日蛇復入房, 始訝爲尼所祟….권4 제9화.

152) …寡婦曰, 余欲得年少壯夫以娛暮境, 奚用此老物爲… .

153) 女窺而見之曰, 非七十過六十也, 悽愴有不豫之色, 乘夜驅迫而入, 女叱鄭曰, 何處老物, 來入我室, 非徒容貌無福, 語聲亦無福, 夜半排窓而出, 不知所之, 원문6-26.

성현의 여성에 대한 인식이 남달랐다는 점을 충분히 시사해 준다. 특히 어우동의 이야기에서 나중에 극형에 처하게 되니 "길에 서서 눈물을 흘리는 사람도 있었다."[154]라고 한 후평은 성현의 이런 의식이 잘 돋보인다.

그러나 성현자체가 유교적 사회의 관료문인이기에 자기 계급의 입장에서 벗어나 사회적인 면으로 확대해서 부각하지는 못했다. 성현이 "여성들의 정절이나 수절이 무의미하다고 여겨 性開放을 주장하는 것은 아니다. 다만 형식화되고 제도화된 규범이 여성에게만 지나친 희생을 강요하고, 남성은 도리어 위선을 자행하는 대조를 보였으며 인간의 본능적인 면에서 너무나 격리되어져 있었던 대조를 보였으며 인간의 본능적인 면에서 너무나 격리되어져 있었던 데서 비롯된 것이다."[155]

이상에서 살핀바와 같이 성현은 지나치게 경직된 봉건적 도덕규범과 허위에 찬 윤리를 거부함으로써 인간내면의 진실을 반영하고 인간으로서의 참된 삶과 인생에 대한 인식을 새롭게 하려는, 봉건 통치배의 입장을 떠난 문인으로서의 일면을 엿볼 수 있다.

2. 『용재총화』 소재 소화의 문학사적 의의

보다시피 『용재총화』에는 다양한 유형의 소화가 무려 90편이나 실려 전한다. 이 소화들이 기타 문학에 끼친 영향을 살펴보면서 문학사

154) …女雖穢行汚俗, 而以良家女被極刑, 道路有垂泣者. 원문5- 24.
155) 이정탁, 『한국문학연구소』, 서울, 이우출판사, 1970, p.148.

적 의의를 밝히려고 한다.

이 논의를 전개하기 위하여 우선 한국 소화의 역사적 흐름을 간략하게 살필 필요가 있다고 생각한다. 웃음은 인류만 가지고 특유물로써 인류사의 초기로부터 웃음을 가져다주는 소화가 있었으리라는 예측은 가능성이 있다고 생각한다. 그러나 문헌에 전하는 소화들의 초기적인 양상을 일별할 때 그것들이 대개 합목적적 성격과 교훈적인 성질로서 특징지어지는 사실이 매우 주목되는 일이라고 하겠다. 그와 같은 비교적 초기의 소화 양식으로 우화라든지 고사나 속담과 같은 것들을 제시해볼 수가 있겠는데 이것들은 한결같이 타인을 효과적으로 설득하는 무기로서 활용된다든지 타인을 깨우치는 수단으로 존재하는 특징을 보여준다. 하지만 그것들 속에 소화로서 갖춰야 될 요건들을 구비함으로써 소화로 변모될 수 있는 모태라고 할 수 있는 것들이 있음을 볼 수가 있다.

한국에서 이런 초기 양상은 우선 설화 속에서 살필 수 있다. 우선은 「동명왕편」에서 동명왕 고주몽이 천리마를 차지하기 위해 말의 혀에 바늘을 꽂은 이야기와 「탈해왕」이 호공(瓠公)의 집을 차지하기 위해 숯과 숫돌을 파묻어 놓고 자기 집이라고 한 것을 들 수 있다. 이상의 신화 속의 이야기는 전형적인 사기담의 모습을 보여주지만 이런 에피소드를 통하여 신화적 영웅의 총명과 지혜를 예증하고 예찬하고자 하는 의도를 강하게 지닌다. 다시 말해서 그들의 그와 같은 행위를 평범한 자들의 속된 행위로 간취하기를 거부하고 비범한 인물의 비범한 행위로 제시하고자 하는 것이다. 그래서 경탄이나 찬양의 눈길을 줄곧 하는데 그것은 골계의 주체의 인격에 대한 깊은 감화가 되기에 웃음을 불가능하게 하는 법이다. 즉 본격적인 소화는 아니지만 훗날 본격소화로서의 사기담이나 기지담으로서의 변모가능한 모태라고 할 수 있다.

하지만 통일신라시대의 본격소화라고 지칭할만한 소화의 유산은 대단히 미미하다. 그나마 그런 대로 거론 할 수 있는 것은 『삼국사기』 열전 김유신에 나오는 고구려 총신 선도해(先道解)가 김춘추에게 들려준 귀토지설(龜兎之說)과 『삼국사기』 영전 설총에 나오는 설총이 신문왕에게 들려주었다는 화왕계(花王戒), 그리고 『삼국유사』 권2 기이 제이에 나오는 처용설화를 꼽을 수 있다. 이렇게 약 천년에 나온 이 시기 유산은 너무나 빈약한 것이다.

고려시대도 역시 지나치게 미미하다. 이 시기의 소화의 일반적 양상을 살펴보면, 소화적인 내용을 그대로 가요화(歌謠化)하고 있는 작품인 「쌍화점」을 들 수 있다. 작품의 상황설정이 다분히 서사적이고 극적이라는 점이다. 회회아비, 승려 등 동시대를 대표할 수 있는 인물군의 부정의 현장을 극적이고 구체적인 방식으로 문제삼고 있다, 작중 화자를 비롯한 등장여인들의 문제의 돌발사태에 대한 반응 양상이 "골계적 탈선"의 방식을 취하고 있는 점이다.

이 밖에 고려 말부터 나타난 필기류에서도 몇 편 살필 수 있다. 예를 들면 이인로의 『파한집』에 공처가 함순(咸淳)이 관동지방의 사또로 있을 때 질투심 많은 부인의 혐의가 두려워 예쁜 계집종을 그 고을에 사는 사람의 소와 바꿔버렸다는 얘기가 있고, 최자의 『보한집』에 앞 배에 탄 고운 사미승을 좇으려다 강물에 빠져 죽을 뻔했다는 이야기, 두꺼비를 은그릇과 바꿨다는 어리석은 칠양사(漆陽寺)의 중 자림(子林)

의 이야기가 있다. 또 이제현의 『역옹패설』이 있는데 이는 소화사에 중요한 의의를 갖는 저서이다. 양적으로나 질적으로 고려시대의 패관 소설집 중에서 소화라는 장르를 가장 뚜렷하고 분명하게 의식하면서 다른 필기류와 구분하여 수록했던 고려시대의 최초이자 유일한 저술 이기 때문이다. 그런가 하면 후집의 서에 골계어를 신게 된 것에 대 하여 스스로 변명하기를 "이 책은 본래 따분함을 쫓기 위하여 붓 가 는 대로 기록한 것이다. 그 속에 희롱의 말이 있다고 해서 이상할 게 무엇이 있겠는가.156)"하고 한 것이 보인다. 이 책은 전후집(前後集), 각 각 2권씩 구성되었는데, 소화들은 전집 권2의 후반부에 첨록(添錄)의 형식으로 집중적으로 나타난다. 수록된 소화는 총 17편에 달한다.

위에서 알 수 있듯이 고려시대의 사대부 계급의 계급 주변적인 일 화나 시화의 형식으로 차츰 모태를 보이게 된 문헌 소화의 전통은 필 기문학의 전통이 미미하나마 그대로 이어져 내려오다가 조선시대에 이르러서 특히 15, 6세기 융성발전한 광대희(廣大戲) 즉 소학희의 흥행 발전과 더불어 더욱 확장, 발전하게 된다. 소학희는 궁중에서의 나례 희나 잡희 또는 각종 연회에서 규식희와 함께 때로는 독자적으로 연 출되던 일종의 화극이라고 할 수 있는데 이는 예문관에서 장관을 하 게 된다. 따라서 이를 장관하고 있는 예문관대제학은 이를 직접 책임 지고 있는 사람인 만큼 이들과 접촉도 많았을 것이고 깊은 관심을 가 졌으리라는 점 또한 명백한 것이다. 그리하여 예문관과 홍문관을 겸 한 양관대제학인 서거정(1420-1488)에 의해 본격적인 소화집 『태평한

---

156) 『역옹패설』 후집, 序.… 此錄也 本以驅除閑悶 信筆而爲之者 何怪夫其有戲論也….

화골계전』(1447년)이 나타났고 뒤이어 양관대제학을 맡은 성현에 의해
『용재총화』에 많은 소화를 싣게 되었다. 이처럼 소학희의 문학적 기
록으로부터 이루어진 본격적인 소화는 후기의 본격소화집인『어면순』
→『명엽지해』에까지 이른다. 이는 대부분 서거정과 성현의 문학적
기록으로 이루어진 소화의 기초에서 사대부 사이에 널리 훤전(喧傳)되
던 일화가 결합된 소화라고 할 수 있다.

  서거정과 동시대 제명(齊名)하던 사숙재(私淑齋) 강희맹(姜希孟, 1424-
1483)이『촌담해이(村談解頤)』를 지었다. 자서에 따르면 총 10화로, 현
전하는 소화집 중에 수적으로 최소인 것이다. 그러나 자서에서 "村翁
과 劇談하고 그 이야기 들 중에서 우스운 것들을 골라서 글로 옮겼
다"고 하는 것을 보면 '극담'이란 관극(觀劇)과 한담(閑談)을 말하는 것
이 아닌가 한다. 그러면 관극은 바로 앞에서 설명한 소학희가 된다.
또 한담을 적었다는 점은 조선조 문헌 소화의 양대조류 중에서 또 다
른 하나의 조류를 형성시킨 선구적인 소화집이라고 일컬을 만하다.
다시 말하면『쌍화점』등으로 희미하게나마 그 존재가 암시된 바 있
는 순수한 민간 중심의 소화들이 사회전면에 면면히 이어내려 오다가
이 시기에『촌담해이』를 전구(前驅)로 유식층이 그에 대한 관심이 적
극적인 관심이 차츰 표면화되기 시작하였음을 의미하는 것이다.

  이처럼 한국 소화의 모태는 멀리 신화의 세계로까지 거슬러 올라갈
수가 있다. 그러나 고려말엽부터 소화가 그 나름대로의 가치를 인정
받고 문헌으로 정착되기 시작하다가 조선조 특히 15, 6세기 필기류의
융성발전과 소학희의 흥행으로부터 본격적인 문헌 소화집이 출현하
였다. 이처럼 조선조 초중기에 본격적으로 문헌에 정착되기 시작한

소화는 이후 크게 양대계열로 나뉘어져 독립적 체제의 소화집 형식으로 발전을 거듭해 왔는데, 최초에는 유명 사대부들의 손에 의하여, 그리고 후기에는 주로 무명씨들의 손에 의하여 그 전통의 맥을 이어 내려왔음을 알 수 있다. 그리고 여기서 말하는 양대계열이란 곧 사대부 일화 중심의 소화 계열과 민간 중심의 소화 계열을 일컫는 것인데, 사대부 중심의 소화 계열은 대개 『역옹패설』→『태평한화골계전』→『어면순(禦眠楯)』→『명엽지해(蓂葉志諧)』로 그 계통의 맥을 이어 내려오고 있었고 민간 중심의 소화 계열은 『촌담해이』에서 비롯되어 이후 대부분의 소화집으로 이어지고 있었는데 그것은 「쌍화점」 계통의 것이라고 말할 수 있다.

이렇게 계통론의 각도로 볼 때 『용재총화』 소재 소화는 이 양대지류의 합일을 이룬 귀중한 저작이라고 할 수 있다. 2장에서도 살핀바 있지만 총 91편의 소화 중에 18편의 민담형 소화가 있다. 이는 성현이 사대부 중심의 일화형 소화를 위주로 다루면서도 당시 사회전반에 면면히 내려오던 순수 민간중심의 소화들에도 중시를 돌렸고 또 직접 수록을 했다는 명백한 증거가 된다. 따라서 관변소화(官邊笑話), 민간소화, 자작소화의 혼재된 양상을 띠고 있음을 우리는 명백하게 보아낼 수 있다. 이는 후기의 소화집 양식에 중요한 영향을 미쳤다고 할 수 있다. 연산군조에는 취은(醉隱) 송세림(宋世琳, 1497-?)이 88편의 『어면순』에서도 관변소화·자작소화·민간소화의 혼재된 소화집이다.

『용재총화』 소재 소화 중에서 또 한가지 무시 못할 점은 30%나 되는 호색담(외설담)이 실려 있다는 점이다. 이 또한 후기 소화집에 음담들이 문헌소화집에로의 본격적인 도입에 크나큰 영향을 미친 것이라는 것을 알 수 있다. 이는 송세림의 『어면순』에 40~50%의 호색담이 소재 되어 있고 『속어면순』에는 70~80%의 소색담이 전하는 발견할 수 있었고[157] 지금이란 현시점에 와서 출판된 소화집들에 대량의 호색담이 존재한다는 것으로도 쉽게 알 수 있다.

또 『용재총화』에 소재되어 있는 성현의 불교의 폐단을 반영한 소화와 유사한 민중의식을 엿볼 수 있는 소화는 훗날 소화집이 민중의식을 고취하는 경향성을 강하게 띠게 되는데도 큰 영향을 미쳤다고 할 수 있다. 부묵자(副墨子)의 『파수록(破睡錄)』은 이런 민중의식이 고취되고 있는 경향 소화의 본격적인 시작이라고 할 수 있다.

이상에서 보다시피 『용재총화』에 실린 91편의 소화는 저서의 방대한 양에 끼여 중시를 받지 못했지만 한국 소화발전사에서 승전계후(承前繼後)의 중요한 역할을 감당해온 중요한 역사적 자료로 자리 매김을 할 수 있다. 또 직접적으로 보여지는 양적인 비교에서도 알 수 있다. 서거정의 『태평한화골계전』은 145화가 수록되고, 강희맹의 『촌담해이』는 10화, 성세림의 『어면순』은 88화, 성여학의 『속어면순』에 32화, 홍만종의 『명엽지해』에는 79화이다. 그러나 이런 소화집들은 순수 소화집으로 편집되었기에 중요시되었고 『용재총화』에 소재된 소화는 양적으로 무려 91편이나 됨에도 불구하고 소화집으로 묶이지 못했다는 이유로 그 동안 냉대를 받아온 사실은 너무 안타까운 현실이다.

---

157) 김영준, 앞의 논문, 9면.

소화가 기타 문학장르와의 수수(授受)관계는 "민요·민속극·사설시조·판소리·한문단편 더 나아가서는 속담과 수수께끼에 이르기까지 다방면으로부터의 고찰"158)이 가능하다는 지적처럼 이 방면의 연구는 우선 연구대상이 광범하여 단시일 내에 얻어지는 답이 결코 아니라는 것을 염두에 두고 필자는 『용재총화』에 소재된 소화 중에서 상관 가능성이 있는 소화를 몇 편 골라 같은 서사장르인 소설에 끼친 영향을 중점적으로 살펴보려고 한다. 그 중에서도 소화와 관련성을 갖고있다고 할 수 있는 웃음을 자아내는 희극성을 띤 '풍자소설'과의 비교를 통해 『용재총화』에 소재된 소화들이 소설문학에 미친 영향을 살펴보려고 한다.

소화는 그 성격상 복잡한 인간관계나 심화된 갈등 등을 내포하기보다는 구조가 단순하고 호흡이 짧고 주제가 집약적이라는 특징이 있다. 인물들의 기상천외한 언행으로 인한 즉흥적이고 발랄한 웃음으로 경직된 제도와 사고에 도전을 하며 정서의 긴장을 이완시킨다. 이런 해학과 풍자를 주된 내용으로 하는 소화는 "풍자소설"에도 그대로 적용이 되어 한 부분을 이룬다고 할 수 있다. 『용재총화』에 소재된 소화들 중에도 이런 면들을 잘 보여주는 이야기가 여러 편 된다. 이에 필자는 그 중에서 가장 전형적인 이야기를 몇 편 골라 논의를 전개하려고 한다.

『용재총화』의 권6 제9화에 전목(全穆)과 금란(金蘭)에 관한 호색담이 있다. 그 내용을 보면 아래와 같다.

---

158) 김영준, 앞의 논문, 110면.

　　전목(全穆)이 충주 기생 금란(金蘭)을 사랑하였는데, 그가 서울로 떠나려 할 때 금란을 불러 타이르기를, "경솔히 남에게 몸을 허락하지 말라."하니, 금란의 말이, "월악산(月嶽山)은 무너질지라도 내 마음은 변치 않으리라."하였으나, 뒤에 단월역(斷月驛)의 숭(丞)을 사랑하였다. 전목이 이 소문을 듣고 시를 지어 보내기를, "듣자니 네가 문득 단월역 숭(丞)을 사랑하여, 밤이 깊은데도 항상 역을 향하여 분주한다 하니, 어느 때에 삼릉장(三稜杖)을 잡고 돌아가 월악붕(月嶽崩)의 맹세를 물어볼고."하였다. 금란은 대답하여 말하기를, "북쪽에 전군(全君)이 있고 남쪽에는 숭(丞)이 있으니, 첩의 마음 정할 수 없어 뜬구름 같도다. 만약 맹세한 바와 같이 산이 변할진대, 월악이 지금까지 몇 번이나 무너졌는고."하였는데, 이것은 모두 사문(斯文) 양여공(梁汝恭)이 지은 것이었다.159)

　　이 소화는 전목이 기생 금난의 말을 곧이 믿는 어리석음을 나타낸 소화로써 기생의 마음은 언제나 뜬구름처럼 종잡을 수 없음을 말해준다. 흥미로운 것은 이 소화가 『태평한화골계전』의 발치설화(拔齒說話)와 같은 유형이라는 것160)을 알 수 있다. 전목이 변심한 기생 금란을 비난하는 시를 지어보내자 금란은 "만약 맹세한 바와 같이 산이 변할진대, 월악이 지금까지 몇 번이나 무너졌는고."하면서 자기를 믿는 전목을 비웃는 것은 또한 『배비장전(裵裨將傳)』에 나오는 기생 애랑과 같은 인물임을 밝혀준다. 『배비장전』에서 부임기간이 차서 돌아가는 정비장과 갈라지면서 당장이라도 못살 것같이 하면서 정비장의 옷을

---

159) 全穆愛忠州妓金蘭, 穆將向京城, 戒蘭曰愼勿輕許人, 蘭曰月嶽有崩而我心不變, … 蘭和而答之曰, 北有全君南有丞, 妾心無定似雲騰, 若將盟誓山如變, 月嶽于今幾度崩, 皆梁斯文汝恭所作也. 원문 6-9.
160) 홍순석, 「성현문학연구」, 한국문화사, 230면.

다 벗겨놓고 절신지물(切身之物)을 요구한답시고 성한 치아를 빼고 상투까지 베어놓고는 갈라진 후에 배비장과 놀아나며 배비장과 갈라질 때 애랑이 보낸 궤짝에 하나는 치아가 가득하고, 하나는 베어 논 상투가 가득하였다는 것과 본질이 같다. 모두 기생들이 종잡을 수 없는 마음을 가진 인간들이며 모든 것이 다 이익을 위한 것이지 진정한 정은 찾아볼 수 없다는 점을 말해주고 있다. 이는 이 소화의 소재, 모티프와 인물이 풍자소설에 깊은 영향을 미쳤다는 점을 설명한다.

이처럼 소화의 모티프나 인물들이 소설에 끼친 영향을 엿볼 수 있는 것들은 이밖에 또『용재총화』권7 제35화에 실린 박생의 호색행각을 기록한 소화에서 찾아볼 수 있다. 이 소화에서 박생은 저자 성현과 같이 명경으로 가는 길에서 평양(平壤) → 순안(順安) → 숙영관(肅寧館) → 가평관(嘉平館) → 정주(定州) → 의주(義州)를 거치고 돌아오는 길에 다시 의주(義州) → 임반관(林畔館)으로 오는 동안 박생은 그야말로 예사롭지 않는 호색행각을 벌인다. 이는 이미 단순한 호색담의 범위를 넘어 편폭이 길고 구성 또한 복잡하다. 이 또한『배비장전』에서 제주목사로 부임을 받은 김경(金卿)이 제주도로 가는 길에 온갖 호색행각을 벌이는 것과 흡사하다고 할 수 있다. 특히 박생이 순안에서 실수로 추한 여인과 동침을 하게 된 것 또한『배비장전』에서 김경이 실수로 추한 노친과 동침을 한 것과 너무도 흡사해 우연이라고 간과하기에는 석연치 않아 흥미를 자아낸다. 구성뿐만이 아니라 인물 역시 많은 부분이 흡사하다. 모두가 조정의 명을 받고 집을 떠나는 인물들이고 하나같이 호색한들이다. 조정의 위임을 받고 움직이는 관아의 몸이지만 맡은 바에 대한 책임감은 전혀 찾아볼 수 없고 호색행각에만 눈이 어두운 비열한 인물들이다.

전장에서도 잠깐 언급했듯이 권5 제6화 '도수승'설화는 문학성이 뛰어난 설화로써 연암 박지원의 <호질>과도 모티프의 유사성을 갖고 있다. 모두 겉으로는 그럴듯하지만 내면에 숨어있는 속물의 본질을 밝혀 그들의 허위를 백일화(白日化)하는 이야기에서 같은 점을 알수 있다. 홍순석도 이에 대해 중시했고 보다 상세한 비교연구를 한바 있다.161) 황패강도 『조선왕조소설연구』에서 이 두 작품을 논하면서 모두 하나의 인물형이 내포한 양극적 괴리성이 사회적 차원으로 외연되면서 구체화되고 심화되어, 그들의 비본질적인 위선적 행위가철저히 비판되거나 부정되는 이야기로 성격을 같이한다고 지적한바있다.162) <호질>에서의 북곽선생은 나이 40에 교서가 만권이요, 구경을 부연한 저서가 1만 5천 권이나 되는 학자로서 천자는 그의 의(義)를 가상히 여기고 제후들도 흠모하는 '도덕군자(道德君子)'이다. <도수승이야기>의 주지승 역시 <호질>에서의 북곽선생 그대로 이다. 비록 북곽선생처럼 덕망에 대한 구체적인 서술은 없으나, 그가 사찰의 주지승이란 신분은 충분히 그의 외면적 위망을 알 수 있다. 그런데 두 사람이 벌이는 행위는 오히려 속물의 근성을 보여주는 행위이다. 주지승이 과부와 통정을 하려하고, 양기에 좋다는 거짓비방을그대로 복용까지 한다. 그래서 과부와 통정은커녕 설사를 하는 바람에 똥 범벅이 돼서 쫓겨난다. 이는 <호질>에서 북곽선생이 도망을가다가 똥통에 빠지는 것과도 일치하여 그들의 '고상한 덕망'을 '똥'

---

161) 홍순석, 바로 앞의 논문, 252면.
162) 황패강, 『조선왕조소설연구』, 1986, 단대출판부, 301-335면.

과 동질화시켰다. 주지승은 이렇게 쫓겨나서 도망을 가면서 상황이
계속 악화되어 갖은 고생과 봉변을 다 겪지만 절에 도착해서는 큰소
리로 "나와 문 열어라"하고 허세를 부리는 것으로 구제불능의 인간임
을 보여준다. <호질>에서 북곽선생도 똥통에 빠지고 범에게 온갖 꾸
지람을 받고 '먹지 못할 구린내 나는 고기' 판단되어 겨우 목숨을 건
지지만 아침에 농부를 만났을 때는 전의 궁경(窮境)을 점잖은 거드름
으로 감쪽같이 위장하고 여전한 북곽으로 행세를 부림으로써 역시 구
제불능의 인물임을 보여준다. 또 <도수승이야기>에서 과부는 <호
질>의 동리자처럼 '절개'와 어김에 대해서 언급하지 않았지만 모두
과부란 신분에서 동일할 뿐만 아니라 절의(節義)가 아니라 패륜이란데
서도 동일성을 갖는다. 그뿐만 아니라 <도수승이야기>의 상좌승은
<호질>에서의 범과 같이 냉정한 이성으로 현실의 표피를 뚫고, 내부
의 본질을 파악하는 국외자로서, 모순과 분열을 지양하는 계기적 인
물이라는 데서 독자에게는 기대의 대상이 되며, 종교적 차원에서는
구제자적 성격을 띠는 인물들이다. 상좌승은 범처럼 절대적인 위치에
있지 못하다는 것이 차이점이지만 이는 신분이나 지위가 열등한 인물
이 자기보다 우위에 처한 인물을 골탕먹이고 그들의 본질을 들여다보
이게 하는 것이 소화의 특징을 잘 반영하여 준다. 이처럼 두 이야기
는 모티프와 구조 및 인물까지 많은 면에서 유사한 점을 보여준다.
  이밖에도 성현의 『용재총화』의 소화 중에 문학성이 뛰어나 소설에
가까운 이야기가 들이 있다. 아래의 호색담 역시 단순한 소화의 형식
에서 상당히 확대되서 그토록 함축성 있는 한문이지만 무려 800자나
달한다. 그 내용 줄거리를 보면 다음과 같다.

① 이장군(李將軍)이 있었는데, 젊고 흰칠하여 풍채가 옥과 같았다. 길거리에 22~3세쯤 되어 보이는 매우 아름다운 여자를 만난다.

② 이튿날 장군이 마침 그 동네에 사는 활공장이[弓匠]를 만나 그 여인이 재상 모공(某公)의 딸인데, 과부가 되어 있다는 신상을 알아낸다.

③ 장군은 활공장이와 여인의 하녀를 매수하여 과부의 집에 들어간다.

④ 소녀는 제 방에 들이고 경계하기를, "서두르지 마시고 참고 기다리십시오."하며, 문을 닫고 잠가 버렸다.

⑤ 장군이 두려워서 그 소녀에게 속지나 않았나 의심하였더니, 주인 여자가 잠깐 방을 비운 사이에 소녀가 와서 장군을 끼고 들어가 안방에 있게 하고 다시 경계하기를, "참고 참으십시오. 참지 않으면 계획이 깨어질 것입니다."하므로, 장군은 캄캄한 방에 들어가 있었다.

⑥ 얼마 안 되어 등불이 켜지고 떠드는 소리가 나더니 주인 여자가 들어 왔는데, 계집종이 물러가자 주인 여자는 적삼을 벗고 낯을 씻고 분(粉)을 바르니 <얼굴이> 옥(玉)처럼 깨끗하였다. 장군은 <생각하기를>, "나를 맞으려나보다."하였더니, 세수하고 머리를 빗은 뒤 동(銅)화로에 불을 피우고 고기를 구우며 술을 은주전자에 덥히기에 장군은, "내게 먹이려나 보다."생각하고, 나가려 하다가 문득 그 소녀의 참으라고 한 말을 생각하여 적이 앉아 기다렸다.

⑦ 그러자 조금 있다가 창문에 모래를 끼얹는 소리가 나더니 주인 여자가 일어나서 창문을 열고 한 거만한 사나이를 맞아들였는데 늠름한 까까중이었다.

⑧ 장군은 중이 주인 여자와 함께 누울 때 장군이 돌출하여 노끈으로 중을 기둥에 묶어 놓고 몽둥이로 마구 치니 중은 한없이 슬프게 부르짖었다.

⑨ <그런 뒤> 장군은 주인 여자와 한 번 즐기고 중에게 새사람 만난 예의 잔치 도구를 마련해 주게 하였다.

⑩ 그 뒤로 장군은 과부 집에 자주 왕래하고 과부 역시 장군을 사랑하여 여러 해가 되어도 변하지 않았었다.[163]

이 소화는 성현의 뛰어난 문학적 재질로 다루어진 것이라고 할 수 있다. 우선 인물이 장군·과부·중의 삼각관계로 되어있고 사건의 전개에 있어서도 소설처럼 발단·발전·고조·결말이 조리정연하고 긴장감이 있게 배치되었다. 장군이 예쁜 과부를 만나 마음에 들어 졸개들에게 재물까지 쓰면서 어렵게 만남을 이루고, 중이 나타나 방해가 됐다가 중과 과부의 동침까지 가는 고조에까지 이르렀다가 다시 중의 위기로 반전되며, 완전한 결말까지 있다. 이 호색담이 웃음을 자아내는 원인은 장군·과부·중 세 인물 모두가 하나같이 허위적인 속물들로서 그럴듯한 신분과 상반되는 괴리성과 삼각관계까지 이루고 있으면서 벌이는 호색적인 행각 때문이다. 인물 역시 장군·과부·중뿐만 아니라 활공장이, 과부의 하녀 등 여러 인물이 등장하고 또한 밀접한 관계를 가진다. 하녀와 활공장이는 비록 차요 인물이지만 전반이야기 구성을 조리정연하게 이어주는 매개작용을 하기에 없어서는 안되는 인물들이다. 장군이 활공장이를 언제 어디서 어떻게 만났으며, 하녀를 어떻게 매수하였는가에 대해서도 상세하게 논리에 맞게 전개를 하여 이야기 구성이 짜이고 이야기 전반의 흐름이 자연스럽고 신빙성이 있게 한다. 그뿐만이 아니라 생동한 인물형상을 부각하기 위하여 인물에 대한 묘사도 하였음을 볼 수 있다. 이장군에 대해서 "젊고 훤칠하여 풍채가 옥과 같았다(年少俊邁, 風標如玉)"라고 되어 있고 과부에 대해서는 "계집종이 물러가자 주인 여자는 적삼을 벗고 낯을 씻고 분(粉)을 바르니 <얼굴이> 옥(玉)처럼 깨끗하였다(輩婢皆退, 婦

---

163) 有將軍姓李者, …將軍往來婦家, 婦亦愛將軍, 經歲不替. 원문 5-8.

脫衫盥面塗粉, 玉分皎潔)"라고 묘사한 구절은 이미 인물의 형상 창조까지 초보적이나마 시도되고 있음을 알 수 있다. 이는 일반적인 소화와는 엄연히 구분이 되는 문학성이 뛰어난 한 편의 훌륭한 소화로써 소화가 소설문학으로의 영향 및 변천과정을 직접 설명해주는 가장 적절한 예라고 생각한다. 『용재총화』에는 가히 완전한 소설이라고 할 수 있는 '안생의 사랑' 이야기가 있다(권5 제12화). 조동일은 '안생의 사랑' 이야기를 평가하면서 "이런 이야기라면 소설이라고 할 수 있다"[164]고 지적한 바 있다.

이상에서 알 수 있듯이 『용재총화』에 수록된 소화들은 소설에 끼친 영향이 자못 심원하다. 소화가 소설의 소재로써 직접 수용됐을 뿐만 아니라 인물, 구성에 이르기까지 많은 면에서 심원한 영향을 끼쳤다고 할 수 있다. 특히 풍자와 해학 등 희극성을 갖춘 소설에서는 큰 변화를 거치지 않고 그대로 적용됨을 보여준다. 『용재총화』에 소재된 이런 소화들은 직접 소화가 소설에로의 변모과정을 보여준다는 데서 중요한 문학사적 의의를 갖는다고 할 수 있다.

이상 한국 소화의 역사적 흐름에서와 기타 문학에 끼친 영향 등으로부터 보다시피 『용재총화』 소재 소화는 한국 문학사에서 특히 소화사에서의 귀중한 자료로 되며 소설발전사에도 지대한 영향을 미치고 있다.

---

164) 조동일, 한국문학통사(2), 지식산업사, p.460.

V. 나오는 말

   이 책에서는 『용재총화』 소재 소화에 대한 구체적이고 심층적인 연구를 시도하고자 하였다. 특히 『용재총화』 전편에 소재된 모든 소화를 대상으로 집중 비교분석을 했고 연구의 편리상 유형별로 나누어 각 유형의 소화에 나타난 내용을 상세하게 살핌으로써 거기에 반영된 저자의 문학적 재량과 문인의식을 고찰하고 또 이 소화들이 한국문학사에 어떤 의의를 갖는가에 대해서 주된 목적을 두고 논의를 전개했다.

   우선, 필자는 『용재총화』에 소재된 소화의 본격적 연구를 위한 선행작업으로 동서양의 소화의 개념과 범주 및 유형별 분류를 시도하였다.

   소화는 우선 그 효과나 감상의 수준에서 말하면 웃음을 자아내는 이야기라고 할 수 있고 내용의 수준으로 보면, 우스운 것에 관한 이야기라고 할 수 있고, 형식수준에서 본다면 골계를 발생시키고 있는 이야기라고 할 수 있는데, 이런 소화는 민담에서 파생('부수민담' 또는 '준민담')된 전통민간소화와 필기류에서 나타나는 일화형 소화라는 양대지류가 합일된 것이라고 볼 수 있다는 것이다.

소화는 두 개의 부동한 장르에서, 소화의 개념에서 지적한바와 같이 내용의 웃음을 자아내는 효과와 골계를 발생시키고 있는 형식수준의 동일성으로 하나의 새로운 장르를 구성하고 있다고 볼 수 있다.

이렇게 소화의 범주를 정한 후 연구 분석의 편리를 위하여 유형별 분류를 시도한 결과 소화를 아래와 같이 10가지 유형으로 분류하였다.

① 기원담 ② 풍월담(어희담) ③ 지략담 ④ 치우담
⑤ 과장담 ⑥ 우행담 ⑦ 호색담 ⑧ 모방담
⑨ 실수담 ⑩ 악작극담(못된 장난 이야기)

이 10가지의 유형은 모든 소화를 포용할 수 있는 비교적 합리적인 방법이라고 생각한다. 따라서 『용재총화』의 소화를 이 분류법을 적용하여 분석해 본 결과 아래와 같다.

	권1	권2	권3	권4	권5	권6	권7	권8	권9	권10	합계
기원담					1						1
풍월담					2	4	3		1	2	12
지략담					3	5					8
치우담				1	3	1			1		6
과장담		1	1	1		3	4	1	2		13
우행담				1					4		5
모방담					2	1					3
실수담				1		3	2		1	2	9
악작극담			2		2			1		1	6
호색담		2	2	1	10	7	3		2	1	28
합계	0	3	5	5	23	24	12	2	10	7	91

이상은 『용재총화』에서 소화를 추출해서 유형별로 나열한 것이다. 여기서 보다시피 『용재총화』에는 무려 91편의 소화가 소재되어 있다. 그 중에 설화의 장르에 속하는 민담에서 파생된 민담형 소화가 18편으로 소화 전체의 약 20%를 차지하고, 일화형 소화가 73편으로 80%나 차지한다. 그 중에서 최철과 장덕순이 지적한 바와 같이 호색적인 이야기(淫藝譚)가 대부분을 차지한다. 무려 28편이나 되어 전체 소화의 약 30%를 차지한다.

이렇게 유형별로 분류한 소화들을 집중적으로 분석해 봄으로써 각 유형의 특징을 살핀 결과 『용재총화』에 소재된 소화는 대부분 교훈성보다는 흥미성에 초점을 맞추고 있다. 권계의 목적을 둔 이야기라 하더라도 주제의 직접적인 노출과 설교보다는 독자의 흥미를 유발하여 강렬한 웃음 속에 교훈을 제시한다. 또한 『용재총화』에 소재 된 소화는 다른 소화집에서 볼 수 없는 문학성이 뛰어난 작품들이 많이 있다. 이는 성현의 소화를 다루는 능란한 솜씨 즉 문학적 재능을 잘 보여주고 있다. 이런 문학적 기량은 우선 소화를 서술하는 독자적 시각, 사건의 서술에서 간략한 서술과 상세한 서술의 합리적인 배치, 상황의 묘한 설정, 서술에서 정연한 논리성, 굴곡적이면서도 째어진 구성, 짧은 구성에서의 기승전결의 표현방식 등에서 잘 나타난다.

성현이 이렇게 많은 소화를 기록하게 된 점은 당시의 발전된 생산력과 사회의 안정, 임금의 비호(庇護)와도 밀접한 관계를 갖고 있지만 무엇보다도 웃음을 목적으로 하는 소학희의 흥행배경, 그리고 자신의 다양한 문예적 취향과 갈라놓을 수 없다.

그는 단순히 본 것을 기록하여 사건의 전달에 그친 것이 아니라 문학적인 재창작을 통하여 자기의 의식까지 싣고 있다. 『용재총화』의 소화에는 성현의 봉건관료로써의 강한 경세치도의 의식이 반영되어 있는데 주로 불교의 폐단에 대한 강렬한 풍자와 파괴된 윤리와 도덕에 대해서 해학의 수법으로 꼬집음으로써 본인의 봉건통치계급의 입장에서 권계의 목적이 반영된다. 다음으로는 인간성과 사회제도 자체의 모순과 괴리현상을 알고 있으면서도 인간성을 존중하고 긍정하는 양심적 문인으로서의 의식을 볼 수 있다. 이러한 의식은 성현의 인간본능의 긍정과 여성들에 대한 독특한 견해에서도 잘 나타난다. 그러나 성현자체가 유교적 사회의 관료문인이기에 자기계급의 입장에서 벗어나 사회적인 면으로 확대해서 부각하지는 못했다.

마지막으로 『용재총화』에 소재된 소화의 문학사적 의의를, 한국 소화사에서의 위상과 주변문학 장르에 미친 영향으로부터 찾았다.

우선 한국 소화사의 양대계렬이란 곧 사대부 일화 중심의 소화 계열과 민담 중심의 소화 계열을 말한다. 즉 계통론의 각도로 볼 때 『용재총화』 소재 소화는 이 양대지류의 합일을 이룬 저작이라고 할 수 있다. 또한 『용재총화』에 소재된 소화 중에는 30%나 되는 호색담이 실려 있는데, 이 호색담들이 후기 문헌소화집에로의 본격적인 도입에 크나큰 영향을 미쳤다. 이는 송세림의 『어면순』에 40~50%의 호색담이 전하고 『속어면순』에는 70~80%의 호색담이 전하는 것[165]을 발견할 수 있었고 지금이란 현 시점에 와서 출판된 소화집들에 대량의 외설담이 존재한다는 것으로도 쉽게 알 수 있다. 또 『용재총화』에

---

165) 김영준, 앞의 논문 9면.

소재되어 있는 소화들 중에 불교의 폐단을 반영한 소화를 비롯한 민중의식을 엿볼 수 있는 소화는 훗날 소화집이 민중의식을 고취한 경향성을 강하게 띠게 되는데도 큰 영향을 미쳤다. 부묵자의『파수록』은 이런 민중의식이 고취되고 있는 경향 소화의 본격적인 시작이라고 할 수 있다.

타 장르의 영향관계는 주로 풍자소설과의 관계로부터『용재총화』에 소재된 소화들은 소설에 끼친 영향이 자못 심원하다는 것을 알 수 있다. 소화가 소설의 소재로써 직접 수용됐을 뿐만 아니라 인물, 구성에 이르기까지 많은 면에서 심원한 영향을 끼쳤을 가능성을 제시하였다. 특히『용재총화』에 소재된 이런 소화들은 풍자와 해학 등 희극성을 갖춘 소설에서는 큰 변화를 거치지 않고 그대로 적용됨을 보여주며, 소화가 소설로의 변모과정을 보여준다는 데서 중요한 문학사적 의의를 갖는다고 할 수 있다.

참고문헌

1. 자료

성 현『용재총화』,『대동야승』Ⅰ, 민족문화추진회, 1971.

성 현『용재총화』, 남만성 역, 대양서적, 대양서적, 1973.

『국역조선왕조실록』CD.

2. 단행본

김동욱,『국문학사』, 서울 일지사, 1976.

김태준,『조선소설사』, 學藝社, 1933년.

안자산,『조선문학사』, 崔元植 譯, 乙酉文化社,1984.

장덕순 외,『구비문학개설』, 일조각, 1971.

장덕순,『한국문학사』, 동화출판사, 1975.

장덕순,『한국설화문학연구』, 서울대 출판부, 1978.

조동일,『한국문학통사』, 지식산업사, 1990.

조희웅,『한국설화의 유형』, 일조각, 1996.

홍순석,『성현문학연구』, 한국문화사, 1992.

황인덕,『한국기록소화사론』, 서울 태학사, 1999.

3. 논문

강재철,「成宗朝 稗官小說의 隆盛動因研究」,『漢文學論集』3輯, 檀國漢文學會, 1985
       년, 11월.

金文奎,「조선전기 소화집연구」서울대 석사학위논문. 1987.

金銀洙,「慵齋叢話 小攷」,『논문집』1, 광주개방대, 1984.

김근태,「골계작품류의 성향과 소설사적 관련양상」,『고소설의 제문제』, 집문당,
       1993.

김영준,「소화의 개념 재고 및 유형분류」,『기전여자전문대학논문집』13집.

김정수, 「김종직과 성현의 문학사상 연구」, 인하대학교 교육대학원, 석사확위논문, 1988.

김중형, 「15~16세기 서사문학에서 갈래간 넘나듦의 양상과 그 의미」, 2004.

김태안, 「용재총화연구-골계류 산문을 중심으로」, 『논문집』 제6집, 안동대학, 1984.

김태안, 「성현의 문학론과 시세계」, 『성균관 한문학 연구』, 제9집, 성균관대, 한문학교실, 1982.

김현룡, 「조선초기 설화문학연구」, 성곡논총, 16집, 1985.

김현룡, 「한국고대풍자소설연구」, 건국대 석사학위논문, 1966.

김현룡, 『서거정의 「태평한화골계전」 연구』, 건국대 인문과학논총. 1977.

박은희, 「한국구전 소화의 서사구조와 변이양상 연구」, 이화여대 교육대학원, 석사논문, 1988.

成耆棟, 「조선조 골계류 작품의 문학적 자리매김」, 『玄山金種塤박사 회갑기념논문집』, 1991.

신상필, 「필기의 서사화 양상에 관한 연구」, 성균관대학교 박사학위논문, 2004.

신상필, 「15세기 필기에서의 서사 수용양상」, 『한국한문학연구』, 2004.

신월균, 「야담·소화의 소설적 변모과정」, 『고소설사의 제문제』, 집문당. 1981.

신월균, 「한국 소화의 연구」 인하대 대학원 석사학위논문, 1981.

오춘택, 「허백당 성현 연구」, 고려대 대학원 석사학위논문, 1979.

이강옥, 「태평한화 골계전연구-일화와 구분되는 소화의 특질을 드러내기 위함」, 『인문연구』 16집 제1호, 1994년, 8월, 영남대 인문과학연구소.

이래종, 「용재 성현의 문학론」, 『한문학논집』 제5집, (서울 단국한문학회, 1987년).

李石來, 「문헌소재 한문소화 연구」, 『성심어문논집』 7집, 성심여대, 1983.

임형택, 「이조전기의 사대부 문학」, 『한국사』 11권, 국사편찬위원회, 1974.

장덕순, 「이조초기의 설화-용재총화에 나타난 호색설화를 중심으로」, 『한국설화문학연구』, 서울대 출판부, 1971.

장덕순, 「이조초기의 설화연구-용재총화에 나타난 호색설화를 중심으로」, 『동아문화연구』, 서울대 동아문화연구소, 1968년.

鄭容秀, 「역옹패설 소재 소화의 성격고」, 『부산 한문학연구』 6, 부산한문학회, 1991.

조동일, 「한국구비문학대계 자료수정과 설화분류의 기본원리」, 정신문화연구원, 85 겨울호, 신문화연구원, 1985.

조희웅, 「소화의 유형과 분류」, 『한국구비문학선집』, 일조각, 1977년.

조희웅, 「한국 소담의 연구」, 『어문학』 제3집, 국민대 어문학연구소, 1984.

최 철, 「조선 전기 설화연구」, 『동방학지』 42집, 1984.

홍순석, 「용재총화 연구」, 『국어국문학』 98집, (국어국문학회, 1987).

홍순석, 「용재총화소재 소화에 대하여」, 『碧史李佑成先生 정년퇴직기념 국어국문
        학논총』, 여강출판사, 1990.

황인덕, 「16세기 소화사론」, 『어문연구』 27집, 어문연구학회, 1995.

황인덕, 「18, 9세기 소화사의 전개」, 『어문연구』 31집, 어문연구학회, 1999.

『용재총화』의 소화 자료
(역문 및 원문)

2-13 최세원의 재담

최세원은 경서(經書)와 사적(史籍)을 많이 읽었고, 담론(談論)을 잘 하였다. 심심원(沈深遠)과 더불어 개울을 사이에 두고 살았는데, 심의 집에서는 매양 이웃 친구들을 맞이하여 주연(酒宴)을 베풀었고, 항상 장기와 바둑을 일삼았다. 심원이 하루는 친구와 더불어 창기(娼妓) 집에서 술을 마시고 돌아오니, 그 부인이 크게 노하여 다투기를 그치지 않고는 말을 빼앗아 나가지 못하게 하며, 또 문을 닫고 들어오지 못하게 하여 이웃친구인 윤사걸(尹士傑) 등은 개울가에서 나란히 앉아 건너오지 못하였다. 세원은 산보(散步)하면서 말하기를, "저 편에 변(變)이 있어서 너희들이 강(江)을 건너지 못할 뿐이겠지."하였는데, 대개 이 말은 양계(兩界)의 일1)을 빗대어 말하였던 것이다.

---

1) 양계의 일 : 兩界는 함경도·평안도를 가리키는 말이니, 여기에 양계의 일이라고 한 것

崔勢遠多讀經史, 善談論, 與沈深源來澗而居, 沈家每邀鄰友, 設酌博견奕,
日以爲常, 深源一日與友飮娼家而還, 夫人大恚, 勃磎不已, 奪馬不許出, 又閉
門不納, 隣友尹士傑等坐列澗邊不得渡, 勢遠散步大噱曰, 彼邊應有事變, 汝等
不得越江耳, 盖擬言兩界之事也.

2-19 성(性)에 무지(無知)한 세 사람

음식과 남녀(男女)는 사람들의 큰 욕망인데도 지금 색(色)을 모르는
사람이 셋 있다. 재안(齋安)은 무한히 아름다운 아내를 두었으되 항상
말하기를, "부녀자는 더러워서 가까이 하지 말아야 한다."하여, 마침
내 부인과 마주 앉지 않았고, 생원(生員) 한경기(韓景琦)는 상당부원군
(上黨府院君)의 손자인데, 마음을 닦고 성품을 다스린다는 구실로서 문
을 닫고 홀로 앉아 일찍이 그 아내와 서로 말한 일이 없었으며, 만약
중년의 소리라도 들리면 막대기를 들고 내쫓았다. 김자고(金子固)에게
는 외아들이 있었는데 어리석어서 콩과 보리를 분별하지 못하였고,
또한 음양(陰陽)의 일을 알지 못하므로 자고는 그 후사(後嗣)[2]가 끊어질
것을 염려하여 그 일을 아는 여자를 단장시켜 함께 자게 하고 운우(雲
雨)[3]을 가르치려하니, 그 아들은 놀래어 상 밑으로 도망쳐 들어갔다.
그 뒤에는 붉게 단장하고, 족두리한 여자만 보면 울면서 달아났다.

은 이시애(李施愛)의 반란을 말한 것 같다.
2) 후사 : 대를 잇는 자식을 말함.
3) 운우 : 나녀의 교정을 지칭.

飲食男女, 人之大欲存焉, 而今有不知色者三人, 齊安畜無限佳麗, 而常曰婦
人穢不可近, 終不與婦人對坐, 生員韓景琦上黨府院君之孫也, 托言修心繕性,
閉戶獨坐, 不曾與其妻相語, 如聞婢僕之聲, 持杖逐之, 金子固獨有一子, 癡騃
不辨菽麥, 亦不知陰陽之事, 子固患其絶嗣, 節解事之女, 與之同寢, 教以雲雨,
其子驚駭, 逃入床下, 其後若見紅粧翠髻, 必啼哭而走.

2-28 중추 민대생 조카의 언변(言辯)

중추(中樞) 민대생(閔大生)은 나이 90여 세였는데, 정월 초하룻날 조
카들이 와서 뵙고는 그 중 한 사람이 말하기를, "원하건대 숙부께서
는 백년까지 향수(享壽)하소서."하니, 중추가 노하여 말하기를, "내 나
이 90여 세인데 내가 만약 백년을 산다면 다만 수년밖에 살지 못할
것이니, 무슨 입이 이렇게 복 없는 소리를 하느냐." 하고는 드디어 내
쫓으므로, 또 한 사람이 나아가 말하기를, "원하건대, 숙부께서는 백
년을 향수하시고 또 백년을 향수하옵소서."하였더니, 중추는 "이것은
참으로 송수(頌壽)하는 체모(體貌)로다."하고, 잘 먹여 보내었다.

閔中樞大生年年九十餘, 元日諸姪來謁, 一人進曰, 願叔享壽百年, 中樞怒曰,
我齡九十餘, 若享百年, 只有數年, 何口之無福如是, 遂黜之, 一人進曰, 願叔享
壽百年又享百年, 中樞曰, 此眞頌禱之體也, 厚饋而送之.

3-2 영태의 배우희(俳優戲)

고려 장사랑(將仕郎) 영태(永泰)는 광대놀이를 잘 하였다. 겨울인 데
도 용연(龍淵)가에 뱀이 나타나니, 절의 중이 용의 새끼라고 가져다 길
렀다. 하루는 영태가 옷을 벗고 전신에 오색(五色)으로 용의 비늘을 그
리고 승방(僧房)의 창을 두둘기며, "선사(禪師)는 두려워하지 말라. 나
는 못 속의 용신(龍神)인데, 선사가 나의 자식을 애호한다는 소문을 듣
고 감덕하여 왔다. 어느 날 어느 저녁에 내가 다시 와서 선사를 다시
맞으러 오겠다."는 말을 마치고는 자취를 감추었다. 약속한 날, 중은
새옷으로 잘 차려 입고 기다리고 있으려니, 이윽고 영태가 와서 중을
업고 연못가로 뛰어와서 말하기를, "꽉 잡지 마시오. 바로 들어갈 수
있을 것이요."하니, 중은 눈을 감고 손을 놓자 영태는 중을 물 속으로
던지고 가버렸다. 중의 잘 차려 입은 옷이 모두 더러워 지고 몸에 상
처를 입고 기어서 돌아와 이불을 덮고 누웠다. 다음날 영태가 와서,
"스님은 어쩌다가 그렇게 심하게 아픕니까."하니, 중은 말하기를, "용
연의 신이 늙어서 노망을 하여 무고한 나를 이렇게 만들었다."하였다.
또 영태가 충혜왕(忠惠王)을 따라 사냥을 갔을 때도 늘 광대놀이[優戲]
를 하니, 임금은 그를 물 속에 던져버렸다. 영태가 물을 헤치고 나오
니, 임금은 크게 웃으며, "너는 어디로 갔다가 지금 어디서 오느냐."
하니, 영태는 "굴원(屈原)4)을 보러 갔다가 옵니다."하였다. 임금이 "굴
원이 뭐라고 하더냐."하니, 굴원이, '나는 어리석은 임금을 만나 강에

---

4) 굴원(屈原) : 중국 전국시기 초나라 사람. 회왕(懷王) 때 삼려대부(三閭大夫)라는 벼슬을
   하였으나 왕은 참언(讒言)을 믿고 굴원을 멀리하여 이소를 짓고 다음 양왕(襄王) 때 초
   나라가 망하는 것을 보자 마침내 멱라강(汨羅江)에 몸을 던져 죽었다.

<몸을> 던져죽었지만, 너는 명군(明君)을 만났는데 어찌 되어 왔느냐.' 하였습니다."하니, 임금은 기뻐서 은구(銀鷗) 하나를 주었다. 옆에 있던 우인(虞人)⁵⁾이 이것을 보고 역시 물에 몸을 던졌다. 임금이 사람을 시켜 머리칼을 붙잡고 끌어내서 그 이유를 물으니, "우인은 굴원을 보러 갔다."하였다. 임금이 "굴원이 뭐라고 하더냐."하니, 우인이, "그인들 뭐라 말하겠으며, 낸들 무엇이라 말하겠습니까."하니, 삼군(三軍)이 크게 웃었다.

高麗將仕郎永泰, 善俳優戲, 冬月有蛇現于龍淵畔, 寺僧以爲龍兒, 收而養之, 一日泰脫衣, 遍體畫龍鱗五色, 扣僧窓言曰, 禪師勿懼, 我卽淵中龍神也, 聞禪師愛護愚息, 感德以來, 某日某夕, 我當再來以迎禪師, 言訖不見, 至期僧替舊易新, 盛服以待, 少頃泰至, 負僧而走至淵畔, 謂曰, 愼勿攀援, 一瞬可入, 僧瞑目放手, 泰投僧于水中而去, 僧衣服盡汚, 身亦被傷, 匍匐而還, 披衾而臥, 翌日泰來曰, 禪師何痛之甚, 僧曰, 龍淵神老而無意, 誑我乃至於此, 泰又從忠惠王獵, 每呈優戲, 王投泰于水中, 泰撤裂而出, 王大笑問曰, 汝從何處去, 今從何處來, 泰對曰, 往見屈原而來, 王曰, 屈原云何, 對曰, 原云我逢暗主投江死, 汝遇明君底事來, 王喜賜銀甌一事, 旁有虞人見之, 亦投于水, 王令人捉髮而出, 推問其故, 虞人云, 往見屈耳, 王曰, 屈云何, 虞人曰, 彼何言我何言, 三軍勝笑.

3-5 신돈의 호색(好色) 행각(行脚)

신돈(辛旽)이 국정(國政)을 잡은 처음에 기현(奇顯)의 집에 기숙하면서 기현의 처와 사통하였는데, 기현 부처는 늙은 노비처럼 시종하였다.

5) 우인 : 사냥하는 하급관리를 지칭함.

신돈의 권위가 점차 성해져서 <백성의> 생살이 수중에 있어, 죽을
지경에 두고자 한다면 뜻대로 안 됨이 없었다. 만약 자색이 아름다운
사대부의 처첩이 있다고 들으면, 그 남편을 조그마한 죄과로라도 순
군옥(巡軍獄)에 보내고는 기현 등을 시켜서, "만약 주부(主婦)가 친히
가서 부탁하면 억울함을 면할 수 있을 것이다."라고 전하게 하였다.
그 부인이 신돈 집에 와서 대문을 들어서면 말과 따르는 사람을 보내
게 하고, 중문을 들어서면 비복을 보내게 하였으며, 신돈 집안사람이
데리고 안문으로 들어오면 신돈은 서당(書堂)에 혼자 앉아 있었다. 옆
에 마련된 이부자리에서 마음대로 간음하는데, 사랑하고 싶은 자가
있으면 수일 동안 머물게 하였다가 보내고서는 그녀의 남편을 놓아주
었다. 만약 불손한 자가 있으면 벌을 주기도 하고 혹은 귀양 보내기
도 하는데, 이 때문에 죽게 된 자도 있었으므로, 부녀자들은 그 남편
이 잡혔다고 들으면 반드시 단장을 하고 먼저 신돈의 집에 가는데,
하루도 빠진 날이 없었다. 신돈은 양도(陽道)가 쇄할까 염려하여 흰말
의 음경을 자르거나 지렁이를 회(膾)쳐 먹는데, 만약 황구(黃狗)나 흰매
[蒼鷹]를 보면 소스라쳐 놀래고 두려워 하니, 그 당시 사람들은 늙은
여우의 정(精)이라 하였다.

辛旽初乘國政, 寓寄顯家, 與顯妻通, 顯夫妻侍側如老奴婢, 旽威權漸盛, 生
殺在手, 所欲置之死地則無不如意, 若聞士大夫妻妾有姿色者, 每以徵譴囚其夫
于巡軍獄, 顯等令人傳報其家, 若主婦親訴其寃則得免矣, 其婦卽就旽家, 則入
大門去馬從, 入中門去婢僕, 旽家人率行入內門, 獨旽坐書堂, 旁設衾枕, 隨意
縱淫, 所欲愛者, 則惑留數日而遣之, 仍放其夫, 如惑不遜, 則惑罰惑竄, 因以有

致死者, 故婦女聞其夫被囚, 則必靚粉先就阮門, 殆無虛日, 阮慮陽道衰, 每斬白馬莖, 或膾蚯蚓而食之, 若見黃狗蒼鷹, 愕然驚懼, 時人以爲老狐精.

3-6 가짜장님 조운흘

고려 재신(宰臣) 조운흘(趙雲仡)은 시대가 어지러워질 것을 알고 환(患)을 피하고자 꾀하여 미친 사람 시늉을 하였었다. 그 전에 서해도(西海道) 관찰사가 되었을 적에는 언제나 "아미타불"을 외었다. 공과 서로 친한 수령(守令) 한 사람이 있었는데, 창밖에 와서 "조운흘"하고 외었다. 공이 "너는 어찌 내 이름을 외우느냐."하니, 수령은, "영감의 염불은 성불(成佛)하기 위함이요, 나의 염불은 영감 같이 되고자 하는 것입니다."하고는 서로 마주 보고 크게 웃었다. 또 "청맹(靑盲)[6]병이 들었다." 거짓하고, 사직하여 집에 있었는데, 그의 첩이 공의 아들과 서로 사통하여 늘 앞에서 수작을 하였으나, 수년 동안 모르는 척하였다. 난리가 진정되자 눈을 부비며, "나의 눈병이 나았다."하더니, 그 첩을 데리고 뱃놀이를 가서 그 죄를 다스려 강에 던졌다. 그가 살던 시골 집은 지금의 광나루[廣津] 밑에 있다. 공이 자청하여 사평원주(沙平院主)가 되었는데, 마을 사람들과 사귀어 늘 서로 모여 앉아 술 마시며 잡담을 하는데, 끝날 줄 몰랐다. 하루는 정자 위에 앉았는데, "낮이 되니 사람 불러 사릿문을 열게 하고, 임정(林亭)으로 걸어 나가 석태(石笞) 위에 앉는다. 지난밤 산중에 비바람이 거세더니, 가득 찬 시냇물

6) 청맹 : 눈을 멀쩡히 뜨고 못 보는 것을 말한다.

에 낙화가 흘러온다."하였다.

> 高麗宰臣趙云仡, 知時將亂, 謀欲避患, 乃詐爲狂誕, 嘗爲西海道觀察使, 每
> 念阿彌陀佛, 有一守令與公相友者, 亦來窓外, 念趙云仡, 公曰汝何以稱我名,
> 守令曰, 令公念佛欲成佛, 吾之念令公欲爲令公耳, 相視大笑, 又詐得靑盲疾,
> 辭職居家, 其妾與公之子相私, 每戲於前, 公不露形色者數年, 及亂定, 忽揩目
> 曰, 吾疾愈矣, 率其妾遊於江上, 數其罪而投之, 其所居鄕墅, 在今津廣下, 公求
> 爲沙平院主, 興鄕人結侶, 每於飮會相與雜坐, 詼諧戲謔, 無所不至, 一日坐亭
> 上, 朝臣貶斥者多渡江, 公作詩曰, 紫門日午喚人開, 步出林亭坐石苔, 昨夜山
> 中風雨惡, 滿溪流水泛花來.

3-7 한종유(韓宗愈)의 방탕불기(放蕩不羈)

고려 정승 한종유(韓宗愈)는 어렸을 때에, 방탕불기(放蕩不羈)하여 수십 명과 무리를 짜고 언제나 무당들이 노래하고 춤추는 데에 가서 <음식을> 빼앗아 취하도록 포식하고는 손벽을 치며 양화(揚花)[7]노래를 부르니, 그때 사람들이 양화도(揚花徒)하고 불렀다. 일찍이 공은 양손에 칠을 하고 밤에 남의 빈 빈소(殯所)로 들어갔다. 그 집 부인이 빈전(殯前)에 와서 곡을 하는데, "임이여, 임이여, 어디로 가셨습니까."하자, 공이 장막 사이로 검은 손을 내밀며 가는 소리로, "내 여기 있소."하니, 부인은 놀랍고 무서워 달아나고, 공은 제상(祭床)에 차려 놓은 것을 모두 가지고 돌아오는 이런 미친 행동이 많았다. 상국(相國)이 되

---

7) 양화(揚花) : 양화가(揚花歌), 양화사(揚花詞). 한종유의 노래를 역해(譯解)한 것이다. [高麗史 110권 列傳에 韓宗愈 條]에 나온다.

어 공명사업(功名事業)이 당세(當世)에 빛나고, 만년에는 퇴로(退老)하여 고향에서 살았는데, 지금의 한강 상류의 저자도(楮子島)이다. 일찍이 시를 짓기를, "10리 평호(平湖)에 보슬비 지나고, 일상(一聲) 장적(長笛)은 갈대꽃[蘆花]에 격한다. 금솥[鼎]8)에 국 요리하던 손을 가지고 한가로이 낚싯대 잡고 해저문 모래밭을 내려간다."하고, 또 "검은 사모(紗帽)9)에 짧은 갈옷[褐]10)으로 지당(池塘)을 돌아서니 버드나무 언덕 시원한 미풍이 얼굴에 스친다. 천천히 걸어 돌아오니 산 위에 달이 떴고, 장두(杖頭)에선 아직도 연꽃 향기 스며온다."하였다.

高麗政丞韓宗愈, 少時放蕩不羈, 結徒數十人, 每於巫覡歌舞之處, 劫掠醉飽, 拍手歌楊花, 時人謂之楊花徒, 公嘗漆兩手, 乘夜投入人家殯室, 其家婦人來哭殯前曰, 君乎君乎, 何處去乎, 公以黑手出帳間, 細聲答曰, 我在此矣, 婦人皆驚懼而遜, 公盡取所設床果而還, 其狂多類此, 及爲相國, 功名事業, 彪炳當世, 晚年退老鄕曲, 卽今漢江上楮子島也, 常作詩云, 十里平湖細雨過, 一聲長笛隔蘆花, 却將金鼎調羹手, 閑把魚竿下晚沙, 又云烏紗短褐遶池塘, 柳岸微風酒面涼, 緩步歸來山月上, 杖頭猶襲藕花香.

8) 금정조갱(金鼎調羹) : 금정(金鼎)은 황금의 솥이라는 말이고, 調羹은 국맛을 맛있게 조화한다는 말이다. 즉 정승으로서 임금을 도와 훌륭한 나라 정치를 이룩하게 한다는 뜻이다. 옛날 은(殷)나라의 고종(高宗)이란 임금이 부열(傳說)이라는 어진 정승을 얻어서 그에게 말하기를 "만약 술과 단술을 빚는다면 네가 누룩과 엿기름이며, 국을 끓일 때면 네가 오직 소금이며 매실이 국의 맛을 맛있게 조화(調和)하듯이 나라의 훌륭한 정치를 하려면 어진 정승 네가 꼭 있어서 잘 조절해야 한다"는 뜻이다. 여기에서는 이 고사(故事)를 인용하여 자신이 정승으로서 일찍이 임금을 도와 나라의 정치를 잘 다스려지도록 노력하였다는 뜻을 표현한 것이다.
9) 사모(紗帽) : 관복을 입을 때 쓰던 사로 짠 모자를 말한다.
10) 갈옷 : 베로 만든 천한 사람이 있는 옷.

3-45 남간(南簡)의 교주고집(膠柱固執)

제학(提學) 남간(南簡)11)은 청검(清儉)12)으로 자처하여 평생에 쇠고기를 먹지 않았다. 일가 젊은 사람과 더불어 정승을 뵈러 갔더니, 정승이 쇠고기를 대접하였다. 족생이, "제학은 이것을 잡수시지 않는다는 것이 정말입니까."하니, 정승이 젓가락으로 고기를 집어먹으며, "내 동생13)[提學]의 고집불통은 가소로운 일이다."하였다. 제학이 죽음에 임하여 벤 손톱을 모두 모아 가지고 관(棺) 속에 넣어 함께 묻으라고 명하고 나서, "이래야만 예를 다하는 것이다."하였다.

南提學簡, 以清儉自任, 平生不食牛肉, 與族生往謁政丞, 政丞饋以牛肉, 族生曰, 提學不食此物信乎, 政丞以筋挾肉而啗之, 曰, 可笑吾弟之膠固也, 提學臨死盡取所剪爪甲, 命殉之於槨曰, 如此可以盡禮.

4-6 호생의 내력과 별호

김호생(金好生)이란 자는 본시 유생으로써 젊어서부터 서울에서 살았는데 붓을 잘 만들었다. 양녕(讓寧)이 세자가 되어 궁중에 잡객을 많이 끌어들여 그 덕을 잃자, 객으로서 세자와 더불어 노는 자가 있으

---

11) 남간(南簡) : 세종 정미년(丁未年)에 문과에 급제 예문제학(藝文提學)이 됨. 염개(廉介)로서 이름이 있었다.
12) 청검(清儉) : 청렴(清廉)하고 검소(儉素)함을 말한다.
13) 내 동생 : 여기 정승이란 사람은 남은을 가리킨 말이라. 남간은 남은의 아우인데 남은이 정도전과 같이 태종을 죽이려다가 그 손에 도리어 죽었으므로 단지 정승이라고만 말하고 성명을 밝히지 않은 것이다.

면 죽이기도 하고 혹 귀양 보내기도 하였는데, 호생이 하루는 붓을 가지고 그 문에 이르렀다가 아전에게 결박되어 어전(御前)에서 심문하자, 호생을 사실대로 대답하였다. 태종이, "너는 외인(外人)으로서 청금(靑禁)14)에 드나들며, 세자의 붓을 만들 수 있다면 또한 내 붓도 만들 수 있겠다."하고, 드디어 공조(工曹)에 속하게 하여 필장(筆匠)15)으로 삼았다. 호생이 연구(聯句)를 조금 지을 줄 알아 문사로서 후대하는 사람이 많았다. 호생이 문사에게 재명(齋名)을 짓고자 물었더니 문사들이 말하기를, "목은(牧隱), 포은(圃隱), 도은(陶隱), 농은(農隱)은 모두 자기가 좋아하는 바로서 호(號)하였으니, 지금 그대는 붓을 만들어 이름이 있으니 호은(毫隱)이라 호하는 것이 좋을 듯하다."하였다. 호생은 좋아서 스스로 호은이라 하였다. 나중에 어떤 문사가 집에 이르러 말하기를, "그대는 호은의 뜻이라도 아느냐. 은(隱)자는 은둔(隱遯)이라는 은이 아니라, 그대가 사람들에게서 호모(毫毛)를 받아 매양 절취하므로 은자로 호한 것이니, 이 말은 바로 절취한다는 은자이다."하니, 그는 다시 칭하지 아니했다.

金好生者本儒者也, 少時居京, 善造筆, 讓寧爲世子, 多引雜客以喪厥德, 客有與之遊者, 或誅或竄, 好生一日持筆至其門, 爲內使所縛, 詣至 御前推之, 好生以實對, 上曰汝以外人交通靑禁, 汝能造世子之筆, 亦可造予之筆, 遂屬工曹爲筆匠, 好生稍??占聯, 文士多有厚之者, 好生問齋名於文士, 文士曰, 牧隱圃陶隱農隱, 皆以所好號之, 今汝以造筆名於世, 可號曰毫隱, 好生樂以從之, 常自

14) 청금 : 세자가 있는 궁중을 말함.
15) 필장(筆匠) : 붓을 만드는 장인(匠人)을 말한다.

號曰毫隱, 後有一文士到家曰, 汝知毫隱之義乎, 隱字非隱逿之隱, 以汝受人毫
毛, 每窃取之, 故號之隱, 乃像窃之隱, 好生而不福稱.

4-7 쾌활한 박이창과 그의 자살

참판 박이창(朴以昌)16)은 재상 박안신(朴安身)17)의 아들이다. 젊어서
기개가 있고 담변(談辯)이 익살스러웠다. 강개하고 곧은 말을 하는 것
은 제 아버지의 풍이 있었다. 어렸을 적에는 상주(尙州)에서 살았는데
게을러 학업에 힘쓰지 아니하여 부모가 나무라도 좇지 않았다. 과거
때가 박두해서 이웃에 과부(寡婦)의 아들이 공을 따라 놀았는데, 과부
가 공에게, "내 아들이 향시(鄕試)18)에 나가려 하나 혼자 가지 못하니
꼭 데리고 가 주게."하며, 부탁하였다. 공은 부득이 시장(試場)에 들어
가니 응시자들이 모두 글을 짓느라고 깊은 생각에 잠겨 있었다. 공은
스스로 생각하기를, "조교(曹交)19)같이 큰 키로 백지를 내고 나오면

---

16) 박이창(朴以昌) : 박안거(朴安臣)의 아들. 태종(太宗) 정축년(丁丑年)에 장원급제(壯元及
第)하여 한림(翰林)에 들었다. 문종조(文宗朝)에 참판(參判)이 되어 성절사(聖節史)로 부
경(赴京)하였다. 아버지를 닮아 강개건악(慷慨謇諤)의 풍(風)이 있었다.

17) 박안신(朴安身) : 박안신(朴安臣)의 오기(誤記)인 듯 함. 정종조(正宗朝)에 등제(登第).
세종 갑자에 예문대제학(藝文大提學)에 이르렀다.

18) 향시(鄕試) : 문과·생진과(生進科)·역과(譯科) 등 과거의 초시로서 각 도(道)에서 보
이는 제일차 시험. 과거에는 문과·무과(武科)·생진과·잡과(雜科)가 있다. 생진과는
생원(生員)·진사(進士)를 뽑는 과거인데 초시(初試)에 합격하고, 초시합격자가 복시
(覆試)에 응시할 자격을 부여받는다. 그 초시에 향시와 한성시(漢城試)가 있다. 한성시
는 서울에서 보이는 초시, 향시는 각 도에서 보이는 초시이다.
문과(文科) 즉 대과(大科)에는 초시·복시·전시(殿試)의 三계단의 시험이 있다. 문과
의 초시에는 성균관에서 보이는 관시(館試), 서울에서 보이는 한성시와 각 도에서 보
이는 향시가 있다. 초시에 합격해야 복시에 응시할 자격이 부여된다.

19) 조교(曹交) : 키 큰 사람을 일컫는 말. 『맹자(孟子)』의 고자장(告子章)에 "조교가 묻기

반드시 사람들의 웃음거리가 되겠지."하고는, 할 수 없이 붓을 잡고 글을 지었다. 방이 나붙었는데 공이 장원이 되었다. 곧 부친에게 편지 올리기를, "온 고장의 선비들이 많이 모였으나 제가 으뜸을 차지하였으니, 영광스런 일이 아니겠습니까."하였다. 그 뒤로는 마음을 가다듬어 마침내 등제(登第)[20]하였다.

처음에 한림(翰林)[21]에 들어가니, 한림의 풍속이 처음 들어오는 자는 신래(新來)라 하여 혹은 주찬을 내게 하기도 하고 혹은 여러 가지로 침로하고 괴롭히다가 만 50일 만에야 자리에 앉기를 허락하고 이를 면신(免新)이라 하였다. 공은 행동이 조심스럽지 않아서 여러 번 선배에게 실수하여 기한이 지나도 자리에 앉기를 허락하지 않으므로 공은 분노를 참지 못하여 스스로 그 자리에 올라앉아 옆에 사람이 보이지 않는 것 같이 하니 그때 사람들이 자허면신(自許免新)[22]이라 하였다.

일찍이 승지(承旨)가 되어 임금을 모시고 가는데, 길가에서 남녀가 막을 치고 구경하는 사람들이 무척 많았으며, 어떤 여자가 옥 같은 손으로 발[簾]을 걷어 올리고 몸이 반쯤 보이거늘, 공이 큰 소리로, "저 섬섬옥수(纖纖玉手)를 이 손으로 끌어냈으면 좋겠다."하였다. 동료들이, "저 여자는 분명 양가집 처녀 같은데 그대는 그런 말을 하느뇨."하자, 좌우에 있던 동료들이 크게 웃고 말았다. 그 뛰어난 말솜씨

를 사람이 다 요·순이 될 수 있다고 하는데 정말 그러합니까?" 하니 맹자가 "그렇다"고 하였다. 교가 말하기를 "교는 들으니 문왕(文王)의 키는 10척(十尺)이고, 탕(湯)의 키는 九尺四寸의 큰 키를 하고 있으면서 밥만 먹고 있을 뿐입니다. 어떻게 하면 좋겠습니까?"라고 한 말이 있다.

20) 등제(登第) : 문과(文科)에 급제(及第)함을 말한다.
21) 한림 : 예문관 검열을 이르는 것.
22) 자허면신(自許免新) : 스스로 허약(許約)한 면신(免新)을 말한다.

가 이와 같았다.

대개 재상으로서 경사(京師)23)에 가는 사람에게는 평안도 주(州), 군(郡)에서 마른 양식[乾糧]24)을 많이 주어 이것으로 부자가 되는 사람이 많았다. 공은 일찍이 주사(奏事)25)할 때 이런 폐해를 말하였는데, 공이 북경에 가게 되자, 먼 길을 생각하여 부득이 많은 양식을 갖추고 가다가 발각되어 심문을 당하게 되었었다. 공이 돌아와 신안관(新案館)에 도착하여 말하기를, "무슨 낯으로 우리 전하를 뵙겠는가."하고는 자살해 버렸다.

朴衾判以昌, 宰樞朴安身之子, 少倜儻不羈, 談辯諧謔, 然慷慨騫諤有乃父風, 少時居尙州, 懶慢不務學, 父母戒之, 不從命, 科期已迫, 隣有寡婦之子從公遊, 寡婦謂公曰, 吾子欲赴鄕試, 年少不能獨往, 子湏率行, 公不得已入場中, 羣擧子皆沉吟, 公忽自思曰, 以曹交之長, 曳白而出則必貽笑於人, 强執筆成篇, 榜出則公爲壯元, 卽馳書於父曰, 一方之士, 雷動雲合, 予居其首, 不顯其光, 由是礪志竟登第, 初入翰林, 翰林風俗初入者, 謂之新來, 或徵酒饌, 或侵勞困抑之, 滿五十日乃許坐, 謂之免新, 公不撿束, 屢得罪於先生, 過期猶不許坐, 公不勝憤怒, 自升其坐, 旁若無人, 時人謂之自許免新, 嘗爲承旨, 陪?而行, 路旁士女設幕觀光者無數, 有一女, 玉手鉤簾半露, 而公大唱曰, 纖纖女手可以手而摟兮, 同僚曰, 彼必良家之女, 君何發言如是, 公答曰, 彼爲良家女, 則我獨不爲良家子乎, 左右大笑, 其俊辯多類此, 大抵宰樞赴京師者, 平安州郡多給乾粮, 至有以此而致富者, 公嘗於奏事之際, 極陳其斃, 及公朝京, 計道途之遠, 不得已多備而行, 事覺將推之, 公回到新安舘曰, 將何顔復覩我殿下乎, 遂自刎而死.

---

23) 북경을 지칭함.
24) 건량(乾糧) : 옛날 중국(中國)에 가는 사신(使臣)이 가지고 가는 양식(糧食)을 말한다.
25) 주사(奏事) : 공적(公的)인 일을 임금께 아뢰는 것을 말한다.

4-8 홍재상과 여승의 복수

홍재상(洪宰相)이 아직 현달하지 못한 때였다. 길을 가다 비를 만나 조그만 굴속으로 달려들어갔더니 그 굴속에는 집이 있고 17, 8세의 태도가 어여쁜 여승이 엄연(儼然)히 홀로 앉아 있었다. 공이, "어째서 홀로 앉아 있느냐." 물으니, 여승은, "세 여승과 같이 있사온데 두 여승은 양식을 빌러 마을로 내려갔습니다."하였다. 공은 마침내 그 여승과 정을 통하고 약속하기를, "아무 달 아무 날에 그대를 맞아 집으로 돌아가리라."하였다. 여승은 이 말만 믿고 매양 그 날이 오기를 기다렸으나 그 날이 지나가도 나타나지 않자 마음에 병이 되어 죽었다. 공이 나중에 남방절도사가 되어 진영(鎭營)에 있을 때, 하루는 도마뱀[蜥蜴]26)과 같은 조그만 물건이 공의 이불을 지나가거늘 공은 아전에게 명하여 밖으로 내던지게 하자 아전이 죽여 버렸는데, 다음날에도 조그만 뱀이 들어오자 아전은 또 죽여 버렸다. 또 다음날에도 뱀이 다시 방에 들어오므로 비로소 전에 <약속했던> 여승의 빌미[神禍]인가 의심하였다. 그러나 그 위무(威武)만 믿고 아주 없애버리려고 또 명하여 죽여 버리게 하였더니 이 뒤로는 매일 오지 않은 날이 없을 뿐만 아니라 나올 때마다 몸뚱이가 점점 커져서 마침내 큰 구렁이가 되었다. 공은 영중(營中)에 있는 모든 군졸을 모아 모두 칼을 들고 사방을 둘러싸게 하였으나 구렁이는 여전히 포위를 뚫고 들어오므로 군졸도 들어오는 대로 다투어 찍어버리거나 장작불을 사면에 질러 놓고 보기만 하면 다투어 불 속에 집어 던졌으나 오히려 없어지지 아니 했

---

26) 석척(蜥蜴) : 도마뱀을 말한다.

다. 이에 공은 밤이 되자, 구렁이를 함 속에 넣고 방안에 두고 낮에도
함 속에 넣어 두고 변방을 순행할 때도 사람을 시켜 함을 짊어지고
앞서 가게 하였으나 공의 정신이 점점 쇠약해지고 얼굴빛도 파리해
지더니 마침내 병들어 죽었다.

> 洪宰樞微時路逢雨, 趨入小洞, 洞中有舍, 有一尼, 年十七八, 有姿色, 儼然獨
> 坐, 公問何獨居, 尼云三尼同居, 二尼丏粮下村耳, 公遂與叙歡, 約曰, 某年月迎
> 汝歸家, 尼信之每待某期, 期過而竟無影響, 遂成心疾而死, 公後爲南方節度使
> 在鎭, 一日有小物如蜥蜴, 行公褥上, 公命吏擲외, 吏遂殺之, 翌日有小蛇入房,
> 吏又殺之, 又明日蛇復入房, 始訝爲尼所祟, 然恃其威武, 欲殲絶之, 卽命殺之,
> 自後無日不至, 至則隨日而漸大, 竟爲巨蟒, 公聚營中軍卒, 咸執刀釰圍四面,
> 蟒穿圍而入, 軍卒爭斫之, 又設柴火於四面, 見蟒則爭投之, 猶不絶, 公於是夜
> 則以櫝裹蟒置寢房, 晝則貯藏於櫝, 行巡邊徼, 則令人負櫝前行, 公精神漸耗,
> 顏色惟悴, 竟搆疾而卒.

4-12 추접스러운 홍일휴

중추(中樞) 홍일휴(洪日休)27)는 용모가 웅위하고 조그마한 일이라도
거리끼지 않으며 성질이 또한 깨끗한 것을 좋아하지 않아 항상 얼굴
을 씻지 아니하고 머리를 빗지 아니하며 음식도 좋고 나쁜 것을 가리
지 않았다. 벗들과 강가에서 낚시질을 할 때 지렁이로 미끼를 하는데

---

27) 홍일휴(洪日休) : 이름은 홍일동(洪逸童)이고 일휴(日休)는 그의 호(號)이다. 세종(世宗)
임술년(壬戌年)에 문과(文科)에 급제(及第)하고 벼슬이 중추부사상호군(中樞府使上護軍)
에 이르렀다. 세종의 애호를 얻었음.[해동명신록(海東名臣錄)]

칼이 없어 자를 수 없으면 이빨로 물어 끊고, 종일토록 한 마리도 잡지 못하고는 누원(樓院)에 올라 옷을 벗고 다락에 올라 기왓장을 떠들고 참새나 비둘기를 찾아 털이 난 놈은 버리고 오로지 빨간 새끼만 가져다 싸리[柵]에 꿰어 구워서 여러 꿰미를 먹고 병을 기울여 술을 마신 뒤, "이것도 또한 맛이 좋은데 하필 자잘한 물고기만 취할까보냐?"하였다. 세조를 따라 명경(明京)에 갈 때 매양 말똥을 주워 만두를 구워 먹었다. 그 후에 세조께서 여러 신하들과 더불어 말씀하시면 늘 홍일휴를 놀려, "이 사람은 깨끗하지 못하니 향관(享官)[28]을 시키지 말라."하였다. 공은 시를 잘 짓고 시사가 호건하며 또 중국말에 능통하여 여러 번 경사를 왕래하였는데, 일찍이 사신이 되어 남방으로 갔다가 하루저녁에 여러 말[斗]의 술을 마시고 그만 죽었다. 괴애(乖崖)[29]가 만사(輓詞)[30]를 지었는데, "실컷 마실 제는 천 잔술을 중히 여기고 뜬 인생은 한 털만큼 가볍게 여기도다."하였다.

洪中樞日休, 容貌雄偉, 倜儻不拘小節, 性又不好潔, 常時不?面梳髮, 飮食亦不擇精粗, 與朋徒釣於江上, 以蚯蚓爲餌, 無刀不能折, 以齒齕之, 又與朋徒捕魚, 終日不獲, 至樓院, 脫衣登樓, 捲瓦探雀鷇, 棄有毛專取的者, 以柵貫而炙之, 啖數貫, 傾壺而飮之曰, 此亦美味, 何必瑣細小魚也, 隨世廟朝京師, 每拾馬糞燒饅頭而食之, 後 世廟與羣臣相話, 每戲曰休曰, 此人不潔, 勿差享官, 公能作詩, 詩思豪健, 又能通曉漢語, 屢往來京師, 甞奉使南方, 一夕飮數斗而卒, 乖崖作挽詩曰, 痛飮千盃重, 浮生一羽輕.

---

28) 향관 : 제관을 말함.
29) 괴애 : 김수온을 말한다.
30) 만사(輓詞) : 죽은 이를 슬퍼하여 지은 글을 말한다.

4-14 정자영의 우활

중추(中樞) 정자영(鄭自英)이 어떤 날 입시 하였다가 예(例)에 따라 매를 재상들에게 하사하여 모두들 팔뚝에 얹고 나왔다. 중추는 팔뚝에 얹을 줄을 모르고 두 손으로 붙잡다가 매가 날개를 쳐 할켜 두 손이 모두 찢어졌다. 좌우를 돌아보고, "이 새는 무엇을 먹고사느냐." 물으니, "날고기를 먹인다."하니, 중추는, "우리 집에서는 날고기는 얻기 어렵고 다만 사슴 고기포가 몇 조각 있는데, 이를 물에 담가서 연하게 해서 먹이면 되지 않겠소."하니, 좌우가 배를 안고 웃었다.

使臣變色致敬, 鄭中樞自英, 一日入侍, 例賜鷹子諸宰추, 皆臂而出, 中樞不知臂之之術, 以兩手拱執之, 鷹飛騰不已, 兩手盡裂, 顧謂左右曰, 此鳥食何物, 左右曰以生肉喂之, 中樞曰, 吾家難得生肉, 惟有鹿脯數條, 漬水而脆之, 則可以飼之乎, 左右絶倒.

5-1 꽤 약은 청주 사람

옛날에 청주인(靑州人), 죽림호(竹林胡), 동경귀(東京鬼) 등 3명이 아울러 말 한마리를 샀는데, 청주인은 천성이 민첩하여 먼저 허리를 사고, 호(胡)는 그 머리를, 귀(鬼)는 꼬리를 샀다. 청주인이 의논하기를, "허리를 산 사람이 마땅히 타야 한다."하고, 말을 달려서 마음대로 가는데, 호는 먹일 풀을 가지고 말의 머리를 끌고, 귀는 진(蚯)31)을 가지

---

31) 진 : 빗자루를 말한다.

고 말똥을 쓸면서 뒤를 따랐다. 두 사람이 괴로움을 참지 못하여 서로 말하기를, "이제부터는 높고 먼 곳에서 놀았던 사람이 말을 타기로 하자."하였다. 호는, "내가 전에 하늘 위에 이른 일이 있다."하니, 귀가, "나는 네가 갔던 하늘 위의 그 위에 갔던 일이 있다."하자, 청주인은, "네 손이 닿는 곳에 무슨 물건이 없더냐. 긴 허리뼈가 없던가."하였다. 귀가, "있었다."하니, 청주인이, "그 긴 허리뼈는 바로 내 다리였네. 내 다리를 만지고 왔느니 반드시 내 아래에 있었을 것이다."하여, 두 사람이 다시는 상대하지 못하고 오래도록 청주인의 종이 되었었다.

昔有青州人竹林胡東京鬼三人, 共買一馬, 青人性黠 先買腰脊 胡買其首, 鬼買其尾, 青人議曰, 買腰者當騎之, 嘗馳突任其所之, 胡供蒭秣而牽其首, 鬼執箠掃矢而後行, 兩人不堪其苦, 相謂曰, 自今以後, 能遊高遠者當騎, 胡曰我曾到天上, 鬼曰我到爾所到天上之上, 青人曰汝手所觸無乃有物乎, 無乃有骨危而長者乎, 鬼曰是矣, 青人曰波骨危長者是吾脚, 汝捫吾脚必在吾下, 二人莫對, 長爲青人僕從.

5-2 경사와 중인의 어리석음

옛날에 어떤 사람이 집에서 기르는 비둘기[鴿]를 남몰래 가지고 시골로 내려가다가 어떤 집에서 유숙하고 새벽에 나왔는데, 그 집에서는 손님이 가지고 온 것이 무엇인지 몰랐다. 시골에 이르러서 집비둘기는 다시 서울로 날아갔는데, 가다가는 반드시 전에 묵었던 집에 들려서 빙빙 돌고 나왔다. 그 집에서는 비둘기를 보고 모두 놀라 장님 [經師][32]에게 묻기를, "비둘기도 참새도 아닌 것이 방울 소리처럼 울고, 집을 세 번 돌다가 가는 데 이 무슨 상서로운 징조입니까."하니, 장님이 말하기를, "반드시 큰 화(禍)가 있을 것이니 내가 가서 빌어서 물리치리다."하였다. 이튿날 장님을 집으로 맞아 왔는데, 그가 말하기를, "반드시 내가 하는 대로 따라 하라. 만약 그렇게 하지 아니하면 화가 도리어 중해지리라. 내가 시험삼아 말해 볼 터이니 당신들은 듣겠는가."하고 부르기를, "명미(命米)[33]를 내놔라."하니, 모두, "명미를 내놔라."하고, 또 장님이, "명포(命布)를 내놔라."하니, 모두들, "명포를 내놔라."하였다. 장님이 또, "아니 어째서 내가 말하는 대로만 하는가."하니, 모두들, "아니 어째서 내가 말하는 대로만 하는가."하였다. 장님이 그만 성이 나서 나가다가 머리가 문설주에 부딪치니 여러 사람들이 모두 좇아 나오며 다투어 머리를 문설주에 부딪치고, <또> 사다리를 놓고 부딪치는 어린이들도 있었다. <또> 장님이 문밖으로 나오다가 마침 진흙처럼 미끄러운 쇠똥이 있어서 발이 미끄러져 넘어지니, 사람들이 모두 미끌어 넘어지고, 쇠똥이 없어지니 혹은 그들이 넘어진 위에 덮쳐 넘어지기도 하였다. 장님이 급해서 동과(冬瓜) 덩굴 밑으로 도망쳐 들어가니, 사람들이 또 따라 들어가서 산처럼 겹겹이 되었다. 어린이들은 미처 들어가지 못하고 울부짖으며, "아빠, 엄마 나는 어디로 들어가요."하니, 부모들이 대답하기를, "도오가 덩굴로 들어올 수 없거든 남쪽 기슭에 있는 칡잎 밑으로 들어가는 것이 좋을

---

32) 장님 : 중을 말한다.
33) 명미 : 송경하는데 놓는 쌀을 말함.

것이다."하였다.

> 昔有人潛携?鴿下鄉曲, 路宿一家, 乘曉而出其家亦不知客人知所携也, 到鄉
> 鴿飛還京師, 必入所宿家, 回翔而後出, 其家見鴿擧皆惶駭, 問於經師曰, 有物
> 非鳩非雀, 鳴如鈴聲, 向家三匝而去, 是何祥也, 經師云, 必有大禍, 我將往禳之,
> 明日邀經師至家, 經師云必從我所爲, 若不從我所爲則禍反重矣, 我試言之, 爾
> 能聽之, 遂呼曰出曰出命米, 擧衆皆曰出命米, 經師云出命布, 擧衆皆曰出命布,
> 經師云是何如此, 衆皆曰是何如此, 經師憤怒而出, 頭觸戶板, 衆人馳逐, 爭以
> 頭觸板, 兒童或依梯而觸之, 經師至門外, 適有牛糞泥滑, 側足而仆, 人皆側足
> 而仆, 牛糞已盡, 或有加之而側仆之者, 經師惶劇竄入冬爪蔓下擧衆隨入, 倚疊
> 如山, 兒童未及入, 呼而泣曰, 爺耶娘耶我去何處, 爺娘答曰, 爪蔓不得入, 則往
> 入南麓葛葉底可矣.

5-3 어리석은 형과 똑똑한 아우

옛날에 두 형제가 있었는데 형은 어리석고 동생은 민첩하였다. 아버지 제삿날이 되어 재(齋)를 올리려 하였으나 집이 가난하여 아무 것도 없었으므로, 형제가 밤중에 몰래 이웃집 벽을 뚫고 들어갔다. 마침 늙은 주인이 야하러 오므로 형제가 숨을 죽이고 섬돌 밑에 엎드려 있는데 늙은이가 마침 섬돌에다 오줌을 누니, 형이 동생에게, "뜨뜻한 비가 내 등을 적시니 웬일이냐."하다가, 결국 늙은이에게 잡히게 되었다. 늙은이가 말하기를, "너희들에게 무슨 벌을 줄까."하고 물으니, 동생은, "썩은 새끼로 묶으시고 겨릅대로 치시기를 원합니다."하고, 형은 "칡끈으로 묶으시고 수정목(水精木)으로 치십시오."하였다. 늙은

이가 그들의 말대로 벌을 주고난 뒤에, "어디에 쓰려고 도둑질하려 했느냐."하고 물으니, 동생이, "제삿날에 아버지의 제사를 지내려고 그랬습니다."하였다. 늙은이가 불쌍히 여겨 곡식을 주면서 마음대로 가져 가게 하니, 동생은 팥 한 섬을 얻어 힘을 다하여 짊어지고 집으로 돌아왔는데, 형은 팥 몇 알을 얻어서 새끼줄에 끼어 끌면서, "야허, 야허."하면서 돌아왔다. 이튿날에 동생이 팥죽을 쑤고 형을 시켜 중을 청하여 재(齋)를 올리게 하였더니, 형이 말하기를, "중이란 어떻게 생긴 물건이냐."하므로, 동생이, "산중에 들어가서 검은 옷을 입은 것이 있으면 청해 오시오."하였다. 형이 가다가 나무 끝에 까마귀가 있는 것을 보고, "선사(禪師)님, 저희 집에 오셔서 재를 올려 주소서." 하니, 까마귀는 울면서 날아갔다. 형이 돌아와서, "중을 청했더니 후려치고[攫攫] 가버리더라."하였다. 동생이, "그것은 까마귀요 중이 아니니, 다시 가서 누런 옷을 입었거든 청해 오시오."하였다. 형이 <다시> 산중에 들어가서 나무 끝에 꾀꼬리가 앉아 있는 것을 보고, "선사님, 저희 집에 오셔서 재를 올려 주소서."하니 꾀꼬리도 울면서 날아가 버렸다. 형이 돌아 와서, "중을 청했더니 예쁜 모습으로 물끄러미 보면서 가더라."했다. 동생이, "그것은 꾀꼬리요 중이 아니니, 내가 갓 중을 청해 오리다. 형님은 <여기> 계시다가 만약 솥 안의 죽이 넘치거든 구기로 떠서 오목한 그릇[凹器]34)에 담아 놓으시오."하였더니, 형은, 처마물이 떨어져서 움푹 패인 섬돌을 보고 죽을 그 속에 모두 부었으므로 동생이 중을 청하여 돌아오니 한 솥의 죽이 모두 없

---

34) 요기 : 오목한 그릇을 말함.

어졌었다.

昔有兄弟二人, 兄癡而弟黠, 値父忌欲設齋祭, 顧家貧無物, 兄弟乘夜, 潛往
隣家穿壁而入, 則適有主翁出巡, 兄弟屛氣伏階下, 翁溺于階, 兄呼弟曰, 有暖
兩滴我背奈何, 遂爲翁所執, 翁問何以罰汝, 弟曰願以朽索縛之, 以麻骨打之,
兄曰願以葛索縛之, 以水精木打之, 翁如言罰之, 罰已, 問何所用而爲盜, 弟曰
欲於忌日祭父, 翁憐之給穀恣其所取, 弟得亦豆一石, 盡力負而還家, 兄則得亦
豆數粒, 挾藁索而曳之, 呼耶許而還, 翌日弟熬豆粥, 令兄往請僧而齋之, 兄曰
僧何物, 弟曰入山中見緇衣而請之, 兄往見樹抄有黑鳥, 乃呼曰, 禪師請來食齋,
鳥鳴而飛, 兄還曰, 請僧乃攫攫而去, 弟曰此鳥也非僧也, 更往見黃衣而請之,
兄入山中, 見樹抄有黃鳥, 乃呼曰, 禪師請來食齋, 鳥鳴而飛, 兄還曰, 請僧睨睨
而去, 弟曰, 此鶯也非僧也, 我往請僧, 兄且留焉, 若釜中粥溢, 則斟而盛諸凹器,
兄見簷溜滴階成凹, 遂以粥盡瀉於其中, 及弟請僧而還, 則一釜之粥盡矣.

5-4 스님속인 상좌 (1)

상좌(上座)가 사승(師僧)을 속이는 것은 옛날부터 흔히 있는 일이었
다. 옛날에 어떤 상좌가 있었는데 그의 사승에게 말하기를, "까치가
은수저를 입에 물고 문 앞에 있는 가시나무에 올라앉아 있습니다."하
니, 중이 이를 믿고 나무를 타고 올라가니 상좌가 크게 소리 질러 말
하기를, "우리 스승이 까치 새끼를 잡아 구워 먹으려 한다."하였다.
중이 어쩔 줄을 몰라 내려오다가 가시에 찔려 온몸에 상처를 입고 노
하여 <상좌의> 종아리를 때렸더니, 상좌가 밤중에 중이 드나드는 문
위에 큰 솥을 매달아 놓고, 큰 소리로, "불이야."하였다. 중이 놀라서

급히 일어나 <뛰어나오다가> 솥에 머리를 부딪쳐서 까무러쳐 땅에 엎어졌다가 오래 된 뒤에 나와 보니 불은 없었다. 중이 노하여 꾸짖으니 상좌는, "먼 산에 불이 났기에 알린 것뿐입니다."하였다. 중이 말하기를, "이제부터는 다만 가까운데 불만 알리고 반드시 먼데서 난 불은 알리지 말라."하였다.

上座誣師僧, 自古然矣, 昔有上座, 謂僧曰, 有鵲含銀筋, 上門前刺楡, 僧信之, 攀緣上樹, 上座大呼曰, 吾師探鵲兒欲炙而食之, 僧狼狽而下, 芒刺盡傷其身, 僧怒撻之, 上座乘夜懸大鼎於僧所出入門戶, 大呼曰火起矣, 僧驚遠而起, 爲鼎所打頭, 眩仆地, 良久而出, 則無火矣 僧怒責之, 上座曰, 遠山有火, 故告之耳, 僧曰自今只告近火, 不必告遠火.

5-5 스님속인 상좌 (호색사승의 봉변)

또, 어떤 상좌가 사승을 속이기를, "우리 집 이웃에 젊고 예쁜 과부가 있는데 항상 내게 말하기를, '절의 정원에 있는 감은 너의 스승이 혼자 먹느냐.' 하기에, 나는, '스승이 어찌 혼자만 먹겠습니까. 매양 사람들에게 나누어줍니다.' 하였더니, 그 과부는, '네가 내 말을 하고 좀 얻어 오너라. 나도 감이 먹고 싶다.' 했습니다." 하니, 중이 말하기를, "만약 그렇다면 네가 따서 갖다 주어라."하였다. 상좌가 모두 따다가 제 부모에게 갖다 주고는 중에게 가서, "여자가 매우 기뻐하며 맛있게 먹고는 다시 말하기를, '옥당(玉堂)에 배설(排設)한 흰떡은 너의 스승이 혼자 먹느냐.'하기에, 내가, '스승이 어찌 혼자 먹겠습니까. 매

양 사람들에게 나누어줍니다.'하였더니, 과부는, '네가 내 말을 하고
좀 얻어 오너라. 나도 먹고 싶다.' 했습니다." 하니, 중은, "만약 그렇
다면 네가 거두어서 갖다 주어라."하므로, 상좌가 모두 거두어 제 부
모에게 주고는 중에게 가서, "과부가 매우 기뻐하며 맛나게 먹고 나
서 하는 말이, '무엇으로써 네 스승의 은혜를 보답하겠느냐.'하기에
내가, '우리 스승이 서로 만나보고 싶어 합니다.'하니, 과부는 흔연히
허락하며 말하기를, '우리 집에는 친척과 종들이 많으니 스승이 오시
는 것은 불가하고 내가 몸을 빼어 나가서 절에 가서 한 번 뵈옵겠다.'
하므로, 내가 모일(某日)로 기약했습니다."하니, 중은 기쁨을 견디지
못하였다. 그 날짜가 되자 상좌를 보내어 가서 맞아 오게 하였더니,
상좌가 과부에게 가서 말하기를, "우리 스승이 폐(肺)를 앓는데 의사
의 <말이> 부인(婦人)이 신[粉鞋]35)을 따뜻하게 하여 배를 다림질하면
낫는다 하니 한 짝만 얻어 갑시다."하니, 과부가 드디어 주었다. 상좌
가 돌아와서 문 뒤에 숨어서 엿보니 중이 깨끗이 선실(禪室)을 쓸고
자리를 펴놓고 중얼거려 웃으며 하는 말이, "내가 여기에 앉고 여자
는 여기 앉게 하고, 내가 밥을 권하고 여자가 먹으면 여자의 손을 잡
고 방으로 들어가서 서로 함께 즐기지."하였다. 상좌가 들어가서 신을
중 앞에 던지면서 말하기를, "큰일[大事]36)은 다 틀렸습니다. 내가 과
부를 청하여 문까지 이르렀다가 스승의 하는 소행을 보고 대노(大怒)
하여 하는 말이, '네가 나를 속였구나. 네 스승은 미친 사람이구나.'하
고, 달아나므로 내가 쫓아갔으나 따르지 못하고, 다만 벗어버리고 간

---

35) 분신 : 옛날 여자들이 신는 신을 좋게 말한 것.
36) 대사 : 보통 계획했던 큰일들을 말하는데 여기서는 중이 계획했던 일을 말함.

신 한 짝만 가지고 왔습니다."하니, 중이 머리를 숙이고 후회하며 하는 말이, "네가 내 입을 쳐라."하니, 상좌가 목침(木枕)으로 힘껏 쳐서 이빨이 다 부러졌다.

又有上座, 誣師僧曰, 吾家隣有寡婦, 年少有姿色, 常謂余曰, 寺園裏栬子, 汝師獨食之乎, 余答曰師豈獨食之, 每分與人矣, 婦曰汝以吾言乞之, 吾欲食之矣, 僧曰, 若然則汝可摘而往遺之, 上座盡摘而往遺其父母, 來謂僧曰, 婦悅而甘食之復曰, 玉堂所說白餠, 汝師獨食之乎, 余曰師豈獨食之, 每分與人矣, 婦曰汝以吾言乞之, 吾欲食之, 僧曰, 若然則汝可撤而往遺之, 上座盡撤而往遺父母, 來謂僧曰, 婦悅而甘食之, 乃曰何以報汝師之恩, 余答曰師欲與之相會矣, 婦欣然許之曰, 吾家則多親戚僕隷, 師不可來, 吾當挺身而出, 一詣寺相見矣, 余以某日爲期, 僧不勝雀躍, 至期遣上座往迎之, 上座來謂寡婦曰, 吾師有傷肺之疾, 醫言婦人粉鞋, 煖而熨腹則可愈, 願得一隻而歸, 婦遂與之, 來蔽門屛而伺之, 則僧淨掃禪室設褥席, 獨言而笑曰, 余在此婦在此, 余勸飯婦食之, 余携婦手入房可與歡, 上座遂入, 以鞋擲僧前曰, 大事去矣 余請婦而來, 婦到門見師所爲, 大怒曰, 汝誑我矣, 汝師狂疾人也, 奔走而還, 余追之不及, 只得所遺鞋一隻來矣, 僧垂首悔恨曰, 汝棒余口, 上座卽以木枕盡力捧之, 牙齒盡碎.

호색사승의 봉변 2 (물건너는 중)

어떤 중이 과부를 꾀어 장가들러 가는 날 저녁에 상좌가 속여 말하기를, "사루 양념과 생콩을 물에 타서 마시면 매우 양기(陽氣)에 유리합니다."하니, 중이 그 말을 믿고 그것을 마시고 과부 집에 갔더니, 배가 불러 간신히 기어서 들어가 휘장을 내리고 앉아 발로 항문을 괴고 꼼짝하지 못하였다. 조금 있다가 과부가 들어 왔으나 중이 꿇어앉아서 움직이지 못하니, 과부가 말하기를, "어찌 이처럼 목우(木偶)[37]모양을 하고 있습니까."하며, 손으로 잡아끄니, 중이 땅에 엎드러지며 설사를 하여 구린내가 가득 찼으므로 과부는 매를 때려 내쫓았다, 밤중에 혼자 가다가 길을 잃었는데 흰 기운이 길을 가로질러 있으므로, 중이 시냇물로 생각하고 옷을 걷어올리고 들어가니 가을 보리 꽃이었으므로 중은 성이 났다. 또 흰 기운이 길을 가로질러 있는 것을 보고, "보리밭이 나를 그르치게 하더니 또 보리밭이 있구나."하고, 옷을 걷어올리지 않고 들어가니 그것은 물이었다. <중은> 옷이 모두 젖은 채 다리 하나를 지나가는데 아낙네 두어 명이 시냇가에서 쌀을 일고 있었다. 중이, "시큼시큼하구나."하였는데, 대개 이 말은 오는 길에 낭패하고 수고함을 형용함이다. 아낙네들은 그 까닭을 모르고 모두 와서 길을 막으며, "술 담글 쌀을 이는데 어찌 시큼시큼 하다는 말을 해요."하고, 옷을 다 찢고 <중을> 때려 주었다. 해가 높이 뜨도록 얻어먹지 못하고 <중은> 배가 고파 참을 수 없어서 마를 캐어 씹고 있으니, 갑작스레 웃고 외치는 소리가 났는데 그것은 수령의 행차였다. 중은 다리 밑에 엎드려 피하고 있으면서 가만히 생각하기를, "이 마가 매우 맛이 있으니 이것을 <수령에게> 바치면 밥을 얻을 수 있겠는데."하고, 수령이 다리에 이르자 중이 갑자기 나타나니 말이 놀라 수령이 땅에 떨어졌으므로 대로하여 매를 때리고 가버렸다. 중이 다리 옆에 누워 있었더니, 순찰관 두어 명이 다리를 지나가다가 보고, "다리 옆에 죽은 중이 있으니 몽둥이질하는 연습을 하자."하고, 다투

---

37) 목우 : 나무로 만든 인형을 말함.

어 몽둥이를 가지고 연달아 매질하니, 중은 무서워서 숨도 쉬지 못하
다가 한 사람이 칼을 빼어 들고 다가오며 말하기를, "죽은 중의 양근
(陽根)이 약에 쓰일 것이니 잘라서 쓰자."하므로, 중이 크게 소리 지르
며 달아나서 저물녁에야 절에 도착하니 문이 잠겨 들어 갈 수가 없었
다. 소리를 높여 상좌를 불러, "문 열어라."하니 상좌가, "우리 스승은
과부 집에 갔는데 너는 누구이기에 밤중에 왔느냐."하고, 나와 보지
않았다. 중이 개구멍으로 들어가니 상좌가, "뉘 집 개냐. 간밤에 공양
할 기름을 다 핥아먹더니 이제 또 왔느냐."하고, 몽둥이로 때렸다. 지
금도 낭패하여 고생한 사람을, "물 건넌 중"[渡水僧]이라고 한다.

有僧謀寡婦往娶之夕, 上座誑之曰, 粉蘴生豆和水而飲之, 則大有利於陽道,
僧信而飲之, 至婦家, 腹脹滿, 艱關匍匐而入, 垂帳而坐, 以足撑穀道, 不得俯仰
垣俄, 俄而婦入, 僧危坐不動, 婦曰何如是作木偶狀, 以手推之, 僧仆地滑矢瀉
出, 臭氣滿室, 其家杖而黜之, 夜半獨行迷路, 有白氣橫道, 僧意以爲川水, 褰裳
而入, 乃秋麥花也, 僧憤怒, 又見曰白氣橫道, 曰麥田旣誤我, 復有麥田耶, 不攝
衣裳而入, 乃水也, 衣服盡濕, 過一橋, 有婦數人, 淘米溪畔, 僧曰酸哉酸哉, 盖
言狼狽受苦之形也, 婦人不知其由, 群來遮之曰, 淘酒米之時, 何發酸哉之語乎,
盡裂衣服而毆之, 日高不得食, 枵腹不耐苦, 掘薯蕷而啖之, 俄有呵唱之聲, 乃
守令行也, 僧伏橋下避之, 乃默計曰, 薯蕷甚美, 若以此進呈則有得飯之理, 守
令至橋, 僧翻然突出, 守令馬驚墜地, 大怒棒之而去, 困臥橋傍, 有巡官數人過
橋視之曰, 下 有死僧, 可與習棒矣, 爭持杖相繼棒之, 僧恐怖不得喘息, 有一人,
抽刀而進曰, 死僧陽根宜入於藥, 可割而用之, 僧大叫而走, 黃昏到寺, 門閉不
得入, 高聲呼上座曰, 出開門, 上座曰, 吾師往婦家, 汝是何人乘夜來也, 不出視
之, 僧由狗竇而入, 上座曰, 何家狗歟, 前夜盡舐佛油, 今又來歟, 遂以杖棒之,
至今言遭狼狽辛苦之狀者, 必曰渡水僧云.

5-6 어리석은 사위

옛날에 어떤 선비가 사위를 맞이하였는데, 사람이 매우 어리석어서
콩과 보리를 구별하지 못하였다. 사흘 동안 신부와 함께 앉았더니 소
반 위에 있는 송편을 가리키며, "이것이 무엇인고."하므로 신부가,
"쉬쉬[休休]³⁸)"하였다. 또 사위가 떡을 쪼개니 그 속에 잣[松子]³⁹)이
들어 있었다. "이것은 또 무엇인고."하고 물으니, 신부가 또, "말 말아
요[莫說]."하였다. 사위가 그의 집에 돌아가니 부모가, "무엇을 먹었느
냐." 물었더니, 그는, "한 '쉬쉬' 속에 세 개의 '말 말아요'가 있었습
니다."하였다. 신부집에서는 근심과 후회로 어찌할 바를 몰랐다. 어느
날 <처가에서> 50휘[斛]들이나 되는 노목(盧木)궤짝을 사서 <서로>
약속하기를, "사위가 만약 이것을 알면 내쫓지 않으리라."하였다.
<그래서> 신부가 밤새도록 가르쳐 주었더니, 이튿날 장인이 사위를
불러내 보이자 사위가 몽둥이로 그것을 두드리며 말하기를, "노목 궤
짝이 50휘들이나 되겠습니다."하니, 장인이 매우 기뻐하였다. 또 나무
통을 사서 보이니 그는 몽둥이로 두드리며, "노목통이 50휘들이나 되
겠습니다."하였으며, <또> 장인이 방광염[腎膀]⁴⁰)을 앓으므로 사위가
병 문안을 갔다. 장인이 나와서 보니 <역시> 몽둥이로 장인을 두드
리며, "노목 방광이 50휘들이나 되겠습니다."하였다.

---

38) 쉬쉬[休休] : 잠자코 있으라는 말이다.
39) 송자(松子) : 잣. 송자떡은 가운데 꽃판을 박아 지져낸 떡의 한가지.
40) 신방(腎膀) : 음경과 오줌통을 말한다.

昔有士人迎婿, 婿甚愚騃, 未辨菽麥, 三日與新婦同坐, 指盤中饅豆曰, 此何物, 婦曰休休, 婿劈餅, 餅中有松子, 問曰此何物, 婦曰莫說, 婿歸其家, 父母問食何物, 婿曰, 一休休裏有三莫說, 婦家憂悔, 莫知所爲, 一日買盧木櫃, 可容米五十斛, 約曰, 婿若知此則不黜之, 婦終夜誨之, 翌日翁呼婿而示之, 婿以杖叩之曰, 盧木櫃可容五十斛矣, 翁喜甚, 又買木桶而示之, 婿以杖叩之曰, 盧木桶可容五十斛矣, 翁患腎膀, 婿往問疾, 翁出而視之, 婿以杖叩之曰, 盧木腎膀可容五十斛矣.

5-7 이장군과 과부·중의 호색담

이장군(李將軍)이 있었는데, 젊고 흰칠하여 풍채가 옥과 같았다. <그가> 하루는 말을 타고 큰 길을 지나가는데 길거리에 22~3세쯤 되어 보이는 매우 아름다운 여자가 계집종 두어 명을 거느리고 장님에게 점을 치고 있었다. 장군이 눈짓을 하니 그녀 또한 장군의 위의(威儀)를 사모하는 듯이 서로 주시(注視)하였다. 장군이 졸병에게 그녀의 가는 곳을 알아보게 하였더니, 점치기를 마치더니 말을 타고 계집종을 거느리고 남문으로 들어가 사제동(沙堤洞)으로 향하는데, 동네의 가장 높은 곳에 있는 큰 집이었다. 이튿날 장군이 사제동에 들어가서 여염41)집에 출입하다가, 마침 그 동네에 사는 활공장이[弓匠]를 만났다. 장군은 무인(武人)이라 이내 서로 사귀어 나날이 이야기하고 놀면서 동네의 모든 집에 관하여 물으니 활공장이는 일일이 말하여 주었다. 장군은 또 묻기를, "저 산기슭에 있는 큰 집은 무슨 성씨(姓氏)요."

---

41) 여염(閭閻) : 보통 사람의 집이 모여 있는 곳을 말한다.

하니, 활공장이는, "재상 모공(某公)의 딸인데, 요사이 과부가 된 집이
올시다."하였다. 그 뒤로부터는 장군이 오가는 사람을 보면 반드시 과
부가 사는 집을 물었다. 하루는 한 소녀가 와서 불을 얻어 갔는데, 활
공장이가, "지금 온 소녀가 과부댁 사람이니 장군은 그리 아십시오."
하였다. 이튿날 장군은 다시 활공장이를 찾아와서 사정을 말하고, "내
가 그 여자를 사랑하여 잊을 수 없으니, 만약 그대[主시로 인하여 성
사하게 되면 사생(死生)을 그대의 명령대로 하겠소이다."하였다. 활공
장이가 그 소녀를 불러 장군의 말을 전하고 돈과 옷감을 주었더니 소
녀가 드디어 승낙하였다. 장군이 <소녀에게> 말하기를, "너를 매우
사랑하지만 일단 정회(情懷)가 있으니, 네가 내 청원을 들어주면 후하
게 사례할 뿐만 아니라 너의 살림을 맡아 주겠다."하니, 소녀가, "말
씀해 보십시오."하였다. 장군이, "요전에 <내가> 네 주인을 길에서
본 뒤로는 마음이 황홀하여 입맛을 잃었다."하니, 소녀가, "그것은 아
주 쉬운 일입니다."하였다. 장군이, "어떻게 하느냐."하니, 소녀는 "내
일 저물녘에 우리집 문밖으로 오시면 제가 나와 기다리고 있겠습니
다."하였다. 장군이 약속한 대로 가니 소녀는 반가이 나와 맞이하여
제 방에 들이고 경계하기를, "서두르지 마시고 참고 기다리십시오."
하며, 문을 닫고 잠가 버렸다. 장군이 두려워서 그 소녀에게 속지나
않았나 의심하였더니, 조금 있다가 안채에서 등불이 켜지고 왁자지껄
하는 소리가 들렸는데 주인 여자가 변소에 가는 모양이었다. 이때 그
소녀가 내려와서 장군을 끼고 들어가 안방에 있게 하고 다시 경계하
기를, "참고 참으십시오. 참지 않으면 계획이 깨어질 것입니다."하므
로, 장군은 캄캄한 방에 들어가 있었다. 얼마 안 되어 등불이 켜지고

떠드는 소리가 나더니 주인 여자가 들어 왔는데, 계집종이 물러가자 주인 여자는 적삼을 벗고 낯을 씻고 분(粉)을 바르니 <얼굴이> 옥(玉)처럼 깨끗하였다. 장군은 <생각하기를>, "나를 맞으려나보다."하였더니, 세수하고 머리를 빗은 뒤 동(銅)화로에 불을 피우고 고기를 구우며 술을 은주전자에 덥히기에 장군은, "내게 먹이려나보다." 생각하고, 나가려 하다가 문득 그 소녀의 참으로고 한 말을 생각하여 적이 앉아 기다렸다. 그러자 조금 있다가 창문에 모래를 끼얹는 소리가 나더니 주인 여자가 일어나서 창문을 열고 한 거만한 사나이를 맞아들였다. 그 사나이는 들어서자마자 선뜻 주인 여자를 껴안고 희롱하므로, 장군은 섬쩟하여 나가려고 하였으나 도리가 없어 그냥 있으니, 조금 후에 그 사나이는 주인 여자와 나란히 앉아서 고기를 먹고 술을 마시다가 모자를 벗었는데, 늠름한 까까중이었다. 장군은 <그를> 제지하리라 생각하고 방 속을 더듬어 긴 노끈 한 움큼을 쥐고 있다가, 중이 주인 여자와 함께 누울 때 장군이 돌출하여 노끈으로 중을 기둥에 묶어놓고 몽둥이로 마구 치니 중은 한없이 슬프게 부르짖었다. <그런 뒤> 장군은 주인 여자와 한 번 즐기고 중에게 말하기를, "군중(軍中)의 새사람 만난 예(禮)를 행하려 하니 네가 장만할 수 있겠느냐."하니, 중이, "명령대로 거행하겠습니다."하고, 새사람 만난 예의 잔치 도구를 마련해 주었다. 그 뒤로 장군은 과부 집에 자주 왕래하고 과부 역시 장군을 사랑하여 여러 해가 되어도 변하지 않았다.

有將軍姓李者, 年少俊邁, 風標如玉, 一日縱轡過大街, 街頭有女, 年可二十二三, 美艷異常, 率婢僮數人問卜於盲, 將軍目送不止, 女亦似慕將軍之儀, 相與注視, 將軍令卒往尋女所往, 則卜畢騎馬率婢僮入南門, 向沙堤同, 家在洞中最高處, 亦巨室也, 翌日將軍入沙堤洞, 出入閭閻, 適有弓匠在洞裏, 將軍武人, 仍與結交, 日日談話, 問洞裏諸家, 弓匠一一言之, 將軍又問彼山麓大宅誰氏家, 弓匠云宰相某公之女新寡矣, 將軍見往來出入之人, 必問其所, 一日有年少女來乞火, 弓匠云此寡婦宅人也, 將軍知之, 翌日來到以情告之曰, 予愛彼女, 念之不忘, 若因主人而成之, 則死生惟命, 弓匠邀請其女, 報以將軍之言, 仍納貨布, 女遂諾, 將軍曰, 愛汝太甚矣, 然有一段情懷, 汝能聽之, 則非徒厚賂當汝産, 女曰第言之, 將軍曰, 近者見汝主於大街, 自此以後, 神心惚恍, 不甘餐食, 女曰此甚易耳, 將軍曰爲之奈何, 女云明日黃昏到吾門外, 則我出待之, 將軍如期而往, 女欣然出迓, 邀入其房, 戒之曰, 毋急速, 忍而待之, 遂閉戶鎖之, 將軍惶懼, 疑爲其女所賣, 俄聞內間有燈燭喧之聲, 則主婦如廁也, 其女下來遂挾將軍而入, 置諸內閨復戒云, 忍之忍之, 不忍敗謀, 將軍遂投暗房, 俄有燈燭喧嚱之聲, 則主婦入矣, 羣婢皆退, 婦脫衫盥面塗粉, 玉分皎潔, 將軍意疑迎我矣, 梳盥畢, 遂就銅爐, 熾炭炙肉, 又煖酒於銀盂, 將軍意疑饋我也, 將欲出, 忽念其女忍之之言, 姑坐而待之, 俄有亂沙撲窓之聲, 主婦起立開窓而入, 則乃一偃蹇丈夫也, 遂抱主婦而挑之, 將軍膽落, 欲出不得, 少焉丈夫與主婦並坐, 食肉飲酒, 丈夫脫帽則凜凜然一髡首也, 將軍思有以制之, 搜房中得長繩一把, 僧與主婦同臥, 將軍突出, 以繩縛僧於柱, 以棒亂打之, 僧哀呼不已, 將軍與主婦一叙歡, 將軍云, 欲行軍中新禮, 汝能辦之乎, 僧曰惟命, 遂給新禮宴具, 將軍往來婦家, 婦亦愛將軍, 經歲不替.

5-8 민공의 疎宕

여흥부원군(驪興府院君)[42] 민공(閔公)이 조회(朝會)에서 물러나오면 매양 이웃집에 가서 바둑을 두었다. 하루는 공이 미복(微服)[43]하고 이웃

집에 갔더니 주인이 나오지 않으므로 공은 홀로 누각 위에 올라앉았었다. 어떤 녹사(錄事)⁴⁴⁾가 모시러 공의 집에 왔다가 공의 간 곳을 물으니 문동(門童)이, "공께서 외출하셨는데 가신 곳을 모르겠습니다."하였다. 녹사도 새로 온 사람이라 역시 공의 얼굴을 몰랐다. <그는> 이웃집에 가서 누각에 올라가 신을 벗고 다리를 문에다 걸치고 공에게 말하기를, "노인은 뉘십니까."하니, 공이, "이웃집에 사는 사람이요." 하였다. 녹사가, "노인의 얼굴에 주름살이 많은데 어찌 된 일입니까. 실로 가죽을 꿰매어 쪼그린 것이 아닌가요."하니, 공이, "타고난 바탕이 그런걸 어찌 하겠고."하였다. 녹사가 <또>, "노인은 글을 아십니까."하니 공이, "다만 성명(姓名)을 기록할 정도요."하였다. 공이, "다만 행마(行馬)할 정도요."하였다. 녹사가, "그러면 한 판 두어 보는 것이 어떻습니까."하고, 드디어 바둑을 시작하여 상대하자, 공이 바둑을 들며 말하기를, "어디서 온 손님이요."하니 녹사는, "부원군을 뵈러 왔습니다."하였다. 공이, "나는 부원(府院)이 되지 못하겠고. "하니, 녹사가 "암탉은 아직 울지 못합니다."하였다. 이러는 중에 조금 있다가 주인 영감이 꿇어앉아, "제가 영공(令公)께서 여기 오래 계신 줄 몰랐습니다."하고, 대죄(待罪)하여 마지않으므로, 녹사는 놀라 신을 쥐고 도망치니 공이, "이 사람은 비록 새로 들어온 향인(鄕人)이지만, 의기(意氣)가 뛰어나서 보통 인물이 아니다."하고, 이로부터 <그를> 극히 후히 대접하였다.

42) 부원군(府院君) : 왕비(王妃)의 친(親)아버지나 정일품(正一品)공신(功臣)의 칭호(稱號)이다.
43) 미복 : 지위가 높은 사람이 몰래 살피러 다닐 때 입는 남루한 옷을 말한다.
44) 녹사(錄事) : 의정부(議政府), 중추부(中樞府)의 한 벼슬을 말한다.

驪與府院君閔公, 每朝退就隣家圍棋, 一日公微服往隣家, 翁不出, 公獨坐樓
上, 有錄事以陪到宅, 問公所在, 門童答曰, 公出不知所向, 錄事新屬人, 亦不知
公面, 又往隣家, 登樓脫靴, 以脚掛戶, 謂公曰曳何許人, 公曰在隣家耳, 錄事曰
曳顔多皺何耶, 無乃以線縫皮而縮之乎, 公曰天生之質奈何, 錄事曰曳知書乎,
公曰但記姓名耳, 傍有棋子, 錄事曰曳知棋乎, 公曰但知行馬耳, 錄事曰然則試
校一局可乎, 遂與開棋相對, 公擧棋乎曰那裏客耶, 錄事亦呼曰謁府院君來也,
公曰我亦不爲府院君耶, 錄事曰牝鷄未鳴矣, 少焉主翁出跪曰, 我不料令公久在
此, 待罪萬萬, 錄事驚愕, 携靴而遁之, 公曰此雖新屬鄕人, 意氣發越非碌碌者,
自後厚待之.

5-10 딸에 대한 윤씨의 교훈

윤(尹) 수령이 <슬하에> 여러 딸을 두었는데, <어느 날> 문무 백
관[百僚]들이 위의(威儀)를 갖추고 조서(詔書)를 맞이하게 되자, 남녀들
이 물밀듯이 모여들어 구경하는데, 윤공의 딸들도 역시 화장을 하고
가 보려했다. 공은 딸들을 불러 세우고 가르쳐 달래기를, "너희들이
구경하는 것은 좋으나 내가 한 마디 할 말이 있으니 들어봐라. 옛날
에 어떤 임금이 8척(尺)이나 되는 나무를 뜰에 심어 놓고 <이것을>
뽑을 사람을 모집하기를, '<이 나무를 뽑으면> 천금을 주겠노라.'하
였더니, 조정의 모든 벼슬아치 중 힘센 사람들도 모두 뽑지 못하였다.
술사(術師)가 말하기를, '정녀(貞女)는 뽑을 수 있을 것입니다.'하여, 이
때에 성중(城中)의 부녀자들을 뜰에 모았는데, 어떤 사람은 바라다보
고 달아나고 어떤 사람은 만져 보고 물러가곤 하였다. 그런데 이 때
한 여자가 스스로, '정절(貞節)이 있습니다.'하고, 그 나무를 어루만졌

는데 움직이기는 하였으나 넘어뜨리지는 못하였으므로, 여자가 하늘을 우러러 맹세하여 말하기를, '평생의 절조(節操)를 하늘이 아는 바인데 이제 이미 이와 같으니 죽는 것보다 못합니다.'하더니, 울음을 그칠 줄 몰랐다. 술사가, '비록 숨길 행실은 없으나 반드시 그 외모를 사모하여 잊지 못하는 사람이 있을 것이요.'하니, 여자는 문득 깨닫고 말하기를, '그러합니다. 어느 날 문에 기대어 서 있을 때 한 선비가 화살을 허리에 차고 말을 타고 지나갔었는데, 눈은 가늘고 눈썹은 길어 아름다운 모습이 뛰어났기에, 저 선비의 아내 되는 사람은 참으로 복 있는 사람이리라고 생각한 일이 있을 뿐, 이밖에는 조금도 사사로운 정이라곤 없습니다.'하였다. 그 때 술사가, '이것으로도 넉넉히 이 나무를 뽑지 못하는 연유(緣由)에 해당합니다.'하므로 그 여자는 다시 경건한 마음으로 맹세하고 나아가 드디어 나무를 뽑아낸 일이 있었다는데, 이제 너희들이 만약 훤칠한 선비를 보고도 잠자리 생각을 갖지 않을 수 있겠느냐."하니, 딸들이 결국 가지 못하였다.

尹宰臣有女數人, 百僚備儀衛迎詔, 士女奔波觀光, 尹女亦靚粉欲往, 公呼前而諭之曰, 汝之觀光甚善, 然有一言, 汝試聽之, 昔有國王, 樹八尺之木於庭, 募能拔之者與千金, 凡朝中士人有勇力者, 咸不能拔, 術士云, 貞女則能拔之, 於是聚城中婦女于庭, 或望見而走, 或捫撫而退, 有一女自言有貞節, 捫撫其木, 能動而不能仆, 女仰天而誓曰, 平生節操天所知也, 今旣如此, 不知死, 因泣不自勝, 術士云, 雖無慝行, 必有慕人之外貌而不忘者, 女忽悟曰信哉, 一日倚門而立, 有一士, 腰弓箭馳馬而過, 細眼長眉, 丰姿俊逸, 因念曰彼士之配, 眞有福履者也, 此外無一毫之私, 術士曰, 此足以當之, 女更虔心發誓, 眞而遂拔之, 今汝若見俊逸之士, 得無有寢席之念乎, 女竟不得行.

5-12 명통사 맹인의 어리석음

도시 복판에 명통사(明通寺)라는 절이 있었는데 장님들의 모이는 곳이었다. <장님들은> 초하루와 보름날에 한 번씩 모여 경(經)을 외며 축수(祝壽)하는 것을 일삼았는데, 높은 사람은 당(堂)에 들어가고 낮은 사람은 문을 지키며 겹문에 창[戟]을 세워 사람이 들어가지 못하였다. <그런데> 한 서생(書生)이 몸을 솟구쳐 바로 들어가 대들보에 올라가 있는데 장님이 작은 종(鍾)을 치기에 서생이 종을 끌어 올려 버렸으므로 장님은 북채를 휘둘러 허공을 쳤다. 그런 뒤에 다시 종을 내려 주자 장님이 손으로 만져보니 종은 여전히 있었다. 이와 같이 하기를 서너 번 하다가 장님은 말하기를, "당중(堂中)의 작은 종이 무엇인가에 끌이어 올라간다."하였다. <그러자> 모든 장님들이 둘러 앉아 점을 쳤는데, 그 중의 한 장님이, "이것은 틀림없이 벽사이에 박쥐가 붙어서 그렇게 하는 것이다."하니, 모두 일어나 벽을 만져보았으나 아무것도 없었다. 또, 어느 장님이, "이것은 틀림없이 저녁닭이 들보 위에 앉아서 그렇게 하는 것이다."하여, 서로 다투어 장대로 들보 위를 때렸으므로 그는 엉금엉금 기어서 돌아왔다. 이튿날 <그는> 삼 노끈 두어 발을 얻어 가지고 절 변소에 숨어 있다가, 주인 장님이 변소에 와서 웅크리고 앉자 서생이 갑자기 노끈으로 <그의> 음경(陰莖)을 매어 당기니, 장님은 크게 소리치며 구원을 청하였다. 여러 장님들이 다투어 와서 주문[祝]을 외기를, "주인 장님이 변소 귀신에게 화를 입게 되었다."하며, 혹은 이웃을 불러 약을 구하고 혹은 북을 울려 명(命)을 비는 자도 있었다.

都中有明通寺, 盲人所會也, 朔望一會, 以讀經祝壽爲事, 高者入堂, 卑者守門, 重門施戟, 人不得入, 有一書生, 聳身直入, 升樑棟間, 盲擊小鍾, 生引鍾紐擧之, 盲揮枹打空, 然後復下鍾焉, 盲以手捫之, 則鍾在如舊如是數四, 盲曰, 堂中小鍾, 爲物所擧矣, 衆盲環坐推占, 一盲云, 此物當爲蝙蝠附于壁間, 於是皆起捫壁, 竟無所獲, 又一盲云, 此物當爲夕鷄坐于樑上, 於是爭以長竿搏于樑上, 生不甚苦墜地, 於是縛致書生, 爭加捶楚, 生匍匐而還, 翌日得麻繩數引, 隱寺厠間, 有主盲方來踞厠, 生遽以繩結陽根鉤之, 盲大叫求救, 羣盲爭來嘔祝曰, 主師爲厠鬼所祟, 或有呼隣救藥者, 或有鳴鼓祈命者.

5-13 개성 장님의 어리석음

옛날에 개성(開城)에 한 장님이 살았었는데, 성품이 어리석고 비뚤어져서 기괴한 것을 잘 믿었다. 매양 소년을 만나면 갑자기, "무슨 기이한 일이 없느냐."하였다. 하루는 소년이 말하기를, "요즈음 매우 기이한 일이 있습니다. 동쪽 거리에 땅이 천 길이나 벌어져서 땅 밑으로 오가는 사람을 훤히 볼 수 있고, 닭의 울음소리와 다듬이질하는 소리도 똑똑히 들을 수 있는데, 내가 방금 그 곳에서 오는 길입니다." 하니, 장님은 "과연 네 말과 같다면 그야말로 매우 기이한 일이다. 내가 두 눈이 어두워서 마음대로 보지는 못하지만 그 곁에 쫓아가서 한번 그 소리라도 들으면 죽어도 한(恨)이 없겠다."하고, 소년을 따라갔다. 온 종일 국내를 두루 어정거리며 돌아다니다가 그의 집 뒤 언덕에 와서 소년이, "여기가 그 곳입니다."하니, 장님은 자기 집 닭 울음소리와 다듬이질하는 소리를 듣고 손뼉을 치고 웃으며 말하기를, "참으로 즐겁도다."하니, 소년이 장님을 밀어 땅에 떨어뜨렸다. 아이종이

와서 그 까닭을 물으니 장님은 머리를 꾸벅꾸벅하고 손을 만지며 말하기를, "나야말로 타고난 장님이로다."하였다. 또 그의 아내의 웃는 소리를 듣고, "당신은 또 언제 여기 왔소."하였다.

昔有一盲居開城, 性癡顚, 好信寄怪, 每逢年少, 輒問有何異事, 年少云, 近有大異之事, 東街地坼千仞, 地底往來人歷歷可見, 鷄鳴砧響歷歷可廳, 余自其處來矣, 盲曰果若汝言, 大是寄事, 兩目矇?縱不見物, 庶從其旁一聞其聲, 死亦無憾, 隨年少而行, 終日遍國中, 迤邐而往, 還至其家後岡, 年少曰, 此其處也, 盲聞其家鷄鳴砧響, 拍手笑曰, 樂哉樂哉, 年少推盲, 盲墜于地, 童僕問故, 盲稽首撫掌曰, 我是天上盲, 又聞其妻笑聲曰, 汝亦何時到此

5-14 호색 맹인의 어리석음

또 한 장님이 있었는데 이웃 사람에게 부탁하여 미녀에게 장가들려 하였다. 하루는 이웃 사람이 그에게 말하기를, "우리 이웃에 체격이 알맞는 진짜 절세 미녀가 있는데, 그대의 말을 그 여자에게 들려주면 흔연히 응할 것 같으나, 다만 재물을 매우 많이 달라고 할 것 같소."하니, 장님은, "만약 그렇다면 재산을 기울여 파산(破産)에 이를지언정 어찌 인색하게 하리요."하고 그의 아내가 나가고 없는 틈을 타서, 주머니와 상자를 찾아 재물을 모두 꺼내 주고 만나기를 약속하였다. 만날 날이 되어 장님은 옷을 잘 차려 입고 나가고, 아내 역시 화장을 고치고 그의 뒤를 따라가서 먼저 방에 들어가 있으니, 장님은 아무 것도 모르고 재배(再拜) 성례(成禮)하였다. 이날 밤에 자기 아내와 함께 동침하는데, 그 아기자기한 인정과 태도가 평상시와 달랐다. 장님은 아내의 등을 어루만지며 말하기를, "오늘밤이 무슨 밤이기에 이처럼 좋은 사람을 만났는고. 만약에 음식에 비유하면, 그대는 웅번(熊膰)⁴⁵⁾이나 표태(豹胎)⁴⁶⁾와 같고, 우리 집사람은 명아주국이나 현미밥과 같구나."하고 재물을 많이 주었다. 새벽이 되어 아내가 먼저 그의 집에 가서 이불을 안고 앉아 졸다가 장님이 들어오는 것을 보고 묻기를, "어젯밤에는 어디서 주무셨소."하니 장님은, "모(某) 정승 집에서 경(經)을 외다가 밤추위로 인하여 배탈이 났으니, 술을 걸러 약으로 쓰게 하오."하였다. 아내가 매우 꾸짖기를, "웅번, 표태를 많이 먹고 명아국과 현미밥으로 오장육부[胸腑]를 요란하게 하였으니 어찌 앓지 않을 수 있겠소."하니 장님은 아무 대꾸도 하지 못하고 <그제야> 아내에게 속은 줄을 알았다.

又有一盲, 嘗從隣人求娶美女, 一日隣人謂盲曰, 吾隣有一女, 示農纖適體, 眞絶代色也, 以君之言入之, 欣然似應, 但索財物太多耳, 盲曰, 若然則雖傾財破産, 豈有吝嗇, 暾其妻亡, 探肤囊篋, 盡以財與之, 遂成約會, 至期盲盛服而往, 妻亦改粉隨去, 先入于室, 盲再拜成禮, 是夜與妻同寢, 綢繆之態異常, 撫妻背曰, 今夕何夕, 見此良人, 若此飮食, 汝是熊膰豹胎, 吾家人藜羹糲飯耳, 厚給財物, 至曉妻先往其家, 擁衾坐睡, 見盲到門, 問曰昨夜宿何處, 盲曰讀經某相家, 因夜冷得腹病, 可調酒救藥, 妻大叱之曰, 多食熊膰豹胎藜羹糲飯, 掌擾胸腑, 雖欲無病得乎, 盲無以應, 知爲妻所賣.

---

45) 웅번 : 곰의 발바닥. 8진미의 하나이다.
46) 표태 : 표범의 태를 말함.

5-15 서울 장님의 어리석음

서울에 또 한 장님이 있었는데, 젊은이와 벗하여 사이좋게 지냈다. 젊은이가 하루는 와서 말하기를, "길에서 나이 어린 예쁜 여자를 만났는데 <그와> 잠깐 이야기를 하고 싶으니, 주인께서 잠시 별실(別室)을 빌려 줄 수 없겠습니까."하니, 장님은 허락하여 주었다. 젊은이는 장님의 아내와 별실에 들어가 곡진하고 애틋한 정을 서로 나누는데, 장님이 창밖을 돌면서 말하기를, "어째서 이렇게 오래 걸리느냐. 빨리 가거라. 집사람이 와서 보면 이야말로 큰일이니 반드시 욕을 먹을 것이다."하였다. 조금 뒤 아내가 밖에서 들어오면서, "그 새 어떤 손님 왔었소."하며 일부러 성낸 듯이 하니, 장님은, "잠간 내 말을 들으시오. 정오쯤에 동쪽 마을의 신생(辛生)이 나를 찾아왔을 뿐이었소"하였다.

京中又有盲, 與一年少友善, 年少一日來云, 路逢小艾欲叙話, 主人幸借別室, 盲許之, 年少遂與盲妻入別房爲繾綣歡, 盲來巡窓外曰, 何久向久, 速去速去, 家婦若來見之, 大是異事, 受譴必矣, 少焉妻自外至曰, 此間有何處客蹤, 如憤怒之狀, 盲曰卿聽我語言, 日午但東隣辛生來訪我耳.

5-16 양녕대군의 해학

효령대군(孝寧大君)[47]이 불교에 혹하여 매양 절에 도량(道場)을 베풀고, 온종일 경건한 마음으로 정성껏 머리를 조아려 절하는데, 양녕(讓

---

47) 효령대군(孝寧大君) : 세종(世宗)의 중형(仲兄)이다.

寧)대군이 뒤를 따라 첩(妾) 두어 명을 거느리고 매를 팔위에 얹고 개를 끌고 와서, 잡은 꿩과 토끼를 섬돌 위에 쌓아 놓고, 고기를 구워 술을 데워 마시고는 대취하여 당(堂)에 올라가서 함부로 행동하였다. 효령이 얼굴빛을 변하고 말하기를, "형님은 이제 이런 나쁜 업(業)[48] 을 하시면서 후생(後生)[49]의 지옥이 두렵지 않습니까."하니, 양녕은, "착한 일[50]을 행한 사람은 구족(九族)[51]이 도리천(忉利天)[52]에 태어난다 하거늘, 하물며 동기간(同氣間)에 있었으랴. 나는 살아서는 임금의 형으로서 마음껏 방랑하고, 죽어서는 보살(菩薩)[53]의 형이 되어 반드시 천당(天堂)에 오를 것인데, 어찌 지옥에 떨어질 리가 있겠는가."하였다.

孝寧大君酷信佛法, 每設道場於山寺, 終日虔誠頂禮, 讓寧大君隨後至, 率妾數人, 臂鷹牽狗, 積雉兔於階下, 灸肉煖酒, 酣飮大醉, 升堂旁若無人, 孝寧變色曰, 兄今作此惡業, 可不?後生地獄, 讓寧曰, 能種善根者, 九族生忉天, 況同氣乎, 我生則爲國王兄, 浪遊自恣, 死則爲菩薩兄, 必升天堂, 安有墜地獄之理.

---

48) 악업(惡業) : 악한 결과를 받을 입·몸·뜻으로 짓는 동작. 불교의 용어(用語)이다.
49) 후생(後生) : 불교용어. 내세(來世)·내생(來生)·후세(後世)라고도 한다. 죽은 뒤에 올 저 세상에서의 삶.
50) 원문은 선근(善根)인데 선근(善根) : 좋은 과보(果報)를 받을 좋은 인(因) 이란 뜻. 착한 행업(行業)의 공덕(功德).
51) 구족(九族) : ①고조·증조·조부·부·자기·아들·손자·증손·현손의 직계친을 중심으로 하여 방계친(傍系親)으로 고조의 四대손되는 형제·종형제, 재종형제, 三종형제를 포함한 동종(同宗)의 친족. ②이성친(異姓親)을 포함한 친척, 즉 부족(父族) 四, 모족(母族) 三, 처족(妻族) 二를 말함.
52) 도리천(忉利天) : 불교용어. 욕계육천(慾界六天)의 제二천(第二天), 三三天이라고도 한다. 천상의 세계의 하나.
53) 보살(菩薩) : 불교용어. 보리살타(菩提薩拖)의 준말. 성불(成佛)하기 위하여 수행(修行)에 힘쓰는 이의 총칭.

5-17 풍산군수의 어리석음

종실(宗室)54) 풍산(豊山) 군수는 매우 어리석어 콩과 보리를 분별하지 못하였고, 집에서 오리를 길렀는데 계산을 할 줄 몰라 오직 쌍쌍으로만 세었다. 하루는 집의 아이 종이 오리 한 마리를 삶아 먹었더니 그는 쌍쌍으로 세다가 한 짝만 남으므로 대로하여 종을 때리며, "네가 내 오리를 훔쳤으니 반드시 다른 오리로 변상하여라."하였다. 이튿날 종이 또 한 마리를 삶아 먹었더니, 그는 쌍쌍으로 세어 보아도 남는 짝이 없으므로 매우 기뻐하며 하는 말이, "형벌이 없지 않을 수 없도다. 어제 저녁에 종을 때렸더니 변상해 바쳤구나."하였다.

宗室豊山守, 愚騃不辨菽麥, 家養鵝鴨, 而不知算計, 惟以雙雙而數之, 一日家僮烹食一鴨, 宗室數至雙雙, 而無餘隻, 乃大喜曰, 刑罰不可無也昨夕杖僕, 而僕傷納之矣.

5-18 맹인(盲人) 김복산(金卜山)의 실수

청파(靑坡)55)에 호부(豪富)한 사족(士族)인 심(沈), 유(柳) 양생(兩生)이 살았는데, 날마다 기생들 속에서 술에 빠져 살았다. 하루는 친한 벗 두어 명이 심의 집에 모여 술을 마셨는데, 심에게는 노래와 춤을 잘하는 접연화(蝶戀花)라는 첩과 가야금 솜씨가 당시에 일인자(一人者)였

---

54) 종실(宗室) : 종친. 임금의 겨레붙이를 말한다.
55) 청파 : 지금의 서울 남대문 밖 청파동을 말함.

던 김복산(金卜山)이라는 장님이 있었다. <그래서> 이들을 불러 고아 (高雅)한 거문고와 청아(淸雅)한 노래로 무릎을 맞대어 서로 부르고 받고 하여 정회(情懷)가 사무치고 흡족하였다. 밤중이 되어 좌중(座中)에서 누가 말하기를 "지난 일을 얘기하며 한바탕 웃어 보자."하니, 모두, "그것 참 좋다."하고 손님들이 서로 우스운 얘기를 기탄없이 하는데 복산이, "나도 한 마디 하리다. 요즈음 내가 어떤 집에 갔더니, 부잣집 자제라 또한 이름난 기생 두어 명이 있었는데, 자리가 파하자 모두 기생을 이끌고 방으로 갔는데, 그 중에 심방(心方)이란 계집이 노래를 잘하고 또 모(某)와 함께 잤소이다."하니, 심(沈)은, "그것 참 재미있는 일이다. 다시 얘기해 보아라."하였다. 그 자리 손님들이 모두, "가야금을 타고 노래를 부르고 밤을 새울 것이지 하필 얘기만 할 것이냐."하였으나 기생도 또한 노래를 그쳐 모두 흥이 깨어져서 파하고 말았다. 문을 나와서 유(柳)가 복산에게, "주인의 기생 이름이 심방인데 자네는 어찌 그런 미친 말을 했느냐. 사람의 표정을 볼 수 없으니 눈먼 사람은 참으로 불쌍하다."하니, 복산은 실색하며, "다만 관명(官名)만 알고 아명(兒名)을 몰랐던 탓이지만, 무슨 낯으로 주인을 다시 보겠습니까." 하였다. 이것이 이웃에 전파되어 웃음거리가 되었다.

靑坡有沈柳兩生, 皆豪富士族, 日?醉於粉黛間, 一日親朋數, 人會飮沈家, 沈有妾曰蝶戀花者, 善歌舞, 有盲人金卜山者, 善彈伽耶琴, 妙手一時無此, 亦邀而致之, 雅琴淸唱, 促膝相酬, 情懷暢洽, 至夜半, 座有言者曰, 宣談往事以鮮頤耳, 皆曰諾, 座客縱談笑噱, 卜山曰吾亦話之, 近者到一家, 巨室子弟亦有名妓數人, 飮罷客率妓就房, 宣促絃高唱以達曙, 何必話也, 妓亦輟歌, 衆皆不悅而

罷, 出門柳謂卜山曰, 主人妓名心方, 爾何發狂言, 不能見人之顔色, 盲者眞不
祥之物也, 卜山失色曰, 徒知官名而不知兒名故也, 何靦面復見主人乎, 隣里傳
以爲笑.

5-19 최호원과 안효례의 쟁변(爭辯)

세조(世祖)가 늘그막에 병들어 잠을 자지 못하자 문사(文士)들을 많
이 모아 놓고 경사(經史)를 강론하게 하고, 혹은 익살맞고 농담 잘하는
사람을 불러들여 웃음거리로 삼았다. 최호원(崔灝元)과 안효례(安孝禮)
가 모두 음양(陰陽), 지리(地利)의 술(術)을 알되 각각 자기 의견은 고집
하여 서로 비방하였고, <그들은> 성품이 또한 거세고 사나와서 서로
어금버금 하였다. 하루는 효례가, "우리나라는 일본과 땅이 서로 연접
(連接)해 있다."하니, 호원이 팔을 밀치고 꾸짖기를, "푸른 바다가 아득
하기 끝이 없는데, 어찌 서로 연접해 있다 하겠느냐."하였다. 효례가
"물을 담고 있는 것은 무엇인가. 물밑에 흙이 있으니 어찌 서로 연접
해 있지 않다고 하겠느냐."하니, 호원은 아무 말도 못했다. 두 사람은
<이렇게> 터무니없이 큰소리만 했는데 효례가 더욱 심하였으며, 또
<그들은> 불교 서적을 골고루 읽어서 글 짓는 중을 만나면 더불어
논박하였는데, <중이> 대답하지 못한 적이 많았다.

世祖晩年違豫不能寐, 多聚文士, 講論經史, 或引詼諧之人, 以資談笑, 崔灝
元安孝禮俱知陰陽地利之術, 各執已見, 互相誹謗, 性又强戾不相上下, 一日孝

禮曰, 我國與日本國, 土壤相連, 灝元攘臂叱之曰, 滄波萬里, 渺渺莫極, 何謂相連, 孝禮曰, 其所以載水者何物, 水底有土, 則豈不相連, 灝元默然, 兩人皆放誕, 孝禮尤甚, 又能涉獵佛書, 若逢韻釋, 與之抗論, 多不能答.

5-20 함북간 등 세 사람의 흉내내기

우리 이웃에 동계(東界)에서 온 함북간(咸北間)이란 사람이 있었다. <그는> 피리도 좀 불 줄 알고 농담과 광대놀이를 잘하여, 매양 사람의 행동거지를 보면 문득 그 하는 짓을 흉내 내기를 진짜, 가짜를 분간하기 어려울 정도였고, 비파와 거문고 소리 같은 것도 쟁쟁하게 내었으며, <또한> 음절[節奏]에 능해서 매양 궁궐에 들어가 상(賞)을 많이 받았다. 또 대모지(大毛知)란 사람은 거위, 오리, 닭, 꿩 등의 소리를 흉내 내어, 소리를 내기만 하면 이웃 닭들이 날개를 치며 몰려들어 왔다. 또 기지(耆之)에게는 불만(佛萬)이라는 종이 있었는데, 개 짖는 소리를 잘하여 영동(嶺東)지방에 유람했을 때 어느 마을에서 밤중에 소리를 내니 이웃 개가 모두 모여들었다.

吾隣有咸北間者, 自東界出來, 稍知吹笛, 善談諸倡優之戲, 每見人容止, 輒效所爲, 則眞?莫辨, 又能蹙口作笳角之聲, 聲甚宏壯, 倡徹數里, 至如琵琶琴瑟之聲, 鏗鏘發口咸中節奏, 每入內庭, 多受賞賜, 又有大毛知者, 善爲鵝鴨鷄雉之聲, 聲若出口, 隣雞鼓趐而來, 又耆之有奴曰佛萬者, 善爲狗吠, 嘗遊嶺東到一村, 夜半發聲, 隣犬皆集.

5-23 어우동의 호색

어우동(於于同)은 지승문(知承文) 박선생의 딸이다. 그의 집은 돈이 많고 자색(姿色)이 있었으나, 성품이 방탕하고 바르지 못하여 종실(宗室) 태강(泰江) 군수의 아내가 된 뒤에도 군수가 막지 못하였다. 어느 날 나이 젊고 훤칠한 공장이[匠人]를 불러 은그릇을 만들었다. 여자는 이를 기뻐하여 매양 남편이 나가고 나면 계집종의 옷을 입고 공장이 옆에 앉아서 그릇 만드는 정묘(精妙)한 솜씨를 칭찬하더니, 드디어 내실로 이끌어 들여 날마다 마음대로 음탕한 짓을 하다가, 남편이 돌아오면 몰래 숨기곤 하였다. 그의 남편은 자세한 사정을 알고 마침내 어우동을 내쫓아 버렸다. 그 여자는 이로부터 방자한 행동을 거리낌 없이 하고, 그의 계집종이 역시 예뻐서 매양 저녁이면 옷을 단장하고 거리에 나가서, 예쁜 소년을 이끌어 들여 여주인의 방에 들여 주고, 저는 또 다른 소년을 끌어 들여 함께 자기를 매일처럼 하였으며, 꽃 피고 달 밝은 저녁엔 정욕을 참지 못해 둘이서 도시로 돌아다니다가 사람에게 끌리게 되면, 제 집에서는 어디 갔는지도 몰랐으며 새벽이 되어야 돌아왔다. 길가에 집을 얻어서 오가는 사람을 점찍었는데, 계집종이 말하기를, "모(某)는 나이가 젊고 모는 코가 커서 주인께 바칠 만합니다."하면 그는 또 말하기를, "모는 내가 맡고 모는 네게 주리라."하며 실없는 말로 희롱하여 지껄이지 않는 날이 없었다. 그는 또 방산(方山)군수와 더불어 사통(私通)하였는데, 군수는 나이 젊고 호탕하여 시(詩)를 지을 줄 알므로, 그녀가 이를 사랑하여 자기 집에 맞아 들여 부부처럼 지냈었다. 하루는 군수가 그녀의 집에 가니 그녀는 마침

봄놀이를 나가고 돌아오지 않았는데, 다만 소매 붉은 적삼만이 벽 위에 걸렸기에, 그는 시를 지어 쓰기를, "물시계는 또옥또옥[56] 야기(夜氣)가 맑은데, 흰 구름 높은 달빛이 분명하도다. 한가로운 방은 조용한데 향기가 남아 있어, 이런 듯 꿈속의 정을 그리겠구나."하였다. 그 외에 조관(朝官), 유생(儒生)으로서 나이 젊고 무뢰한 자를 맞아 음행하지 않음이 없으니, 조정에서 이를 알고 국문하여, 혹은 고문[拷]을 받고, 혹은 폄직[貶]되고, 먼 곳으로 귀양 간 사람이 수십 명이었고, 죄상(罪狀)이 드러나지 않아서 면한 자들도 또한 많았다. 의금부(義禁府)[57]에서 그녀의 죄를 아뢰어 재추(宰樞)에게 명하여 의논하게 하니, 모두 말하기를, "법으로서 죽일 수는 없고 먼 곳으로 귀양 보냄이 합당하다."하였으나, 임금이 풍속을 바로잡자 하여 형(刑)에 처하게 하였는데, 옥에서 나오자 계집종이 수레에 올라와 <그녀의> 허리를 껴안고 하는 말이, "주인께서는 넋을 잃지 마소서. 이런 일이 없을 것 같으면 어찌 다시 이 일보다 더 큰일이 있을 줄 알아요."하니, 듣는 사람들이 모두 웃었다. 여자가 행실이 더러워 풍속을 더럽혔으나 양가(良家)의 딸로서 극형을 받게 되기에 길에서 눈물을 흘리는 사람도 있었다.

於宇同者知承文朴先生治女也, 其家殷富, 女婉變有姿色, 然性蕩放不檢, 爲宗室泰江守之妻, 泰江不能制, 嘗請工造銀器, 工年少俊丰, 女悅之, 每値夫出,

---

56) 원문은 옥루(玉漏)인데 궁궐 안에 장치한 물시계의 누수(漏水).
57) 의금부(義禁府) : 왕명(王命)을 받들어 죄인(罪人)을 추궁하는 사무를 맡아보던 관청을 말한다.

衣婢服坐工側, 贊美造器之精, 遂得私引入內室, 日縱?穢, 伺其夫還則潛避, 其夫審知事情, 遂棄其, 女由是恣行無所忌, 其女僕亦有姿, 每乘昏?服, 出引美色少年, 納于女主房, 又引他少年與之偕宿, 日以爲常, 或於花朝月夕不勝情欲, 二人遍行都市, 故爲人所搜, 其家不知所之, 到曉乃還, 嘗借路旁家, 指點往來人, 僕曰某人年少, 某人鼻大, 可供女主, 女亦曰某人吾敢之, 某人可給汝, 如是戲謔無虛日, 女又與宗室方山守私通, 守亦年少豪逸, 解作詩, 女愛之, 邀至其家如夫婦, 一日守到其家, 適女春遊不還, 惟紫袖衫掛屏上, 遂作詩書之曰, 玉漏丁東夜氣淸, 白雲高捲月分明, 間房寂謐餘香在, 可寫如今夢裏情, 其他朝官儒生年少之無賴, 無不邀而淫焉, 朝廷知而鞫之, 或拷或貶, 流遠方者數十人, 其不露而免者亦多, 禁府啓其罪, 命議宰樞, 皆云於法不應死, 合竄遠方, 上欲整風俗, 竟置於刑, 自獄而出, 有女僕登車抱腰曰, 女主勿失魂, 若無此所事, 安知復有大於此事者乎, 聞者笑之, 女雖穢行汚俗, 而以良家女被極刑, 道路有垂泣者.

5-24 김사문과 대중래의 사랑

김사문(金斯文)[58]이 영남에 사신(使臣)으로 내려가 경주(慶州)에 도착하니, 고을 사람들이 기생 하나를 바치기에, 김이 데리고 불국사로 갔었는데, 기생은 나이가 어려서 남자와의 관계함을 알지 못하였으므로, 극력(極力) 김의 요청을 거절하다가 밤중에 도망쳐 나왔는데, 그녀의 간 곳을 알 수 없었다. 여러 하인(下人)들이 <그녀가> 짐승에게 잡혀간 것이나 아닌가 하여 이튿날 찾아보니 <그녀는> 발을 벗은 채 고을에 숨어 있었다. 김은 뜻을 이루지 못함을 실망하고 밀양(密陽)에 도

---

58) 사문 : 사문은 유학자의 존칭이다.

착하자 평사(評事)[59] 김계온(金季昷)을 보고 그 사정을 말하니, 평사는, "내 기생의 동생으로 대중래(待重來)라는 애가 예쁜 모습에 성품이 그 윽하고 조용하니, 내가 그대를 위하여 중매해 주겠소."하였다. 하루는 부사(府使)가 영남루(嶺南樓) 위에서 잔치를 베풀어 기생들이 자리에 가 득하였는데, 그 중에 하나가 좀 예쁘기에 김사문이 물으니, 그녀가 바 로 평사가 중매한다던 기생이었다. 김은 겉으로는 눈도 돌리지 않았 으나 마음은 늘 이 기생에게 쏟아져 상(床)에 가득 찬 맛있는 안주도 먹기는 하여도 달지 않았다. 주인과 시객(侍客)이 모두 술잔을 바치기 에 김이 일어나 잔을 권하자 평사가 그 기생을 시켜 잔을 받들어 바 치게 하니, 김은 흔연히 웃으면서 의기양양한 기색이 있는 것 같았다. 이날 밤 <그녀와> 함께 망호대(望湖臺)에서 자고(自古)부터는 서로 정 이 깊이 들어서 잠시도 떠나지 못하여, 대낮에도 문을 닫고 휘장을 치고서 이불을 쓰고 일어나지 않으니, 주인이 밥상을 가지고 와서 뵙 고자 해도 서로 만나지 못한 지 여러 날이었다. 평사가 창문을 밀치 고 들어가니 두 사람은 안고 누워 손발을 서로 꼬고 있을 뿐, 다른 말 은 않고 오직, "나는 너를 원망한다."고만 하였으며, 온몸에 써있는 글자는 모두 서로 사랑을 맹세한 말이었다. 그 후 <그는> 여러 읍을 순력(巡歷)하였으나 마음은 항상 대중래에게 있었다.

하루는 사문(斯文) 윤담수(尹淡叟)와 김해(金海)에서 밀양으로 돌아오 는 길에 말고삐를 나란히 하여 이야기하다가 장생(長栍)[60]을 보면 반

---

59) 평사(評事) : 북병영(北兵營)의 문관(文官)을 말한다.
60) 장생(長栍) : 옛날 이수(里數)를 표기하기 위하여 나무에다 사람의 얼굴 모양을 새겨 세웠던 표말.

드시 하인으로 하여금 이수(里數)의 원근(遠近)을 자세히 보게 하고, 말
을 채찍질하여 달려도 오히려 더디 감을 의심하더니, 갑자기 펀펀한
들판이 아득한데, 어렴풋이 공간에 누각의 모습이 보였다 없어졌다
하니, 하인에게 묻기를, "이곳이 어딘가."하니, 하인은 "영남루 입니
다."하여 김은 기쁨을 이기지 못하여 웃었다. 사문이 연구(聯句)를 짓
기를, "들녘은 넓은데 푸른 봉우리 가로질렀고, 누각은 높아 흰 구름
에 비꼈도다. 길가에 장승이 있으니 응당 관문(關門)에 가까움을 기뻐
하리로다."하였다. <밀양에 도착하여> 수십 일을 머무르니, 주인이
오래 있을 것을 염려하여 송별연을 누상(樓上)에서 베풀어 위로하니,
김은 부득이 행차하기로 하여 기생과 더불어 교외(郊外)에서 이별하였
는데, <그는> 기생의 손을 꼭 붙들고 흐느껴 울 뿐이었다.

　어느 역(驛)에 이르러 밤은 깊은데, 잠을 이루지 못하여 <그는> 뜰
을 거닐다가 눈물을 흘리며 역졸(驛卒)에게, "내가 차라리 여기서 죽을
지언정 이대로 서울로 돌아갈 수는 없으니, 네가 다시 한 번 대중을
만나게 해주면 죽어도 한이 없겠다."하니 역졸이 불쌍히 여겨 그의
말을 따랐다. 밤중에 수십 리를 달려 날이 샐 무렵에 밀양에 도착했
으나 부끄러워 부(府)에 들어가지 못하고, 은띠를 역졸에게 주고 흰
옷 차림으로 울타리 길을 걸어가니, 우물에서 물 긷는 노파가 있기에
김이, "동비(桐非)61)의 집이 어디 있소."하고 물으니, 노파는, "저 다섯
번째 집이 그 집입니다."하였다. 김은 다시 "네가 나를 알겠느냐."하
니 노파는 한참 쳐다보다가, "알겠소이다. 지난가을에 방납(防納)62)의

---

61) 동비(桐非) : 대중래의 아명이다.
62) 납방(防納) : 공물(工物)을 대신 바치는 일. 공물은 그 지방의 특산물을 그곳의 백성에

일로 오셨던 어른이 아니십니까."하였다. 김이 돈주머니를 풀어 노파
에게 주면서, "나는 방납수(防納叟)가 아니라 경차관(敬差官)63)이니, 나
를 위하여 동비에게 가서 내가 온 것을 말하여라."하니 노파는, "동비
는 지금쯤 본남편 박생(朴生)과 더불어 같이 자고 있을 것이니 갈 수
없습니다."하였다. 김이, "내가 만나볼 수는 없더라도 소식만 들을 수
있다면 족하니, 네가 가서 내 뜻만 말해 주면 후히 보답하리라."하니
노파가 그 집에 이르러 분부대로 말하였다. 기생은 머리를 긁으며 말
하기를, "딱한 일이다. 어찌 이렇게까지 할까."하니 박생이, "내가 그
를 욕보일 줄 모르는 건 아니지만 그는 선생이요 나는 한갓 유생(儒生)
이니, 후진(後進)으로서 선배를 욕보이는 것은 잃지 않으므로 잠깐 피
하리라."하고 숨어 버렸다.

김이 기생집에 들어가니 관사(官司)에서 이 일을 알고 몰래 찬(饌)과
쌀을 보내었다. 수일을 유숙하자 기생의 부모가 미워하여 내쫓으니,
두 사람은 대밭 속에 들어가서 서로 붙들고 울부짖었다. 그 소리를
들은 이웃 사람들이 다투어 술을 가지고 와서 주었다. 기생을 데리고
가려 하는데 다만 말이 세 필뿐이므로 한 마리는 그가 타고 또 한 마

게 배정하여 바치게 하는 것인데, 그 물품의 생산 상황에 변동이 생기거나 생산이 없
기에 이르면 그것을 면제하는 것이 원칙이었으나 뒤에는 그대로 실행되지 않아서 공
물의 부과를 받은 사람은 그것을 사서라도 바쳐야 했다. 이 물건을 대신 사서 국가에
바치는 상인이 생기고 거기에서 이득을 많이 얻게 됨에 따라 상인은 관리들과 결탁하
여 생산자 자신의 산물일지라도 모든 방법으로 그 직접 납입을 방해하고 중간 상인으
로 하여금 대신 사서 바치게 만들었다. 그래서 대신 바치던 것[代納]을 방해한다는 뜻
이다. 그리하여 많은 피해를 백성에게 끼쳤다. 그래서 율곡(栗谷) 이이(李珥)는 「동호
문답(東湖問答)」에서 그 폐를 지적하고 고치기를 주장하였다.

63) 경차관(敬差官) : 이씨조선(李氏朝鮮) 때에 각 도 실적을 조사하기 위하여 지방에 파견하
던 임시의 관직. 문관(文官)의 당하관(堂下官) 중에서 임명된다.

리에는 이부자리와 농64)을 싣고, 나머지 한 마리에는 수종(隨從)하는
사람이 탔었는데, 결국 수종인의 말을 빼앗아 기생에게 화살을 메고
말을 타게 하고 수종인은 뒤로 따라 걷게 하니, 신이 무거워서 걸을
수가 없어 끈으로 신을 묶어서 말목에다 걸고 역에 돌아와서는, 역졸
의 모자와 띠를 섬돌에다 내동댕이치면서, "내가 많은 사람을 겪어
보았으나 이처럼 탐욕스런 사람은 보지 못하였다."하였다. 서울로 돌
아 온지 몇 달 만에 <그의> 아내가 죽으니, 김은 관(棺)을 실어 중모
(中牟)65)에 장사지내고 장차 밀양으로 향하려고 유천역(楡川驛)66)에 이
르러 시를 짓기를, "향기로운 바람이 산 위 매화에 부니, 꽃다운 소식
은 이러하되 돌아오지 않음을 괴로워하도다. 달빛이 희어 시냇물 20
리에 어리었는데, 옥인(玉人)67)은 어디서 다시 오기를 기다리는가."하
였다. 당시에 감사 김상국(金相國)이 마침 그 기생을 사랑하다가 김이
왔다는 소식을 듣고 내주니 김이 서울로 데리고 갔다. 뒤에 김은 승
지(承旨)가 되어 벼슬이 높아지고 녹봉(祿俸)이 후해졌으며, 기생은 두
아들을 낳고 마침내 정실부인(正室夫人)이 되었다.

金斯文嘗奉使嶺南, 到慶州, 州人進一妓, 金携至佛國寺, 妓年少未諳男子事,
拒金甚力, 夜半逃出, 不知所之, 輩下皆疑爲惡獸所攫, 明日尋之, 則徒跣還州
矣, 金悵悵不得意, 至密陽見評事金季昷, 告其情, 評事曰, 五妓之弟, 有名待重
來者有姿色, 性又幽閑 吾當爲君媒之, 一日府使設宴于嶺南樓上, 羣妓滿坐, 而

64) 원문은 침롱(寢籠)인데 침구(寢具)를 넣는 상자.
65) 중모(中牟) : 경상도(慶尙道) 상주 속현.
66) 유천역 : 경북 청도역원을 말함.
67) 옥인(玉人) : 모양과 마음이 아름다운 사람을 말하다.

其中一人稍佳, 問之則評事所媒也, 金目不轉而心常注之, 滿案珍羞, 食不甘矣,
主人及侍客皆獻酬, 金遂起酢之, 評事?令其妓捧盃而進, 金欣然啓齒, 若有目得
之色, 是夜偕寢于望湖臺, 自此情甚昵愛, 造次不離, 雖於白晝, 閉戶垂帳擁衾
不起, 主人欲侍飯來謁, 而不得相見者累日, 評事排窓而入, 見兩人抱臥手足相
交而已, 無他言, 惟曰吾怨汝矣, 遍休書字皆相誓之語, 雖巡列群而心則常在此,
一日與斯文尹淡叟, 自金海還密陽, 並轡而話, 見長栍則必令卒往審里數之遠近,
策鞭馳駆, 猶恐不速也, 忽見平郊縹紗, 間有樓閣隱映之形, 問諸卒曰此何處,
卒云嶺南樓也, 金不勝雀躍而笑, 斯文占聯云, 野濶橫靑嶂, 樓高倚白雲, 路傍
長表在, 應喜近關門, 留十數日, 主人慮其久滯, 設饑宴於樓上而慰之, 金不得
已而行, 與妓別於郊, 爪入妓手, 嗚咽而已, 至一驛, 夜深不寐, 彷徨庭除, 垂泣
謂郵卒曰, 吾寧死於此, 不得還京, 汝能使我再得邂逅, 則死無所憾, 卒憐而從
之, 金一夜馳數十里, 平明到密陽, 羞赧不得入府, 以銀帶付郵卒, 改着白衣, 步
穿籬落, 有老嫗汲水井上, 金間桐非家安在, 卽待重來兒名也, 老嫗曰, 彼第吾
家是也, 金曰汝知我乎, 嫗注視良久曰, 我知之矣, 子無乃去秩防納叟乎, 解金
囊付嫗曰, 我非防納叟, 乃敬差官也, 試爲我往言之, 嫗曰, 桐非方與本夫朴生
偕臥, 不可往矣, 金曰, 我雖不得見面, 得聞音信足矣, 汝能往道余意, 則當厚報
之, 嫗到家言之, 妓搔首曰, 寃哉何至如是, 朴生曰我非不知辱彼, 彼則先生, 而
我乃儒生, 不可以後進而辱長者, 我謹避之, 遂遁焉, 金入妓家, 官司知之, 潛送
饌米, 留數日, 妓父母惡而黜之, 兩人入竹林間, 相持號哭, 隣里聞其聲者, 爭持
酒而饋之, 欲率妓而行, 只有三馬, 一馬則自騎, 一馬則載寢籠, 一則伴人, 遂奪
伴人馬, 令妓帶弓箭而騎, 伴人隨後步, 靴重不能行, 以繩貫靴, 掛於馬項, 還沒,
金載柩往葬中牟, 將向密陽, 至楡川驛, 作詩云, 香風吹入嶺頭梅, 芳信如至, 遂
與之, 金携至京師, 因拜承旨, 官崇祿厚, 妓生二子, 競爲室婦.

5-25 윤사문의 속임수

사문(斯文) 윤통(尹統)은 익살맞고 농담을 좋아하여 항상 사람을 속

이기를 일삼았다. <그의> 집이 영남(嶺南)에 있어 매양 고을을 돌아
다니다가 한 읍(邑)에 이르러 기생과 함께 방에 앉아 있었는데, 한 아
전이 왕래하면서 여러 번 기생을 쳐다보기를 마지않으므로, 선생은
다른 뜻이 있는 줄 알고 밤중에 자는 척하고 코를 고니, 기생은 <그
가> 깊이 잠든 줄 알고 몸을 빼어 나갔다. 선생이 몰래 그 뒤를 따라
가니 아전이 마침 창밖에 와 있다가 기생의 손을 잡고 가는데, 기생
이, "달빛이 물빛처럼 밝고 방에 사람도 없으니, 우리 춤이나 춥시
다."하고 맞서서 너풀거리며 춤을 추었다. 선생은 다른 아전이 처마
밑에서 누워 자는 것을 보고 옆에 놓인 밀짚모자를 집어쓰고 가서 그
들이 춤추는 옆에서 춤을 추니, 아전이, "두 사람이 즐기는데 너는 도
대체 누구인가."하였다. 선생은, "나는 동쪽 윗방에 있는 손[客]인데
양공(兩公)이 춤추는 것을 보고 부러워서 이처럼 두 분이 즐거움을 도
울 뿐이다,"하니, 아전이 황공하여 사죄하였다.

선생이, "너는 관중(官中)에서 무슨 물건을 관장하는고."하니, 아전
은, "공방(工房)68)으로서 피물(皮物)을 주관하나이다."하였다. 선생이,
"피물이 몇 장이나 있는고."하니 아전은, "사슴 가죽 일곱 장과 여우
가죽 수십 장이 있습니다."하였다. 선생이, "내가 관사(官司)를 만나보
고 피물을 구할 테니, 너는 그 숫자를 숨기지 말고 모두 내놓아라. 그
렇지 아니하면 지금의 이 일을 모두 말하겠다."하니 아전이, "그렇게

---

68) 공방(工房) : 각 고을에는 중앙의 육조(六曹)를 본받아 육방(六房)이 있다. 즉 이방(吏
房)·호방(戶房)·예방(禮房)·병방(兵房)·형방(刑房)·공방(工房)이 있었다. 방(房)이
란 말은 본래는 직소(職所) 또는 직사(職事)를 가리키는 말이나 보통 그 직무를 맡은 아
전을 지칭하는 말로 쓰인다. 공방은 곧 「공방아전」이라는 말이니, 공전(工典)에 관계되
는 사무를 담임한 아전이다.

하겠습니다.”하고 물러갔다.

이튿날 주관(主官)과 더불어 청(廳)에 앉아 말하기를, “신을 만들려해도 사슴 가죽이 없고 갖옷[裘]을 만들려 해도 여우 가죽이 없으니좀 찾아 보시요.”하니 주관이, “그대는 어디에서 들었는고. 있기는 하나 그 수가 적을 것이외다.”하고 아전에게 명하여 내오게 하니, 모두내다 놓기에 선생은 다 가지고 돌아가 버렸다.

또 한 주(州)에 이르러 객사(客舍)에 있었는데, 어떤 기생이 흰 옷을입고 배회하며 왕래하였는데, 얼굴이 자못 예뻤다. 물어보았더니 그어미의 상(喪)을 당한 기생이라 하기에, 선생은 종이 한 권을 얻어 가지고 의롱(衣籠)에다 끼어 창밖에 두고는 창을 닫고 앉았다가, 기생이오는 것을 보고, “주(州), 군(郡)을 순력(巡歷)하여도 좋은 물건이라곤구하지 못하고 겨우 종이 한 궤짝을 구했으나, 말이 약해서 짐이 무거우니 어떻게 가져갔으면 좋을까.”하니, 종이 그 뜻을 넌지시 동료에게 말하기를, “우리 상전(上典)은 기생을 사랑하면 물건을 구하여 반드시 내어 주시는데, 또 이 종이를 누구에게 주려고 하는 것인지 모르겠다.”하였다. 기생은 당장 초상을 치르기는 해야겠는데 종이는 없고,이 말을 듣고 보니 매우 마음이 당겨 밤중에 선생의 방으로 들어갔다.들어온 기생이 오래 머물러 가지 아니하자 선생은 애초에 거짓말로써꾀었으니 사실은 줄 물건이 없으므로, 큰 소리를 질러, “상(喪)을 당한여자가 내 방에 들어왔다.”하니 기생은 부끄러워 도망쳐 버렸다.

선생은 또 아저씨와 함께 서울에 내와하였는데, 아저씨의 말[馬]은검은빛에 이마가 희고 선생의 말은 온통 검은빛이었다. 아저씨는 매일 밤, 선생의 말은 기둥에 매어 두고 자기 말만 먹이므로 선생은 그 까닭을 알고 백지를 검은 말 이마에 붙이고 검은 종이를 이마가 흰말에 붙여두니, 어두운 밤에 그 진위(眞僞)를 분별하지 못하여 아저씨는 반대로 자기 말을 기둥에 매어놓고 선생의 말만 먹여서 아저씨의 말은 비루69)먹고 피어나지 않았다. 그런 뒤에 비로소 속은 줄을 알았다.

<또> 선생은 집이 없음을 걱정하던 끝에, 연화(緣化)70)를 좋아하는 중과 서로 사귀어 친하게 되었는데, 하루는 선생이 <중에게> "내가 절을 한 채 지어 세상에서 지은 악업(惡業)을 씻어 볼까 하오."하니, 중은 흔연히 이 말을 좇아, "그대가 전세(前世)에 보살(菩薩)이었던 까닭으로 이러한 맹세와 소원을 발(發)할 따름이로다."하므로, 선생은, "계림(鷄林)71)에 옛 절터가 있는데, 산에 의지하고 물을 베개 삼아 참으로 경치 좋은 곳이라 절을 지을 만하오."하고 권문(勸文)72)을 써서 주니, 중은 성심껏 물건을 장만하고 선생도 역시 힘을 도와 재목을 갖추어 터를 닦고 집을 세웠다. 그 규모는 절의 제도와 조금 달라서 온돌이 많고 또 문 앞 황무지를 개간하여 채소 심을 밭을 만들었다. 단청(丹靑)을 칠하고 불상(佛像)을 모신 뒤에 중이 경사(慶事)스러운 일을 찬양하기 위하여 법연(法筵)73)을 열어 마침내 낙성하였는데, 선생이, "내 아내가 와서 부처를 참배하려 하오."하니 중이 이를 허락하였다. 선생이 그의 아내와 함께 가족과 종들을 거느리고 절에 와 있다가, 병을 핑계하고 수일을 머무른 후 화물(貨物)을 모두 옮기어 거주하

---

69) 비루 : 개나 말 따위의 털이 빠지는 피부병을 말한다.
70) 연화 : 불사를 경영하여 시연을 구하고 사업을 설계함.
71) 계림 : 지금의 경주를 말함.
72) 권문(勸文) : 권선문(勸善文)과 같다. 권선문은 권선(勸善)하는 글이다. 권선은 절을 짓거나 불사(佛事)를 하기 위하여 선심(善心)있는 사람에게 보시(布施)를 청하는 것이다.
73) 원문은 경찬법연(慶讚法筵)인데 경축하고 찬미하는 뜻으로 거행하는 설법(設法)의 모임.

니, 중의 무리가 들어올 수 없어서 관(官)에 소송했으나 관에서 역시 오래 끌면서 듣지 않자 결국 선생의 집이 되었는데, 집안에 아무런 병도 없이 80세가 되도록 살다가 죽었다.

尹斯文統, 詼諧善話, 常以誑人爲事, 家在嶺南, 每巡州郡, 至一邑, 與妓在房, 有一吏往來屢目妓不止, 先生知其有異志, 夜半假寐而鼾, 妓以爲熟睡, 挺身而出, 先生亦潛隨之, 吏適到窓外, 携妓手而行, 妓曰, 月色如水, 房無一人, 可宜舞也, 對立婆娑, 先生又見一吏臥睡簷下, 遂取所謂蓑笠, 冒頭而往, 舞於其側, 吏曰兩人爲歡, 汝是何人, 先生曰, 我是東上房賓也, 見兩公舞袖, 不勝逮羨, 來助歡耳, 吏惶恐謝罪先生曰汝管官中何物, 吏以工房主皮物耳, 先生曰有皮幾張, 吏曰鹿皮七張, 狐狸皮數十張矣, 先生曰我見官司求皮物, 汝不隱其數而盡出之, 不然則悉陳此事, 吏唯而退, 明日與主官坐廳曰, 欲造靴無鹿皮, 欲造裘無狐狸皮, 願索之, 主官曰君何從得之, 雖有之而數小矣, 命吏出之, 吏盡出陳之, 先生盡取而還, 嘗到一州在客舘, 有妓白衣徘徊往來者, 頗有姿色, 間之則喪厥母也, 先生覓紙一卷, 斜挾衣籠, 置諸窓外, 遂閉窓而坐, 伺見妓到, 乃曰巡歷州郡, 未得往物惟得紙一籠, 馬困擔重, 何而持歸, 奴知其志, 潛謂伴曰, 吾君愛妓, 得物必遺之, 又欲遣此紙於何人, 妓方治喪, 聞其言而甚欲之, 乘夜投入房中, 留不去, 先生初以誑言誘之, 實無所與之物, 遂大叫曰, 喪婦入我房矣, 妓慙而遁, 先生嘗與妓往來京師, 其妓馬黑而白顙, 先生馬純黑, 叔每夜繫縛先生馬於柱, 獨食養其馬, 先生知其故, 遂貼白紙於黑馬顙, 以黑紙貼白顙, 昏夜莫辨眞僞, 叔反縛其馬於柱, 獨養飼先生馬, 叔馬瘦顇不振, 然後始知爲所賣, 先生患無家, 結僧之善緣化者, 相交甚熟, 乃曰, 吾欲創一寺社, 以措惡業, 僧欣然後之曰, 君是前世菩薩, 故發此誓願耳, 先生曰鷄林有古社基, 倚山枕水眞勝界, 可創伽藍, 遂書勸文與之, 僧盡心辨物, 先生亦助力, 遂具村木, 開基建宇, 其規模稍變社寺之制, 多溫房煖突, 又墾門前荒地, 爲種蔬之圃, 丹?既畢, 佛像既施, 僧設慶讚法筵以落之, 先生曰吾家婦欲來拜佛, 僧許之, 先生與其婦, 率其家舂僮僕來駐寺, 稱病留數日, 僧徒貨物而居之, 僧徒不得入, 訟諸官, 官亦淹延不聽, 竟爲先生之家, 家無疾疫, 年八十而終.

5-26 목서방의 거안

대개 연품(宴品)74)의 차림은 처음 거안(擧案)75)할 때가 볼만하다. 그러므로 모든 일에 있어서의 차림을 거안이라 한다. 목생(睦生)이란 사람이 있었는데, <그는> 처음으로 충순위(忠順衛)76)에 들어와서 하루는 그 무리가 모여서 활을 쏘았는데, 그가 늦게 도착하였다. 그는 차림새가 깨끗하고 갖고 있는 활과 살은 모두 정묘(精妙)하므로, 주위 사람들이 모두, "목생은 우리편에 들어라."하며 다투어 마지않았다. <그러다가> 활터에 나아가자 시위를 당기기도 전에 화살이 앞에 떨어지곤 하였다. 종일 쏘아도 <목생의 살이> 과녁에 미치지 못하니 사람들은 모두 실망하여, "목서방거안(睦書房擧案)"이라 하였다. 지금까지도, 허황하고 과장스러워 실속이 없는 사람을, "목서방거안"이라 한다.

大抵宴品鋪張, 可於初擧案時觀之, 故凡事之鋪張者, 謂之擧案, 有睦生者, 初入忠順衛, 一日其徒聚射, 睦生後至, 衣服鮮楚, 所持弓矢皆精妙, 左右皆曰, 睦入吾耦, 爭之不已, 及升場而進, 弓未開矢墜于前, 終日射之不及候, 人皆絶到曰睦書房擧案, 至今淨誇而無實者, 稱之睦書房擧案.

---

74) 연품 : 연회하고 활 쏠 때 쓰는 물건.
75) 거안(擧案) : 공회에 참여하는 관원이 임금이나 상관에게 올리는 명함, 여기서는 밥상을 드는 것을 말한다.
76) 충순위(忠順衛) : 충무위(忠武衛)에 소속된 군대의 한 편제(編制). 왕의 이성시마(異姓시麻)·외육촌이상친(外六寸以上親)·왕비의 시마·외五촌이상친·동반(東班)의 六品이상·서반의 四品이상·일찍이 실직현관(實職顯官)을 지낸 자·문무과출신(文武科出身)·생원(生員)·진사(進士)·유음(有蔭)한 자질손서제(子姪孫서弟) 등이 이에 배속된다.

6-1 수저 보다 사발이 더 좋다

고려 재신(宰臣) 지□배(池□陪)[77]는 돈을 벌기 위한 살림을 하는데, 설날과 한식(寒食)날마다 묘지에 사람을 보내어 지전(紙錢)[78]을 주워 오게 하여, 또 도로 종이를 만들었고, 또 버린 짚신을 주워서 땅에 묻고 동과(冬瓜) 씨를 심었는데 동과가 매우 잘 되어 얻은 이익이 많았다. 또 도문(都門) 밖에서 친구를 전송하는 잔치에 딴 사람들은 모두 주찬(酒饌)을 갖고 와서 늘어놓는데, 지(池)만은 가지고 오지 않고 단지 소매 속에 작은 술잔을 감추어 갖고 와서는, <떠나는 친구에게> 술잔을 올릴 때에 남의 술을 얻어서 드리고, 술상 앞에 엎드려, "나의 음식은 박물(薄物)이라 드릴 수 없습니다."하였다.

또 남의 제삿[齋][79]날에 먹으러 가는데 부조로 쌀 1말을 가지고 가면서 하인은 10명이나 데리고 가 절에서 포식하였다. 돌아올 때에는 언제나 반쯤 와서 하인들에게서 수저[匙] 한 개씩을 거두는데 하인 한 사람이 우물우물하며 내놓지 않아 그 까닭을 물으니, 하인이 사죄하여 말하기를, "쇤네는 수저를 얻지 못하고 바리대[80]를 얻었습니다." 하니, 지(池)는 웃으며, "내가 욕심내던 것은 사발이었다."하였다.

---

77) 원문은 지(池)자와 배(陪)자 사이 한 자 간격쯤 떨어져 있다. 그것은 중간의 한자가 결자로 된 것이 아닌가 싶다.
78) 지전(紙錢) : 종이를 돈 모양으로 끊은 것. 옛날에는 사람을 장사할 때 또는 한식·정조(正朝)같은 명절에는 무덤가에서 지전을 불사르는 풍속이 있었다. 여기에서는 아마 불사르고 남은 종이 조각들을 가리킨 것 같다.
79) 재(齋) : 죽은 사람의 명복(冥福)을 빌기 위하여 거행하는 불사(佛事). 재에 쓴 음식을 나누어 먹는 것을 재(齋)먹는다고 한다.
80) 바리대 : 중의 밥그릇을 말한다.

高麗宰臣池□陪, 經營產業, 每於正朝寒食, 分遣人, 往取墓間紙錢, 還作紙, 又取遺棄草履, 埋地而種冬瓜, 瓜甚美, 獲利無等, 又餞賓友於都門外, 人皆持酒饌而羅列之, 池獨無所持, 惟藏小盂於袖間, 及獻酬之際, 遂以盂受他人酒進之, 退伏饌前曰, 薄物不堪餐矣, 又嘗食人之齋, 持一斗米, 率奴十人, 上寺飽飯而還, 每至半途, 徵奴匙人一箇, 有一奴, 趑趄不敢出, 池問其故, 奴謝罪曰, 奴未得匙惟鉢耳, 池笑曰, 皿正吾所欲者也.

6-2 진짜 범 보다 가짜 범이 더 겁난다

한봉련(韓奉連)은 본래 우인(虞人)[81]인데 활을 잘 쏘아 세조(世祖)의 지우(知遇)[82]를 받았다. 그 궁력(弓力)[83]은 매우 약했으나 맹호(猛虎)를 보면 가까이 걸어가 힘껏 당기어 맞히며 반드시 한 화살로 죽였으며, 평생 동안에 죽인 수를 셀 수 없었다. 일찍이 내정(內庭)에서 나회(儺會)를 하는데 광대들이 호랑이 가죽을 쓰고 앞으로 달리니, 한봉련에게 호랑이를 쏘는 시늉을 하라고 명하였다. 한봉련은 작은 활과 봉시(蓬矢)를 가지고 뛰어 나오다가 발을 잘못 디뎌 계단에서 떨어지면서, 팔이 부러지니 사람들은 모두 진짜 호랑이에게는 용감한데 가짜 호랑이에게 겁을 낸다 하였다. 영순군(永順君)댁의 잔치에 조정의 문사(文士)들이 모두 참석하였는데, 세조의 명으로 한봉련이 선온(宣醞)[84]을 싸 가져가니 좌중이 모두, "너는 천사(賤士)지만 어명으로 왔으니 천사

---

81) 우인(虞人) : 사냥군을 말한다.
82) 지우(知遇) : 남이 자기의 재주를 잘 알아 대접함을 말한다.
83) 궁력 : 활이 세게 나가고 안 나가는 것은 보통의 힘과 반드시 일치한 것이 아니기 때문에 활을 쏘는 때의 힘을 말한다.
84) 선온 : 궁중에서 쓰는 술.

(天使)이다."하면서, 상좌에 앉혔다. 온 방이 홍장취대(紅粧翠黛)[85]하며 하늘을 찌르듯 노래를 불렀으나, 한봉련은 부끄러워 한 마디의 말도 하지 못한 채 고개를 숙이고 있었다. 사람들이 다투어 술을 권하니 나중에는 크게 취해 호상에 걸터앉아 팔을 휘두르며, 눈을 부릅뜨고 호랑이 쏘는 시늉을 하면서 큰 소리로 고함을 치니, 좌우에 있던 사람들이 우스워 넘어지지 않는 사람이 없었다.

> 韓奉連本虞人也, 以善射遇知於, 世祖, 其弓力甚弱, 然見猛虎則必步入, 引滿而中之, 一箭必殪, 平生所獲, 不可勝數, 嘗於內庭儺會, 優人蒙虎皮前走, 命奉連爲射虎之狀, 奉連持小弧蓬失, 騰躍而進, 誤側足墜階而折臂, 人皆曰, 能勇於眞虎, 而劫於假虎也, 永順君第宴, 朝廷文士盡赴之, 世祖命奉連齋宣醞而往, 座中皆曰, 汝雖賤士, 御命而至, 卽天使也, 延之上座, 紅粧翠黛滿四座, 歌吹沸天, 奉連羞澁, 一無所語, 但俯首而已, 人爭勸酒, 乃大醉踞胡床, 攘臂瞋目, 爲射虎狀, 呼呶不已, 左右無不絶倒.

6-5 강인재를 두고 지은 성삼문의 시

강인재(姜仁齋)[86]는 사람됨이 비대하여 돼지고기를 좋아하고 의복을 화려하게 입으며, 성품은 유약하여 월과(月課)[87]의 시문을 짓지 아니하니, 성근보(成謹甫)가 시를 지어 희롱하기를, "돼지고기는 성성이[猩][88]

---

85) 홍장취대(紅粧翠黛) : 어여쁜 계집을 말함. 취대는 눈썹 그릴 때 쓰는 푸른 빛깔의 먹을 말한다.
86) 강인재 : 강희안. 자는 경우, 호는 仁齋. 세종 신유년에 문과에 급제하여 벼슬이 집현전 직제학에 이르렀다.
87) 월과 : 다달이 보는 시험을 말함.

가 술을 좋아하듯이 하고, 월과(月課)[89]는 여우가 화살을 피하듯 하도다. 거완(去頑)은 공연히 옷만 화려하게 하고, 경항(景恒)은 헛되이 밥만 배불리 먹는구나."하였으니, 이 내용은 선비 박거완(朴去頑)은 집안이 넉넉하여 옷을 화려하게 입고, 중 경항(景恒)은 밥을 많이 먹어서 두 사람의 비대함이 강(姜)과 더불어 서로 같음을 말한 것이다.

> 姜仁齋爲人肥澤, 好食猪肉, 美衣服, 性懦不製月課詩文, 成謹甫作詩戲之曰,
> 猪肉猩嗜酒, 月課狐避箭, 去頑空媚衣, 景恒徒飽飯, 士人朴去頑家富好媚衣服,
> 僧景恒多喫飯, 二人肥澤, 與姜相似者也.

6-6 홍경손의 발원시

동지(同知) 홍경손(洪敬孫)이 젊었을 때 성균관에서 발원시(發願詩)를 짓기를, "이석형(李石亨)의 서(書)[90]와 조계(曹棨)의 활쏘기, 이인견(李仁堅)의 젊음과 신숙주(申叔舟)의 눈, 이문형(李文炯)의 얼굴, 손차면(孫次綿)의 음(陰)[91]을 한 몸에 지니고, 등과 하기를 항상 정인지(鄭麟趾)[92]와 같게 하리라."하고, 미처 아래 구절을 잊지 못하니 중추(中樞) 이계전(李季甸)이 이때 옆에 있다가 말하기를, "내 이름으로 협운(協韻)하면 그대가 이을 수 있으리라."하여, 홍(洪)이 드디어 아랫글귀를 이어 말

---

88) 성(猩) : 성성이는 상상상의 동물인데 머리가 길고 붉으며 소리가 어린애의 우는 것과 같으며 술을 좋아한다 함.
89) 월과(月課) : 다달이 보는 시험을 말하는데, 달마다 과정례(課定例)로 한다.
90) 서(書) : 글씨를 말함.
91) 음(陰) : 음기를 말함.
92) 정린지(鄭獜趾) : 정린지(鄭麟趾)의 麟을 일부러 獜으로 한 것이다.

하기를, "식상병(食傷病)은 이계전과 같이 할 것이다." 하니, 모두 포복절도하였다. 이 시의 뜻은 대개, 이석형은 글씨를 잘 쓰고, 조계는 활을 잘 쏘며, 이인견은 연소하고, 이문형은 얼굴이 아름다우며, 신숙주는 눈이 아름답고, 손차면은 성욕(性慾)이 강하고, 정인지는 두 번 장원급제하였으며, 이계전은 식상병이 있음을 말한 것이다.

洪同知敬孫少時在泮宮, 作發願時活, 亨書梁射少仁堅, 舟目炯顔鳥次綿, 登科每似鄭鱗趾, 未續下句, 李中樞季專時在側曰, 吾名協韻, 君可續之, 洪遂續云, 傷食毋如李季專, 左右絶倒, 詩意盖謂李石亨善書, 曹梁善射, 李仁堅年少, 李文炯美容, 申高靈美目, 孫次綿陰强, 鄭河東再爲壯元及第, 而李中樞有食傷病也.

6-7 김윤량을 두고 지은 김복창의 시

유생 김윤량(金允良)이란 사람은 성품이 저어(齟齬)[93]하고 용모가 보기 싫으며, 의복이 거칠고 헤어져서 밤낮으로 다만 성균관의 밥만 바랄 뿐이니, 김복창(金福昌)이 찬(贊)을 지어 희롱하기를, "식모가 항상 머리를 흔들며 밥을 덜고 좌우를 돌보며 딴 이야기를 하도다. 일강(日講). 월강(月講)[94]에는 조(粗)와 불(不)[95]이 서로 연속하니, 복숭아나무 가지 위에 뛰고 의(疑), 의(義), 시(詩), 부(賦)는 경차(更次)[96]를 면치 못

---

93) 저어(齟齬) : 의견이 맞지 아니하여 뜻대로 되지 않음을 말한다.
94) 일강, 월강(日講, 月講) : 일강은 성균관의 유생들에게 날마다 경서(經書)를 강하게 하는 것, 강은 책을 보지 않고 외우게 하고 뜻을 강론하는 것, 월강은 달마다 있는 강경.
95) 조·불(粗·不) : 책을 강(講)할 때의 성적은 통(通)·약(略)·조·불(不)의 네가지로 구분되는데 조와 불은 최하의 성적이다.

하니 괴정(槐庭)[97] 밑에서 분주하도다." 윤량(允良)은 약간 점을 칠 줄
알아서 복창(福昌)의 명을 점치기를, "반드시 일찍 죽으리라."하니, 복
창이 크게 노하여 불붙은 숯을 입 속에다 집어넣고 가버렸다.

有儒生金允良者, 稟性齟齬, 容貌寢陋, 衣服襤褸, 朝夕專仰泮宮之食, 金福
昌作贊曰, 食母進止, 每搖頭而除飯, 顧左右而言也, 日講月講, 粗不相連, 跳躍
於桃枝之上, 疑義時賦, 更次未免, 奔走於槐庭之下, 允良稍知卜筮, 推占福昌
之命曰, 必大死, 福昌大怒, 以熾炭納諸口中而去.

6-8 처녀의 총각선택

옛날에 한 처녀가 있었는데 중매하는 사람이 많았다. 혹은 문장에
능하다 하고, 혹은 활쏘기와 말달리기를 잘 한다 하고 혹은 못 가에
좋은 밭 수십 이랑이 있다 하고, 혹은 양기가 장성하여 돌든 주머니
를 <거기에> 매달고 휘두르면 머리를 넘긴다 하였다. 처녀가 시를
지어 그 뜻을 보이며 말하기를, "문장이 활발함은 노고가 많고 활쏘
기와 말달리는 재능은 싸워서 죽을 것이요, 못(池) 밑에 밭이 있는 것
은 물로 손해를 볼 것이니, 돌 든 주머니를 <휘둘러> 머리 위로 넘
기는 것이 내 마음에 들도다."하였다.

---

96) 경차 : 시험을 다시 보는 것.
97) 괴정(槐庭) : 「진중세시기(秦中歲時記)」에 「槐花落擧子忙」이라는 말이 있는데 괴화(槐
花)가 될 때면 과거보는 사람도 바빠진다는 것. 과거의 시기가 가깝기 때문이다. 여기
에서는 경차(更次) 때문에 바쁘다는 뜻으로 쓰고 있다.

昔有處女居室者, 人之媒者衆, 或云能文章, 或云能射御, 或云有池下良田數
十頃, 或云陽道壯盛, 能掛石囊而揮之踰首, 女作詩於以示其意曰, 文章潤發多
勞苦, 射御材能戰死亡, 池下有田逢水損, 石囊踰首我心當.

6-10 남편 속인 아내

어떤 경사(經師)의 아내가 그의 남편이 외출한 사이에 이웃 사람을
방에 맞아들여, 바야흐로 서로 흥을 즐기는 찰나에 그 남편이 마침내
돌아왔다. 아내가 어찌 할 계책이 없어 두 손으로 치마를 쥐고 남편
의 눈을 가리며 앞으로 나가 말하기를, "어디에서 오시는 경사이십니
까."하니, 남편은 아내가 자기에게 농하는 줄로만 알고 또한 말하기
를, "북택재신(北宅宰臣)의 장사를 치르고 오는 길이다."하였다. 아내는
다시 치마로 남편의 머리를 싸안고 눕게 되어 이웃 사람은 마침내 도
망갔다.

有一經師妻, 値其夫出, 邀鄰人入室, 方與講歡之際, 其夫適至, 妻計無所出,
兩手持裳遮夫眼, 踊躍而前曰, 從何處來經師乎, 夫意謂妻之弄己, 亦踊躍而進
曰, 從北宅宰臣送葬而來, 妻以裳裹其夫頭而臥, 隣人遂遁去.

6-11 불상이나 신주나

낙산사(洛山寺) 중 해초(海超)가 우리 문중에 출입한 지가 오래 되었

는데, 하루는 부처에게 공양할 것을 요구하니, 유본(有本)이 방에 있다가 말하기를, "높은 집에다 단청을 칠하고 나무에다 진흙을 칠하여 부처를 만들어, 밤낮으로 정성을 다하여 공궤하여서 무슨 이익이 있는고."하니, 중이 즉석에서 대답하기를, "높은 집에 단청을 칠하고 밤나무를 깎아 신주를 만들고, 사철의 중월(仲月)에 정성을 다하여 공궤한들 무슨 이익이 있는고."하여, 유본은 대답하지 못하였다.

洛山寺僧海超, 出入吾門己久, 一日來求供佛之具, 有本在房曰, 高架棟宇, 塗以丹?, 塑泥木爲傷, 晝夜虔誠而飼之, 有何利益僧卽應聲答曰, 高架棟宇, 塗以丹?, 斲栗木爲主, 四仲之月, 虔誠而飼之, 有何利益, 有本不能對.

6-12 안초와 푸른 귤

참판(參判) 안초(安超)가 일찍이 전라도 관찰사가 되어 나주에 이르러 순찰사 김상국(金相國)과 서로 만났는데, 그때 제주목사가 푸른 귤한 상자를 보내왔다. 안공은 그 빛이 푸르고 껍질이 쭈글쭈글한 것을 보고 쓰고 못할 물건이라 생각하여, 그 자리에서, "목사는 어찌하여 먼 길에 수고롭게 익지 않은 작은 감을 보냈는고."하고, 기생들에게 나누어주었더니, 한 기생은 순찰사 방에 가지고 갔다. 순찰사가, "어디서 얻었느냐,"하자, 기생은 사실대로 고하니, 순찰사는 나누어주지 않은 나머지를 찾아 가지고 안공 앞에서 먹으며 말하기를, "감사께서는 싫어서 버렸으나 나는 이 물건을 아주 좋아합니다."하였다. 이때 안공도 한 개를 달라 하여 맛보고 비로소 그 맛을 알았다.

> 安崟判超, 嘗爲全羅道觀察使, 行至羅州, 與巡察使金相國相會, 濟州牧使送
> 靑橘一籠, 安公見其色靑而皮, 以爲不用之物, 乃曰, 牧使何勞遠路送未熟小柑
> 乎, 分給堂妓, 一妓持歸巡察使房, 巡察使問從何得, 妓以實告之, 巡察使索取
> 餘未分者, 對安公而食之曰, 監司雖厭棄之, 我則偏好此物, 於是安公取嘗一箇,
> 始知其味.

* 수원 기생의 정론

수원 기생이 손님을 거절하였다는 죄로 볼기를 맞고, 여러 사람들
에게 말하기를, "오우동(於宇洞)은 음란한 것을 좋아하여 죄를 얻었고,
나는 음행을 하지 않음으로써 죄를 얻었으니, 조정의 법이 어찌 이처
럼 같지 아니한가, 하니, 듣는 사람들이 모두 옳은 말이라 하였다.

> 水原妓以拒客被箠者, 謂諸輩曰, 於宇同以喜뇨而獲罪 我則以不뇨而獲罪,
> 朝廷之法, 何如是不同乎, 聞者以爲確論.

6-17 나옹 스님

나옹(懶翁)[98]이 회암사(檜岩寺)에 살았는데, 남녀가 물결처럼 모여들
므로 어떤 유생 세 사람이 서로 말하기를, "저 머리 깎은 것이 무슨
요술이 있어서 사람을 이와 같이 놀랍게 하는고. 우리가 가서 보고
이를 눌러버리리라." 하고 마침내 방장(方丈)[99]에 갔더니 옹은 평상에

---

98) 나옹(懶翁) : 이름은 혜근, 속성(俗姓)은 아씨(牙氏)이고 호는 나옹이며 비석이 양주 창
암사에 있다. 고려 말의 중이다.

걸터앉았는데, 용모가 웅위하고 눈빛이 밝아서 바라보니 엄연하였다. 이런 찰나에 별안간 큰 소리로 외치면서, "세 사람이 같이 왔으니 반드시 그중에는 슬기로운 사람이 하나는 있을 것인데, 지혜로써 이르지 못하는 곳의 한 귀를 가지고 오너라."[智不到處 道將一句來]하므로 세 사람은 혼이 나서 정례(頂禮)하고 돌아갔다.

懶翁住檜嚴寺, 士女奔波, 有儒生三人相謂曰, 彼髡有何幻術, 而使人驚駭如此, 吾輩往見壓之, 遂到方丈, 翁踞榻而坐, 容貌雄偉, 眼波明瑩, 望之儼然, 忽大聲唱云, 三人同行, 必有一智, 智不到處, 道將一句來, 三人魄遁頂禮而還.

6-21 세칭(世稱) 닭 중의 기행

어떤 중이 있었는데 몸이 작고 한쪽 발을 좀 절었다. 항상 장안에 살면서 날마다 성중을 두루 돌아다니며, 주문(朱門)[100]·귀댁(貴宅)을 찾아다니지 않는 곳이 없었다. 항상 손뼉을 쳐서 닭의 날개 치는 시늉을 하며 입을 움추리고 소리를 내어 혹 수닭이 우는소리를 하고, 혹 두 닭이 서로 싸우는 소리를 하며, 혹은 닭이 알을 낳는 소리를 하여 그 흉내 내는 소리와 모양이 그럴듯하지 않은 것이 없었다. 혹 촌닭이 응하여 우는 것이 있으면 또 노래를 지어 몸을 흔들며 부르짖기를, "이 인생에게는 한 간 초가라도 마음에 즐겁고 이 인생에게는 옷이 해어져 백 번 기워 입어도 또한 싫지 않도다. 염라대왕(閻羅大

---

99) 방장 : 높은 자리에 있는 중이 있는 절.
100) 주문(朱門) : 부잣집을 말함.

王)[101]의 사자(使者)가 잡으러오면 아무리 세상에 살고자 한들 어찌 할 수 없으리라." 하고 또 다르기를, "관음제석(觀音帝釋)[102]이여, 제석관음(帝釋觀音)이여, 이 몸이 만약 죽으면 완전히 지옥에 떨어지리라." 하니 그 노래가 이와 닮은 것이 많았다. 곡조가 농가(農歌)와 비슷하여 수많은 어린이들이 떼를 지어 따라 다니니 중이 항상 말하기를, "내 하인배가 많은 것은 삼공(三公)이라 할지라도 미치지 못하리라."하였다. 하루의 소득이 곡식 한 섬에 이르러 이것을 의식으로 삼으니, 그 때의 사람들이 닭 중[鷄僧]이라 하였다.

時僧容體矮小, 一足微蹇, 每居長安, 日日周遍城中, 朱門貴宅, 無不歷到, 常拍手作鷄鼓翼狀, 蹙口作聲, 或雄鷄長嘷, 或兩鷄相鬪, 或雌鷄遺卵, 千聲萬態, 無不吻合, 或有村鷄應鳴者, 又作歌搖身而唱曰, 此生此生, 一間第屋心可樂, 此生此生, 懸鶉百結亦不惡, 閻羅使者若來迓, 雖欲住世那可得, 又曰, 觀音帝釋, 帝釋觀音, 此身若淪化, 全墮地獄間, 其歌多類此, 曲節似農歌, 兒曹隨行, 千百爲羣, 僧常曰, 吾丘率之多, 雖三公不能及也, 一日所得, 多至擔石, 以是衣食之, 時人號曰鷄僧.

6-22 중 신수의 초혼

신수(信修)라고 하는 중은 파주 나의 향리에서 생장하여 낙수(洛水)[103]의 남쪽에 초가를 짓고 살았다. 성품이 방탕하고 익살맞아서 말

---

101) 염라대왕(閻羅大王) : 염라국(閻羅國 저승)의 임금을 말한다.
102) 관음제석(觀音帝釋) : 제석(釋天)은 제석천(帝釋天)의 준말. 관세음보살(觀世音菩薩)이 중생(衆生)을 제도(濟度)하기 위한 변신한 삼십삼(三十三)체(體)의 하나이다.

만 하면 포복절도(抱腹絶倒)하지 않는 사람이 없었다. 또 재물을 아끼고 물건을 사랑함이 없어서 가산(家産) 전지(田地)를 모두 여러 조카들에게 나누어주고 보습과 호미로 밭 갈지 아니하고도 여름에 항상 흰밥을 먹었다. 중이 늙어서 얼굴이 탈바가지(假面)같았는데, 머리를 흔들고 눈을 굴리며 16나한(羅漢)104)의 형상을 하되, 하나하나가 모두 다르고, 또 사람의 행동거지를 보면 문득 그 모양을 시늉하며, 비록 달관(達官)105)으로 본래 알지 못하는 사람이라도 한번 보면 구면인 것같이 하여 이름을 불러 서로 너, 나 하였다. 절 앞에 사는 늙은이에게 젊은 아내가 있어 중이 그 여자와 상통하였다. 늙은이가 집안이 어려워서 중의 덕을 입고자하여 아내를 거느리고 절 안에 와서 붙여 살았으며, 중도 또한 늙은이를 사랑하여 의식(衣食)을 많이 주었다. 세 사람이 한 이불을 덮고 함께 자되 서로 시기하지 아니하여 사내 아니 하나와 계집애 하나를 낳았는데 중은, "노인의 자식이다."하고 노인은 또한 "화상(和尙)106)의 자식이다."하였다. 중이 절에 있으면 노인은 산에 가서 나무하고 밭에서 소채를 가꾸었으며, 중이 만약 길을 떠나면 노인이 짐을 지고 그의 종이 되고 하였다. 절에서 산지 몇 해 만에 아내가 죽었는데, 오히려 중을 따라 살았으니 그 의(誼)가 형제와 같았다. 노인이 죽으니 중이 업고 가서 장사를 지내 주었다.

중이 술 마시기를 좋아하여 천종백합(千鍾百盒)107)을 고래가 물마시

103) 낙수(洛水) : 경기도(京畿道) 낙하도(洛河渡). 임진강 하류.
104) 십육나한(十六羅漢) : 길이 세간(世間)에 있으면서 교법(教法)을 수호하려고 서원(誓願)한 열 여섯 불제자.
105) 달관(達官) : 높은 벼슬아치를 말함.
106) 화상(和尙) : 덕이 높은 스님을 가리키는 말.
107) 천종백합(千鍾百盒) : 주량이 많음을 말함.

듯 하니, 사람들이 혹 속여서 다른 물건을 갖다 주어 쇠오줌이나 흙
탕물 같은 것을 갖다 주기까지 하여도 한 번에 쾌히 마시고 나선,
"이 술은 아주 쓰다."하였다. 또 밥을 잘 먹어 마른밥이나 단단한 떡
이라도 조금도 사양하지 않고 잠깐 동안에 먹어 버리었다. 여러 사람
이 모인 가운데서도 공공연히 어육(魚肉)을 먹었으므로 사람들이 보고
비웃으면, '이것은 토(土)[108]이니 내가 죽인 것이 아닌 바에야 먹어도
무슨 상관이 있겠느냐."하였다. 경인 연간에 내가 파주에 있을 때 중
이 항상 왕래하였는데, 나이가 70을 넘었으되 기운은 오히려 정정하
였다. 혹 어떤 사람이, "무슨 까닭으로 아내를 대하고 고기를 먹느
냐."라고 물으면 중은 말하기를, "이 세상 사람은 망령되이 사념을 일
으켜서 이욕(利慾)으로 서로 싸우며, 혹은 마음속에 포악함을 감추고
혹은 번뇌[109]에서 벗어나지 못하니, 저 명출가자(名出家者) 또한 모두
이와 같아, 고기의 향기로운 냄새를 맡고서도 강하여 침흘리며 참으
며, 아름다운 여인을 보고도 음란한 마음을 힘써 바로 잡으나 나는
이와 달라 맛있는 물건이 있으면 곧 먹고 색(色)을 보면 곧 취하여 물
이 패연(沛然)[110]하듯이 하며, 흙이 구덩이를 메우듯이 하여 물건과 더
불어 마음이 없고 적은 사(私)도 모두 없었으니, 내가 내세(來世)에 여
래(如來)가 되지 못하면 반드시 나한(羅漢)이 될 것이다. 세상 사람들이
제 재물을 아껴서 축적하기를 힘쓰며, 이 몸이 한번 죽으면 곧 다른

---

108) 여기서는 오자(誤字)인 듯 하다.
109) 번뇌(煩惱) : 나라고 생각하는 사정에서 일어나는 나쁜 경향의 마음작용, 곧 눈앞의
　　고와 낙에 미(迷)하여 탐욕(貪慾)·진심(瞋心)·우치(愚痴) 등에 의하여 마음에 동요
　　를 일으켜 몸과 마음을 뇌란하게 하는 정신작용.
110) 패연(沛然) : 비오는 것이 억수로 센 것을 말한다.

사람의 것이 될 것이니, 생전에 음식 먹고 향락(享樂)함만 같지 못하다. 대개 남의 자식이 되어 그 아비를 섬김에 있어서 모름지기 큰 떡을 만들고, 맑은 꿀 한 되와 빚은 술과, 썬 고기로 아침저녁으로 공궤(供饋)할지니, 죽은 뒤에 마른 물건과 마른 과일, 남은 술잔과 차가워진 불고기를 관 앞에 놓고, 울며 제사지낸들 죽은 사람이 이를 먹겠느냐, 자네는 미처 이렇게 어버이를 섬기지 못했을지라도, 자네 자식에게는 이와 같이 하여 자네를 섬기도록 함이 좋을 것이다.”하였다. 때로 밥을 앞에다 놓고 방울을 흔들어 경(經)을 외면서 스스로 혼을 부르기111)를, “신수(信修) 신수여, 죽어서 정토(淨土)112)에 태어나거라. 살아서는 비록 광패(狂悖) 했으나 죽어선 마땅히 진실하여라.”하고, 곧 소리 내어 크게 울었는데 그 소리가 매우 처량하였다. 그 후 손뼉을 치면 크게 웃고는 바랑을 메고 사라져 버렸으며, 일찍이 주인에게 간다고 한 적이 없었다.

有僧信修者, 生長坡州吾鄕曲, 結草廬于洛水南, 性放蕩詼諧, 口出一言, 人無不絶倒, 又無吝財愛物之色, 盡以家産田地分給諸侄, 未嘗犂鉏畊種, 而夏月常食白飯, 僧又年老, 顔如假面, 搖頭轉目, 作十六羅漢像, 一一異狀, 又見人擧止, 輒效其形, 雖達官素不相識者, 一見如舊, 呼名相爾汝, 寺傍老翁有年少妻, 僧與之相通, 翁家貧欲賴僧庇, 率妻來寓寺中, 僧亦愛翁, 多給衣食, 三人同被共宿, 不相忌妬, 生一子一女, 僧曰翁之子, 僧亦曰和尙子, 僧在寺則翁刈薪理

---

111) 원문은 창혼(唱魂)인데 초혼(招魂)과 같다. 사람이 죽은 뒤, 그 사람이 살았을 때에 입던 옷을 휘두르며 그 사람의 이름을 부르며 「복(復)」하고 세 번 부르는 행사. 나간 魂이 도로 돌아오라는 뜻이라고 한다.
112) 정토(淨土) : 부처가 사는 청정(淸淨)한 국토. 극락정토(極樂淨土)라고도 한다. 혹은 번뇌의 속박을 벗어난 아주 깨끗한 곳을 말한다.

蔬, 僧若行則翁負物爲僕, 居數年妻使, 猶隨僧居, 義若昆弟, 翁使僧負而葬之,
僧善飲酒, 千鍾百榼如鯨吸川, 人或詑饋他物, 至如牛渨泥水, 一飮快倒曰, 此
酒甚苦, 又善食, 雖乾飯硬餠, 略無所辭, 頃刻食盡, 乃於衆會中, 公然大嚼魚肉,
人有笑之者, 咨曰此是土也, 非我所殺, 食亦何妨, 庚寅年間, 余以喪居坡州, 僧
常往來, 年過七十, 氣猶矍鑠, 或問何故對妻唉肉, 僧曰, 今世之人, 妄起私念,
利慾相攘, 或心藏暴惡, 或未脫煩惱, 彼名出家者, 亦皆如是, 聞肉薰臭, 强取饞
涎, 見人艶美, 强操丕心, 我則異於是, 聞馨卽澂, 見色卽取, 如水沛然, 如土委
塹, 與物無心, 毫私盡減, 我於來世, 若不成如來, 必證羅漢矣, 世人各惜財物,
猶務畜儲, 此身一化, 卽付他人, 不若生前好飲食行樂耳, 凡爲人子, 事厥老, 須
作大餠, 淸蜜一升, 漉酒切肉. 朝夕饋之, 死後以乾物乾果殘盃人冷炙, 泣奠?前,
其有食者乎, 汝雖未及以此事親, 庶令汝子以此事汝可也, 有時奠食於前, 振嶺
誦經, 自唱魂曰, 信修信修, 往生淨土, 生雖狂悖, 死當眞實, 卽出聲大哭, 聲甚
悽壯, 仍復拍手大笑, 掛布囊遁去, 不曾告主人別.

6-24 순평공과 종학

세종이 종학(宗學)[113]을 신설하여 종족(宗族)을 모아 글읽게 하였는
데, 순평군(順平君)은 40세가 넘었으되 한 자도 알지 못하였다. 처음으
로 효경(孝經)을 읽을 때 학관이, '개종명의장 제일(開宗明義章第一)[114]'
이란 일곱 자를 가르쳤으나, 순평군은 도무지 읽지 못하고, "내가 지
금 늙고 둔하니 다만 '개종(開宗)' 두자만 받으면 족하다." 하고 드디
어 말 위에서도 읽기를 그치지 않았으며 또 종에게 말하기를, "너희
들도 또한 '개종(開宗) 두 자를 잊지 않고 있다가 내가 군색할 때 가르

---

113) 종학 : 임금의 일가를 위하여 설립한 학교.
114) 개종명의장 제일 : 효경이란 책의 제 일장의 장 이름.

처 다오."하였다. 죽을 때 처자를 모아 놓고 유언[呼訣]하기를, "사생(死生)이 지대하니 어찌 관심하지 않으리요마는, 다만 영구히 종학을 이별하는 것이 대단히 통쾌하다."하였다.

世宗新設宗學聚宗族讀書, 順平君年過四十, 不識一字, 始讀孝經, 而學官教開宗明義章第一七字, 君尙不能讀, 乃曰僕今老鈍, 只受開宗二字足矣, 遂於馬上讀之不輟, 又謂僕從曰, 汝亦不忘開宗以備吾窘, 臨死聚妻子呼訣曰, 死生至大, 豈不關心, 但永離宗學, 是大快也.

6-25 박생(朴生)의 호색(好色)과 낭패(狼狽)

우리 이웃에 박가 성을 가진 유생이 유가(柳家)의 사위가 되어 우거하였는데, 항상 두 종년을 사랑하였으나 사람들은 이것을 알지 못하였다. 어느 날 한밤중에 종년의 방에 들어가는 것을, 집안에 있는 어린 마부가 보고 담을 뚫고 들어와 재물을 훔치는 도둑이라 의심하여, "도둑이 아무 방에 들었다."하고 일러 바쳤다. 장인이 크게 노하여 나오니 사방의 이웃이를 보고 다투어 활과 몽둥이를 가지고 잠깐 사이에 구름과 같이 모아들었다. 사위가 문을 밀어 보니 바깥으로 자물쇠를 채워 놓았고, 발로 벽을 박찼으나 단단하여 깨뜨릴 수가 없어, 나가려 했으나 나갈 수 없고 손발이 모두 상하고 땀이 온 몸에 흘렀다. 창 틈으로 내다보니 불빛 속에 본래부터 아는 이웃 사람이 서있으므로, 사위는 몰래 불러서 구해 줄 것을 애걸하였으나 시끄러워서 듣지 못하다가. 문득 그 소리를 듣고 그가 사위임을 알고 말하기를,

"도둑은 큰 도둑이 아니니 잡을 필요가 없다."하여, 이때 장인도 웃으
며 들어가고 이웃 사람들도 또한 흩어졌다. 사위는 매우 부끄러워하
여 몇 달 동안 문밖으로 나오지 못하였다.

吾隣有朴姓儒, 爲柳家婿郎而寓居焉, 常愛二婢, 二人不知, 乘夜投入婢房,
家中小廝見之, 疑是穿窬之盜, 報曰賊入某房矣, 翁大怒而出, 四隣見之, 爭持
弓杖, 須臾雲集郎來推門戶, 則外面下鎖, 以足叩壁, 則牢不可破, 欲出不得, 手
足盡傷, 流汗被體, 因窓隙見, 火光中有鄰人素所知者立外, 郎潛呼哀救, 衆口
不得聞, 俄辨其聲, 知其爲郎, 乃曰, 賊非大盜, 不必捉?, 於是翁笑而入, 隣里亦
散, 郎大慙, 數月不出門閾.

6-26 두 정생(鄭生)의 호색(好色)과 낭패(狼狽)

선비 정 모(鄭某)가 상배(喪配)를 한 뒤, 남원에 부잣집 과부가 산다
는 말을 듣고 배우자[後配]로 삼으려고 날을 가려 정혼하고, 정(鄭)이
먼저 군청에 이르러 예물을 갖추었는데, 과부가 계집종을 보내어 그
행동거지를 보게 하였더니, 계집종이 돌아와 보고하기를, "수염이 많
은데다가 털모자를 썼으니 늙은 병자임에 틀림없습니다."하므로, 과
부가 말하기를, "내가 나이 젊은 장부(丈夫)를 얻어서 만경(晩境)을 즐
기고자 하였는데, 어찌 이런 늙은 것을 얻으리요."하였다. 군청 관리
들은 휘황하게 촛불을 켜들고 둘러싸고 과부 집으로 갔으나, 과부는
문을 닫고 들어오지 못하게 하여, 정은 들어가지 못하고 할 수 없이
되돌아갔다.

악관(樂官) 정 모가 만년에 또한 상배를 한 뒤, 부잣집 여자를 첩으로 삼고자 하여 어느 날 부잣집에 가니, 그림 병풍을 치고 만당(滿堂)에 붉은 털요를 깔고 당중에다 비단 요를 펴놓았거늘, 정이 자리에 나아가 스스로 계략을 잘했다고 생각하였더니, 여자가 들여다보고 말하기를, "70살이 아니면 60살은 넘었으리라."하고, 탄식하면서 좋지 않은 기색이었다. 밤중에 여자의 방에 뛰어 들어가니 여자가 정을 꾸짖기를, "어느 곳에 사는 늙은이가 내 방에 들어오는가. 용모가 복이 없을 뿐 아니라 말 소기까지도 복이 없구나."하고 밤중에 창문을 열고 나가버리니 간 곳을 알지 못하였다.

그 뒤 어떤 유생이 희롱하여 시를 짓기를, "어지럽게 욕탁(浴啄)[115] 하여 얼마나 기쁘게 날뛰었던고. 두 정(鄭)의 풍류가 일반이로다. 호연(好緣)을 맺으려다가 도리어 악연(惡緣)을 만들었으니, 일찍이 이럴 줄 알았더라면 홀아비보다 못하리라."하였다.

有士人鄭某喪耦, 聞南原有富家寡婦, 欲以爲後配, 擇日定媒鄭先到府備禮物, 寡婦送女僕覘其擧止, 女僕還報曰, 鬚髥長鬱, 且被毛帽, 眞老病者也, 寡婦曰, 余欲得年少壯夫以娛暮境, 奚用此老物爲, 府之官吏, 多張炬燭, 圍擁而往, 則寡婦閉門不納, 鄭不得入而還, 又有樂官鄭某, 晚年亦喪耦, 媒富家女爲妾, 其日往富家, 則張畫屛, 漢堂舖紫毯, 堂中施錦褥, 鄭就坐自以爲得計, 女窺而見之曰, 非七十過六十也, 悽惋有不豫之色, 乘夜驅迫而入, 女叱鄭曰, 何處老物, 來入我室, 非徒容?無福, 語聲亦無福, 夜半排窓而出, 不知所之, 有儒生戲作詩曰, 粉粉浴啄幾??, 二鄭風流是人般, 欲作好緣還作惡, 早知如此不如鰥.

115) 욕탁(浴啄) : 정교하는 것을 말함.

6-27 최세원 형제의 골계

사문(斯文) 최세원(崔勢遠)은 익살맞고 말주변이 좋았다. 항상 매 한 마리를 길렀는데, 꿩은 잘 잡지 않고 아침저녁으로 닭을 잡아먹으니, 매가 배불리 먹고는 구름 속으로 날아가 버렸다. 최세원이 불러 보았으나 돌아오지 않으므로, 이웃 사람들에게 소리를 질러 말하기를, "이 것 좀 보소. 이것 좀 보소. 닭 도둑이 달아납니다."하였다.

그의 동생 최윤(崔崙)도 또한 말을 잘 하였는데, 소갈질(消渴疾)[116]에 걸려 오미자탕(五味子湯)을 즐겨 마시었다. 이로 말미암아 이가 모두 빠졌으나 정신은 쇠하지 아니하여 만년에 한 고을을 맡고자 하므로, 이웃 친구가 말하기를, "이가 없어 어찌 하겠느냐."하니 최윤은 말하기를. "나에게 송주자(松榛子)[117]를 입으로 깨라 하면 이것은 못하겠지만, 조정(朝廷)이 이[齒]로써 군(郡)을 다스리는가?"하여, 사람들이 모두 포복절도하였다.

崔斯文勢遠, 詼諧俊辯, 常畜一鷹, 不善捕稚, 晨夕殺雞飼之, 鷹因飽?, 飛入雲霄, 勢遠呼之不得, 叫隣入曰, 見之見之, 雞賊去矣, 其弟?亦善談, 常得消渴疾, 好飲五味子湯, 因此齒牙盡落, 而精神不衰, 晚年欲得一郡, 隣友曰無齒如何, ?曰使我破松榛子則不能, 朝廷以齒治郡乎, 人皆絶倒.

---

116) 소갈질 : 당뇨병을 말함.
117) 송주자 : 개암을 말함.

6-29 서거정의 해학

화사(畫史)[118] 홍천기(洪天起)는 여자인데 그 얼굴이 한 때의 절색이었다. 마침 일을 저질러 헌부(憲府)에 나아가 추국(推鞫)[119]을 받을 때, 서달성(徐達城)이 젊었을 적에 여러 연소한 패들과 같이 활을 쏘고 술을 마시다가 또한 잡혀 와 있었다. 서달성은 홍녀(洪女)의 옆에 앉아서 빤히 쳐다보고 잠시도 눈을 돌리지 않으니, 이때 상공(相公) 남지(南智)[120]가 대헌(大憲)이었는데, 보다 못해 말하기를, "유생이 무슨 죄가 있느냐. 속히 놓아주어라."하였다. 서달성은 나와서 친구들에게 말하기를, "어찌 공사(公事)가 이처럼 빠르냐. 공사는 마땅히 범인의 말을 묻고 또 고사(考辭)[121]를 받아서, 곡직(曲直)을 분별한 뒤에 천천히 할 것이거늘, 어찌 이렇게 급하게 하는가."하였다. 이것은 다 홍녀의 옆에 오래 있지 못한 것을 한(恨)하여 한 말이므로, 친구들이 듣고 모두 웃어 마지않았다.

畫史洪天起女子, 顏色一時無雙, 適以事詣憲府推鞫, 徐達城少時隨輩少射的聚飲, 亦被拿去, 達城坐洪女傍, 屬目不暫轉, 時南相公智爲大憲, 乃曰, 儒生何有罪, 其速放之, 達城出謂儕輩曰, 是何公事之忽遽乎, 公事當訊犯人之言, 又受考辭, 分辨曲直, 當徐徐爲之, 何勿遽如是, 盖恨不久在洪女之側也, 儕輩聞之齒冷.

---

118) 화사 : 도화서의 종 6품을 말함.
119) 추국(推鞫) : 의금부(義禁府)에서 특지(特旨)로 중죄인(重罪人)을 심문하던 일을 말한다.
120) 남지(南智) : 자(字) 지숙(智叔), 세종조(世宗朝) 영의정(領議政)이다.
121) 고사 : 고소장을 말함.

6-30 손비장의 진솔(眞率)

내 친구 손영숙(孫永叔)[122]은 벼슬하지 않은 선비 시절에 10여 명 떼를 지어 절에 돌아다니며, 몽둥이로 중을 때리고 물건을 빼앗는 것을 장난으로 삼다가, 일이 발각되어 모두 의금부에 갇혀서 국문(鞫問)을 받았다. 이때 금법(禁法)하지 못하여 조사(朝士)가 모두 들어가 볼 수 있었으므로, 아침저녁으로 주찬이 많이 모여들었다. 손영숙이 말하기를, "구복(口腹)을 채우기에는 이곳만 한 데가 없으니, 만약 석방되어 집으로 돌아가면 무엇을 먹을꼬."하니, 사람들이 모두 웃었다. 그 뒤에 대간(大諫)이 되어 경유(經帷)[123]에 입시(入侍)하였다가 마침 형옥의 폐를 논할 대 손영숙이 아뢰기를, "어렸을때 옥(獄)에 있어 보니 옥은 죄인을 가두어 두고 괴롭게 하는 곳이 아니라 오히려 영화로운 곳입니다."하니, 임금이 이르기를, "옛 사람의 말에, '땅에 금을 그어서 옥(獄)이라 하여도 들어가지 않았다.'"하니, 죄우가 모두 놀랐으나 손영숙은 진실하고 다른 뜻은 없었기 때문에 불각중(不覺中)에 말을 실수한 것이었다.

吾友孫永叔爲儒時, 結隊十餘人, 巡歷寺社, 以棒僧取物爲戲, 事覺, 俱下詔獄推之, 是時法禁不嚴, 朝士皆得入見, 晨夕酒饌叢集, 永叔曰, 營口腹莫如此地, 若放還家, 將食何物, 人皆笑之, 其後爲大諫, 入侍經帷, 適論刑獄之弊, 永叔啓曰, 少時在獄見之, 獄非抱囚困苦之所, 反是榮華之地, 傳曰, 古人云畫地

---

122) 손영숙(孫永叔) : 손비장(孫比長), 자(字)는 영숙(永叔)이고 호(號)는 립암(笠岩)이다. 세조(世祖) 갑신(甲申)에 문과(文科)에 급제(及第)하여 벼슬이 부제학(副提學)에 이르렀다.
123) 경유 : 경연을 말함.

爲獄, 議不入, 獄雖云美, 人豈以爲榮華, 左右皆愕然, 永叔眞率無他, 故不覺言之失也.

6-31 이차공의 재담(오발오중)

이차공(李次公) 우스개를 잘하여 잠간 동안도 말을 그치지 않았다. 좌랑(佐郎)산곤(辛鍵)이 유장(儒將)에 뽑히게 되어 어전에서 말 타고 활을 쏠때, 화살이 잘못되어 그의 발에 맞아 피가 신바닥에 흘렀다. 이차공이 말하기를, "1등 재주로다. 오발오중(吾發誤中)[124]을 하였구나[125]"하였다. 우리말에 족(足)을 발이라 하고 기사(騎射)에서 오발오중(五發五中)을 상(上)으로 삼았으므로, 이렇게 말한 것이다.

영릉(英陵)[126]의 사토(砂土)[127]가 허물어졌으므로, 김은경(金殷卿)이 예조참판이 되어 영의정과 재추(宰樞)로 하여금 여주(驪州)에 가서 새로 사토를 하게하고, 돌아오는 길에 김은경이 형조참판을 배(拜)하니, 재추가 배속에서 술자리를 마련하고 위로할 때, 김은경이 마침 이질(痢疾)기가 있어 갑자기 설사를 하여 온 자리에 배설물이 가득 찼다. 이차공이 이 말을 듣고, "이것은 진(秦)나라 목공(穆公)이 패왕(覇王)이 된 때와 같다."하였거늘, 사람들이 그 까닭을 물으니, 이차공은 말하기를, "목공이 강을 건너고는 배를 불살라 버리지 않았소[濟河焚舟].[128]"

124) 오발오중(吾發吾中) : 오발오중(五發五中)의 음만 빌어 비꼬아 쓴 것이다.
125) 내 발이 잘못 맞았구나 라는 뜻이다.
126) 영릉 : 세종 왕릉을 말함.
127) 사토(砂土) : 무덤의 흙이다.
128) 진(秦)나라 목공이 진(晋)나라를 칠 때 퇴로를 방어해서, 군사들로 하여금 싸움에 진

하였다. 분(焚)과 분(糞)의 음은 같다.

한 벼슬아치가 향실(香室)129)에 앉아서 장기를 두는데, 마(馬)와 장(將)의 두 장기말이 없었으므로, 단향(檀香) 조각으로 마를 만들고 사기 조각을 장으로 삼았다. 저쪽 마가 마침 이쪽 장궁(將宮)에 들어오므로, 장이 나아가 이를 치니 이차공이 이를 보고 말하기를, "이 전옥(典獄)의 사장(沙將)130)이 도둑의 향군(鄕君)131)을 사로잡았다."하였다. 그가 한 말이 흔히 이와 같았다.

李次公善爲戲語, 雖造次必爲之, 佐郎辛鍵選爲儒將, 騎射於御前, 發矢誤中其足, 血?靴底, 公曰, 次一等才也, 吾發誤中矣, 俗謂足爲發, 騎射以五發五中以上也, 英陵莎土浮落, 金殷卿時宇豫曹叅判, 與領議政諸宰樞, 往驪州奉理, 回時殷卿拜刑曹判書, 宰樞於舟中設酌慰之, 殷卿適有痢氣, 因急洩矢滿席, 次公聞之曰, 此奏穆公成霸之時也, 人問其故, 次公曰, 濟河焚舟也, 焚與糞韻叶也, 有一官坐香室, 象戲馬將二子闕, 以檀香片爲馬, 以沙器破片爲將, 彼馬適入此家將, 將就棒之, 次公見之曰, 此典獄沙將, 捉賊人鄕君也, 語多類此

6-33 손비장의 우활

손영숙이 이조정랑(吏曹正郎)이 되어 사신으로 호남에 가서 옥사(獄

력하레 하느라고 타고 온 베를 불지른 고사. 여기서는 분(焚)과 분(糞)의 음이 같으므로 강을 건너다가 배 안에서 똥을 쌓다는 것을 이렇게 빗대어 표현한 것이다.

129) 대소 제사에 쓰는 제문에 관한 사무를 맡아 보는 것.

130) 전옥사장(典獄沙將) : 전옥서(典獄署)의 옥사장이라는 뜻이다. 옥사장은 옥졸이다. 여기서는 사기 조각으로 장(將)을 삼았으므로, 그것을 사장, 즉 사기 조각의 장이라는 뜻으로 옥사장의 이름을 끌어다 쓴 것이다.

131) 향군(鄕軍) : 부인(婦人)의 봉호(封號), 단향(檀香)의 향(香)과 향(鄕)이 음이 같음을 가지고 웃음걸이를 삼았음.

事)132)를 추국할 때 나주 기생 자운아(紫雲兒)를 사랑하였는데, 그는 서울에서 생장하여 이원(梨園)133) 제일부(第一部)에 예속하였다가 죄를 지어 나주에 귀양 온 것이었다. 손영숙은 세상 사정에 어두운 학자요, 자운아는 명기(名妓)라, 비록 관(官)이 위엄이 두려워서 수청 들기는 하였으나, 항상 마음에 마땅하지 않게 여겼다. 하루는 유생이 그가 지은 시문을 가지고 와서 품제(品題)134)를 해줄 것을 청하니, 기생이 말하기를, "어떻게 우열을 판별하오리가."하니, 손영숙은, "가장 좋은 것이 상상(上上), 상중(上中), 상하(上下)요, 그 다음은 이상(二上), 이중, 이하요, 또 그 다음은 삼상, 삼중, 삼하이며, 품(品)에 들지 못하는 것은 차상(次上), 자중, 차하요, 가장 떨어지는 것은 경지경(更之更)이다."하였다. 얼마 있지 않아 손영숙은 일을 마치고 서울로 올라가고, 조치규(趙稚圭)가 전주부윤이 되어 나주에 이르러 또한 자운을 사랑하였다. 잠자리에 들어 서로 즐길 때 조유규가 묻기를, "너는 사람을 많이 겪었으니 나와 같은 자는 몇 등에 들겠는가." 하니, 기생이 말하기를, "영공(令公)은 겨우 삼하에 들뿐입니다." 하였다. 조가 또, "어디에서 이런 화법(話法)을 배웠느냐."하니, 기생은, "손영숙이 나에게 가르쳐 주었소이다."하였다. 조가 다시, "손영숙은 몇 등의 사람인가."하니, 기생은, "손영숙 이야말로 진실로 경지경이요, 오직 군수 정문창(鄭文昌)이 마땅히 이등(二等)에 들 만합니다."하였다.

노희량(盧希亮)이 시를 지어 희롱하기를, "호남 사신 중에 그 누가

---

132) 옥사(獄事) : 살인, 반역의 중대한 범죄를 말한다.
133) 이원 : 기방(妓房)을 말함.
134) 품제(品題) : 어느 사물을 문예적 표현으로 그 가치를 평하는 일을 말한다.

당황하였던고. 이부낭중 사북량(絲北良)135)이라 3년 풍류를 사람들이
회자(膾炙)하더니, 정문창(鄭文昌)이 있는 줄을 미쳐 알지 못했노라."하
였는데, 이는 대개 당시를 본받은 것이었다. 병신(丙申)년 중시(重試) 때
손영숙의 책(策)136)이 처음으로 장원하니 겸선(兼善)137)이 시관 이었는
데, 편지를 보내어 축하하며 말하기를, "그대가 지금 지은 사책(射策)
이 일지일(一之一)이 되었으니, 다시는 옛날의 경지경(更之更)이 되지
않으리라."하였다. 그 뒤에 임금이 학궁에 행행(行幸)하여 존사(尊師)의
예를 행하고자 할 때, 손영숙이 예방승지(禮房承旨)가 되어 길에서 기
지(耆之)를 만났는데, 손영숙이 근심하는 빛이 있으므로 기지가 말하
기를, "자네는 어디가 불편한가."하니, 손영숙이 말하기를, "영산(永
山)138)은 부처를 좋아하고, 하동(河東)139)도 또한 논의가 있는 사람이
니, 이와 같은 성사에 기일이 이미 박두하였으나, 지금까지도 경로(更
老)140)를 얻지 못하였으므로, 이렇게 근신하고 있는 것이다."하였다.
기지가 말하기를, "임금이 대신과 논의하여 정하리니, 그대가 혼자 근
심할 것이 아니다. 만약 부득이하면 뽑는 것이 무엇이 어렵겠는가."
하였다. 손영숙이 안색을 고치고 그 사람을 물으니 기지가 말하기를,
"파주부원군 집 앞에 사는 첨정(僉正) 이삼경(李三更)은 그야말로 삼로
(三老)141)이다. 족하(足下)가 자운의 평을 받아 이미 이경(二更)이 되었

---

135) 사북량 : 자가 영숙인데, 손비장을 흘려 써서 손비량처럼 보인 일이 있었기 때문이다.
136) 대책(對策). 한(漢)나라 때 고시에 책(策)을 발하여 응시자로 하여금 대답하게 하나니
　　　이를 대책이라 하였다.
137) 겸선 : 홍귀달의 자이다.
138) 영산 : 영산부원군 김수온을 말함.
139) 하동 : 하동부원군 정인지를 말함.
140) 경로 : 시관의 별칭이다.
141) 삼로 : 삼로오경(三老五更)에서 나온 말. 3덕(德)·정(正)·직(直)·강유(剛柔)를 갖춘

으니, 만약 또 3명에게 평을 받게 되면 곧 오경(五更)이 되리라."하니, 모든 사람이 포복절도하였다.

사북량이란 것은 손영숙이 젊었을 때에 생원시(生員試)에 나아갔는데, 방(榜)이 나붙어서 보니 성명을 함부로 썼으므로, 손영숙은 겁이 나 안색이 변해 말하기를, "방에 내 이름이 없다."하거늘, 그의 친구가 방을 가리키며, "저 몇째 줄에 있는 것이 자네의 이름이다."하니, 손영숙이, "저것은 손비장(孫比長)이 아니라 사북량(絲北良)이다."하여, 지금까지도 듣는 사람들은 모두 웃는다.

孫永叔爲吏曹正郎, 奉使湖南鞫獄, 愛羅妓紫雲兒, 兒生長京師, 屬梨園第一部, 被罪謫于州, 永叔迂儒, 紫雲名妓, 雖怕官威侍房, 而常不慊於心, 一日儒生持所製詩文, 來取品題, 妓問曰何, 以辨別優劣, 永叔曰最妙者爲上上上中上下, 其次爲二上二中二下, 又其次爲三上三中三下其不入品者爲次上次中次下, 最劣者爲更之更, 未幾永叔竣事還京, 趙稚圭爲全州府尹到羅, 亦愛紫雲, 枕屛團?間問曰, 汝閱人多矣, 如我者居何等, 妓曰令公纔入三下耳, 趙問何從得此話法, 妓曰孫永叔敎我矣, 趙復問永叔是何等人, 妓曰眞更之更也, 惟郡守鄭文昌優人二等, 盧希亮作詩戱之曰, 湖南奉使執荒唐, 吏部郞中絲北良, 三載風流人膾炙, 不知時有鄭文昌, 盖用唐詩擬倣也, 丙申重試, 永叔之策, 初居魁, 兼善爲試官, ??書賀之曰, 君今射策一之一, 非復疇昔更之更, 其後 上將幸學宮, 行尊師之禮, 永叔爲禮房承旨, 路逢耆之, 憂形於色, 耆之曰, 子何不豫之甚, 永叔曰永山好佛, 河東亦有議之者, 如此盛事, 日期已迫, 至今未備更老, 是以憂之, 耆之曰, 上與大臣議定, 非子私憂, 如不得已, 則擇之何難, 永叔改容問其人, 耆之曰, 坡

사람을 말함. 주(周)나라 시대에 천자(天子)는 삼로오경(三老五)을 설치하여 부형의 예로써 호양(護養)하였다. 삼로오경을 각각 한 사람이라고 하는 설과 삼로오경을 삼인(三人)과 五人이라고 하는 설이 있다. 그러나 그 어느 것이나 다 나리가 많고 일의 경험이 많은 이로서 치사(致仕)한 원로(元老)를 가리켜 말하고 있다.

州府院君家前所居僉正李三更, 是三老也, 足下被紫雲之評, 己爲二更, 若又被
評於三人, 則爲五更也, 聞者絶倒, 絲北良者, 永叔少士赴生員試, 及榜蔚則亂
書姓名, 永叔怖劫色沮曰, 榜無吾名, 其友指示曰, 彼第某行者是子名也, 永叔
曰, 彼非孫比長, 乃絲北良也, 至今聞者齒冷.

6-36 신씨의 허풍

조사(朝士) 가운데 신(辛)이란 성을 가진 사람이 있었는데, 성품이 부
탄(浮誕)[142]하여 항상 부자(富者)임을 자랑하고자 하였다. 하루는 쌀 한
주먹을 가지고 문 밖에 뿌린 뒤, 손님을 맞아들이면서 당을 내려다보
고 종을 꾸짖기를, "어찌 하늘에서 내린 물건을 마구 버리느냐. 그저
께 충청도 사람이 쌀 2백 곡(斛)[143]을 보내왔고, 지금 전라도 사람이
3백 곡(穀)을 보내왔다고 이와 같이 어지럽혔단 말이냐."하였다. 또 희
첩(姬妾)의 아름다움을 자랑하고자 하여 항상 지분(脂粉)을 뿌려 방벽
에 바르고, 손님을 맞아들일 때 종을 꾸짖기를, "어째서 창벽을 더럽
혔느냐. 아무 기생이 이 방에 와서 자더니, 이것은 새벽에 화장할 때
낯 씻으며 한 짓이었구나."하고, 또 헝겊 조각을 종에게 주었다가 손
님이 와서 당에 앉았을 때, 종이 뜰아래 꿇어앉아 말하기를, "아무 아
가씨 비단신에 수놓은 것을 화아(花兒)에게 쓰오리까, 운아(雲兒)에게
쓰오리까."하면, 선비는 말하기를, "대운아(大雲兒)에게 쓰는 것이 좋을
것이다."하였는데, 이들은 모두 한때의 명기(名妓)였다.

---

142) 부탄(浮誕) : 말이나 하는 짓이 들뜨고 추잡하여 허황함.
143) 곡(斛) : 곡식을 담는 그릇의 하나이다. 20말 또는 15말이다.

또 교우(交友)를 자랑하고자 하여 미리 권세 있는 재추(宰樞)의 명함을 써서 종에게 주고는, 손님이 와서 앉았을 때 종이 명함을 가지고 와서 바치면, 선비는 그것을 옆에 놓고 일부러 오래 보지 않다가, 손님이 이것을 집어보고 노상(盧相)의 이름이어서, 놀라 달아나려 하면 선비는 말리면서 말하기를, "노상은 나의 친한 친구이니 동요하지 말라." 하였다. 조금 있다가 종이, "노상이 그냥 돌아갔습니다."하니, 선비는 웃으면서 말하기를, "내가 오래 이 사람을 보지 못해서 지금 보고자 했는데, 어지 그리 급하게도 갔느냐."하였다. 이런 줄을 아는 사람은 모두 그 비루함을 비웃었다.

有朝士辛姓者, 性浮誕, 常欲誇其富, 取米一撮, 散于門外, 邀客而入, 俯地叱僕曰, 何暴殄天物, 昨昨忠淸人輸米二百斛, 昨日全羅人輸米三百斛, 故如此狼戾耳, 又欲誇姬妾之美, 常以脂粉酒塗房壁, 邀客入叱僕, 何汚窓壁, 昨夜某妓來宿此房, 此曉粧時? 鹽所爲也, 又以片穀付奴, 値客坐堂, 奴跪庭下曰, 某姬殷鞋繡文, 用花兒乎用雲兒乎, 士曰可用大雲兒矣, 此皆一時名妓也, 又欲誇交友, 預書權勢宰樞名緘付奴, 値客來坐, 奴持緘投呈, 士置諸側, 故久不視, 客就見之, 乃盧相之名, 客驚欲走, 士止之曰, 此吾至交也勿動, 俄而奴言過去, 士笑曰吾久不見此漢, 今欲見之, 何? 遞而去, 人有知者, 皆笑其嗤鄙也

6-37 신재추의 편급(褊急)(파리가 네 서방이냐?)

신재추(辛宰樞)는 성품이 매우 급하였다. 파리가 밥그릇에 어지럽게 모여들어 날려 보내도 다시 모여드니, 재추는 크게 노하여 그릇을 땅에 던져버렸다. 부인이, "미충이 무지하거늘 어찌 이다지도 노하시오."하니, 재추는 눈을 똑바로 뜨고 꾸짖기를, "파리가 네 서방이냐. 어째서 두둔하느냐."하였다.

辛宰樞性急, 有蠅亂聚飯鉢, 驅去復集, 宰樞大怒, 投鉢於地, 夫人曰, 微虫無知, 何至悖怒, 宰樞? 目叱之曰, 蠅是汝夫乎, 何爲相疵.

*7-5 양녕대군의 해학(諧謔)

양녕군(讓寧君) 제(禔)는 비록 덕을 잃어 세자가 되지 못하였으나 만년에 능히 때를 따라 스스로 감추었다. 세조께서 지에게 묻기를, "나의 위무(威武)가 한고조(漢高祖)에 비해 어떠하느냐."하니, "전하께서 비록 위무하시나 반드시 선비의 관에다가 오줌을 누지는 않으시리다.144)"라고 대답하였다. 또 "내가 부처를 좋아하는데 양무제(梁武帝)145)에 비해선 어떠하냐."고 물으니 대답하기를, "전하께서 비록 부처를 좋아하시나 밀가루[麵]로 희생(犧牲)146)을 삼지는 않으시리다." 하였다. 또, "내가 간언을 물리침이 당종(唐宗)147)에 비해선 어떠하느

---

144) 儒者의 갓에 오줌을 누다(溺儒冠) : 「사기(史記)」 역식기(酈食其·한 고조의 신하, 設客)전에 「諸客冠儒冠來者 解其冠 輒溺其中」이라는 기록이 있다. 한고조(漢高祖)가 유자(儒者)를 모욕한 고사(故事).
145) 양무제(梁武帝) : 숙연(肅衍), 만년에 불교를 숭신(崇信)하여 세 번이나 동태사(同泰寺)에 투신하였다.
146) 국수로써 희생을 삼다(以麭爲犧牲 麭牲) : 희생의 대신으로 제사에 면(麭)을 쓰는 일, 불교의 취지는 비린 고기를 먹지 않으므로 불교를 믿는 자가 희생 대신 국수를 쓰는 일. 「노사(路史)」에 양무제(梁武帝)가 종묘(宗廟)의 제사에 면생(면牲)을 쓰고 혈식(血食)하지 않았다는 기록이 있다.
147) 당종(唐宗) : 당태종(唐太宗)을 말한다.

냐.”하니 대답하기를, “전하께서 비록 간언을 물리치나 반드시 장온고(張蘊古)148)를 죽이시지는 않으시리다.”하였다. 또한 그가 항상 웃으운 말로 풍자를 하였고 세조께서도 역시 즐겨하며 희롱하시었다.

讓寧君禔, 雖失德廢嗣, 晚年能隨時自, 缺, 世祖嘗問禔曰, 我之威武何如漢祖, 對曰, 殿下縱威武, 必不溺儒冠矣, 又問曰我之好佛何如梁武, 對曰殿下縱好佛, 必不以夠爲犧牲 又問曰我之拒諫何如唐宗, 對曰殿下縱拒諫, 必不殺張蘊古, 禔每以談諧寓諷, 世祖亦樂其誕而戱之.

7-6 현맹인의 실수

현맹인(玄孟仁) 선생이 일찍이 사간(司諫)으로서 대축(大祝)149)이 되어 친행제(親幸祭)를 지낼 때 손에 축문을 가지고 망연히 한 마디도 읽지 못하니 태종께서 크게 노하시어, “맹인이 문신으로서 축문을 읽지 못하니 장차 무엇에 쓰겠는가.” 말하시고, 드디어 만호(萬戶)150)를 시켰다.

玄先生孟仁嘗以司諫爲親幸祭大祝, 手持祝文, 茫然不措一辭, 太宗怒曰, 孟仁以文臣不能讀祝, 將奚用爲, 遂差萬戶.

148) 장온고 : 당시에 세무에 밝고 문명이 떨쳤다. 태종이 즉위함에 대보잠을 올려 황제에게 간하다가 죽었다.
149) 대축 : 축문을 읽던 벼슬을 말함.
150) 만호(萬戶) : 각도(各道)와 모든 진(鎭)에 붙었던 종사품(從四品)의 무관직(武官職)을 말한다.

6-13 유정손과 최팔준의 허풍(황화집과 대만두)

진(陳)과 고(高) 두 중국 사신이 남기고 간 시집을 황화집(皇華集)이라 하였다. 성균관 유생들이 모여 앉아서 이를 읊조리고 칭찬하니, 상사 (上舍)[151] 유정손(柳正孫)이 옆에 있다가 말하기를, "이 시가 이와 아름 다우므로 우리 할아버지 참판공이 좋아하여 보시었다."하거늘, 자리 에 있던 사람들이 모두 껄껄 웃으며, "지금의 중국 사신이 지은 시를 너의 할아버지가 어찌 보았겠느냐."하였다.

유사는 또 찬물(饌物)[152]을 논하다가 우연히 대만두(大饅頭)의 맛을 보고 상사 최팔준(崔八俊)은 말하기를, "우리 할머니가 즐겨 이것을 만 들어 먹었다."하니, 자리에 앉았던 사람들이 모두 껄껄 웃으며, "대만 두는 오직 중국 사신을 대접하는 대향(大饗)의 예에만 배설하는 것이 니, 비록 너의 할머니가 호부 하지만 어찌 항상 이것을 먹을 수 있겠 는가."하여, 당시 사람들 모두 사람의 어리석고 망령됨을 웃었다.

陳高兩天使, 所留題詠衷集, 名曰皇華集, 芹舘儒士聚坐, 吟諷而讚之, 柳上 舍正孫在旁乃言曰, 此詩如此美, 故吾祖叅判公好觀之, 滿座太?曰, 今時天使所 製之詩, 汝祖何由觀之, 儒士又論饌物, 偶及內饅頭之味, 崔上舍八俊曰, 吾祖 母每作此物而食之, 座中大?曰, 大饅頭惟於接天使大饗之禮設之, 汝祖母雖甚 豪富, 豈得常常而食之, 當時皆笑二人之嗤妄也.

---

151) 상사(上舍) : 생원과 진사를 말한다.
152) 찬물(饌物) : 반찬거리를 말한다.

7-13 성현의 희작시

내가 홍문제학(弘文提學)이 되었을 때, 관원이 남원에 사신으로 가서 광주 기생을 사랑하다가 실수를 하고 돌아오니, 동료들이 비웃기에 내가 희롱하여 시를 짓기를, "중은 성색(聲色)에 있어선 본래 무정하지만, 창기의 재중(齋中)에서 오히려 정을 발하는도다. 만약 호남의 역마 타는 객153)이 된다면, 옥당 학사도 모두 다 다정하리로다."하였다. 이 것은 옛날에 한 창기가 어버이를 여의고 절에 가서 재(齋)를 올리었는 데 여러 기생들이 모두 같이 갔었다. 한 중이 소채를 썰다가 문득 칼을 가지고 벽에 의지하여 섰기에, 주지승이 그 까닭을 물으니 중이 말하기를, "아름답게 단장한 기생들을 보니 마음이 흐트러지고, 정이 동하여 참을 수 없어 그러하옵니다."하므로, 주지승이 말하기를, "네 그 쓸데없는 소리 그만두어라. 오늘 창기의 재에 누가 정이 움직이지 않겠느냐."하였으니, 앞에 시구는 이 사실을 빌어다가 비유한 것이다.

余爲弘文提學, 有舘員奉使南方, 愛光州妓, 落節而還, 同僚誹笑之, 余戲作詩云, 僧於聲色本無情, 娼妓齋證尙發情, 若作湖南乘馹客, 玉堂學士摠多情, 昔者有一娼妓, 喪親設齋於寺, 羣妓皆往, 有僧研茱, 忽持刀倚壁而立, 菴主僧問其故, 僧曰見紅粧撩亂, 情動不能止耳, 庵主僧曰, 汝勿雜言, 今日娼妓之齋, 誰不動情, 詩句借此爲喩也.

---

153) 객 : 사신을 말함.

원수옹을 조롱한 성현의 시

내가 같이 급제한 원수(元壽)[154]옹(翁)과 더불어 명경[京]에 갔었는데 그는 코가 아가위나무 열매처럼 붉었다. 평양에 이르니 마침 시방(侍房)하는 기생이 또한 코가 붉은지라, 내가 시를 지어 희롱하기를, "평양 성내에 북풍이 차가운데, 어찌하여 춘풍이 코끝에 불었느냐. 취한 뒤에 한 쌍의 금귤(金橘)이 익었고, 술통 앞의 두 잎은 늦게 단풍(丹楓) 졌도다. 휘장 속에 빛이 치우치게 서로 비치고, 객지의 풍정은 쓸쓸해서 기쁘지 않도다. 나는 입바른 말을 잘하는 오가립(吳可立)이니, 성예(聲譽)를 전하여 장안에 가득 차게 하라." 하였으니, 이것은 증산(甑山)[155]에 노관(老官) 오가립이란 자가 있었는데, 행객으로서 기생과 친해지는 일을 보면, 매양 사람들에게 잘 이야기하였으므로 이와 같이 말한 것이다.

余與同年元壽翁偕赴京, 壽翁鼻楂赤, 行至平壤, 適指房之妓鼻赤楂赤, 余作詩戲之曰, 箕都城內朔風寒, 春色如何上鼻端, 醉後一雙金橘爛, 樽前兩葉晚楓丹, 帳中光影偏相照, 客裡風情慘不懽, 我是直言吳可立, 爲傳聲譽滿長安, 甑山有老官吳可立, 若見行客昵妓之事, 每說於人, 故詩語及之也.

7-27 김종련의 우직함

사문 김종련(金宗蓮)은 성품이 우직하고 서사(書史)를 널리 보았다.

---

154) 원수 : 원보륜을 말함.
155) 증산 : 평안도에 있는 지명인 듯하다.

젊어서 청계산(淸溪山)156) 밑에 살았는데, 하루는 돌연 도적 여러 사람이 그 집에 침입하므로, 사문이 활을 쏘려고 문에 의지하여 섰으니까 도적이 의심이 나고 두려워서 감히 가까이 가지 못하다가 사문이 활을 쏘는 것을 보고 도적이 날뛰면서 말하기를, "용감합니다. 선배의 활 솜씨야말로 감히 당치 못하겠습니다."하고, 비웃으며 드디어 방에 들어가 재물을 모두 훔쳐가니 사문은 겨우 위험을 면하였다. 또 세조께서 산천에서 제사를 지내고자 할 때 제물로 쓸 짐승이 몹시 말랐음으로 제물을 맡아 기른 직원을 파면시키고, 다시 헌부에 명하여 기르는 것을 보살피게 하였는데, 사문이 감찰이 되어 임무를 수행코저 밤낮으로 소외양간 옆에 앉아 있었는데, 소가 배가 불러 풀을 먹지 않거늘 사문이 소를 돌아보고, "소야 소야 어찌하여 풀을 먹지 않는가. 이미 너의 관원을 먹고[罷職] 또 나를 먹으려 하느냐. 부지런히 풀을 먹어서 나의 죄를 면하게 하여다오."하였다. 또 사문이 뽑혀 통감선집청(通鑑撰集廳)에 참여하였는데, 여러 선생이 음식 맛을 논하다가 우연히 복어[河豚]가 사람을 죽이는 일에 이야기가 미쳤다. 이때 같이 청중에 앉았는데 점심 밥상에 새로난 조기탕이 있는지라, 동료가 사문을 돌아보고, "이 고기의 맛이 참으로 좋으니 한 번 맛을 보라."하니, 사문이 탕그릇을 밥상 밑에 놓으며, "선생이 나를 속여 사람을 죽이고자 하느뇨."하여, 자리에 있던 사람이 모두 크게 웃었다.

---

156) 청계산(淸溪山) : 경기도 광주에 있는 산을 말한다.

> 金斯文宗蓮性戇直, 博覽書史, 少時居淸溪山下, 一日强盜數人, 庵至其家, 斯文開弓注矢, 倚戶而立, 盜疑不敢近, 斯文發矢, 盜雀躍曰, 勇哉先輩之射矢, 直不敢當也, 遂入室盡偸財物而去, 斯文僅以身免, 世祖將祀山川, 以犧牲瘦瘠, 罷牲官之職, 更命憲府, 察視?養, 斯文爲監察, 受任而往, 日夜坐牛?傍, 牛飽停食, 斯文顧謂牛曰, 牛乎牛乎, 何不食草, 旣食汝員, 又欲食我乎, 牛乎牛乎, ?勉食草, 免我罪累, 斯文而選與通鑑撰集廳, 諸先生論食味, 偶及河豚殺人之事, 共坐廳中, 晝飯案有新石首魚湯, 同僚顧謂斯文曰, 此魚甚美, 試嘗之, 斯文持湯鉢, 置諸案下曰, 先生誑我矣, 欲殺人乎, 滿堂大笑.

7-23 같지 않은 기호

사람의 기호가 같지 않은 것을 성질이 그렇게 하는 것이다. 재추 김순(金淳)은 □실(實)을 잘 먹고 일암은 국수를 잘 먹으며, 서후산(徐后山)은 대구탕(大口湯)[157]을 잘 먹고 나의 백형은 노태(蘆荅)[158]를 좋아하니, 이 네 가지는 모두 아주 맛있는 것이 아니었으나 몹시 좋아하였다. 배재지(裵載之)는 국수를 싫어하여 국수를 보기만 하면 반드시 상 밑에 내려놓는지라, 사람들이 그 까닭을 물었더니, "사람들이 국수를 먹을 때 입 속에 가득히 넣고 쭉쭉 빠는 것을 보면 심신이 떨리고 흔들린다."고 대답하였다. 손계성(孫鷄城)은 수박을 싫어하여, "한 조각이라도 입에 들어가면 속이 받지 않는다."하고, 최제학(崔提學)은 대구탕을 싫어하여, "이 고기의 냄새만 맡아도 머리가 아파서 찢어질 것 같다."하고, 신정랑(申正郞)은 순채(蓴菜)[159]를 싫어하여, "만약 엉기어

---

157) 대구탕(大口湯) : 지금의 대구탕(大邱湯) 밥을 말한다.
158) 노태(蘆荅) : 풀의 이름이다.

미끈미끈한 것만 없으면 먹겠다."하니, 이 네 가지는 모두 맛있는 것
이어늘 싫어하기를 이와 같이 하니, 사람이 음식을 좋아하고 싫어하
는 것은 본시 정해진 것이라 바꿀 수 없는 것이다.

人之嗜好不同, 性所然也, 金宰樞淳好食□實, 一庵好食麵, 徐后山好食大口
湯, 我伯氏好食蘆苔, 此四物皆非至味, 而篤好之, 裵載之惡麵, 見之則必置床
下, 人間其故, 答曰, 見人治食麵, 滿口呷呷, 則心神顫動矣, 孫鷄城惡食西瓜.
曰若一片入口, 心先穢惡, 崔提學惡大口魚, 乃曰, 若聞此魚之臭, 頭痛如裂, 申
正郎惡蓴菜, 曰, 若去凝滑, 可以下著, 此四物皆至味, 而惡之如此, 人之嗜性本
定, 不可傳移也.

7-34 특이범구(정자급·기찬의 희롱)

사문 정자급(丁子伋)은 두 아들이 있었는데, 기찬(奇襸)이 정자급(丁子
伋)의 아들 수곤(壽崑)과 같이 승문원(承文院)에서 벼슬하였다. 찬이 말
하기를, "자네 엄군(嚴君)160)이 4형제라는데 사실이냐." 하니, 수곤이
놀라서, "오직 아버지 한 분 뿐이신데 어찌 4형제라 하느냐." 하였다.
또한 찬이, "자네 엄군이 장자이시고 그 다음은 정자강(丁子舡), 그 다
음은 정자각(丁子閣), 그 다음은 정자약(丁子藥)인데, 정자급이 두 아들
이 있으니 수곤·수강(壽崗)이요, 정자강은 후사가 없고, 정자각은 아
들이 하나 있으니 정분(丁粉)이요, 자약은 아들 하나 딸 하나가 있으

---

159) 순채(蓴菜) : 순채, 나물 이름이다.
160) 엄군(嚴君) : 엄친(嚴親)을 말한다.

니, 아들은 정종(丁腫)이라 하고 딸을 정향(丁香)이라 한다."하니, 수곤이 대답하기를, "자네는 네 아들이 있다는데 참말이냐."하므로, 사람들이 그 까닭을 물으니 수곤이 말하기를, "자네 장자는 특(特)이요. 다음은 이(異), 다음은 범(凡) 다음은 구(求)이다."하여, 좌중이 모두 크게 웃었다.

斯文丁子仍有子二人, 奇斯文襩與其子壽崑, 司仕承文院, 襩曰子之嚴君有四昆是否, 壽崑駭愕曰, 獨一嚴君而已, 何謂有四, 襩曰子之嚴君居長, 其次丁子缸其次丁子閣其次丁子樂也, 丁子仍有子二人, 曰壽崑壽崗, 丁子缸無後, 丁子閣有一子, 曰丁紛, 丁子藥有一子一女, 子曰丁腫, 女丁香, 壽崑答曰, 君有四男信否, 人問其故, 壽崑曰, 君之長子特次異次凡次求, 滿座大笑.

7-35 파리목사 양모의 정사

무관 양(梁) 아무개가 공주 목사가 되었는데 삼복에 파리가 많은지라, 양이 이를 싫어하여 주중(州中)의 아전에서부터 밑으로 기생과 종들에 이르기까지 매일 아침 파리 한 되를 잡아 바치게 하고, 법을 엄하게 만들어 이를 독촉하니 상하가 다투어 파리를 잡느라고 쉴 겨를이 없었다. 이리하여 주머니[布]를 가지고 파리를 사러 다니는 사람이 있기까지 되어 당시 사람들이, "승목사(蠅牧使)라 이름하고 고을 다스리기를 파리 잡듯이 하면 명령이 어찌 행해지지 않으리오."하였다.

武官梁某, 爲公州牧使, 暑月多蠅, 梁厭之, 令州中吏胥, 下至伶妓僕隷, 每朝
捕呈蠅一升, 嚴設法督之, 上下爭務捕捉, 皇皇不少休, 至有抱布買蠅者, 時人
謂之蠅牧使, 治邑如捕蠅, 則令豈有不行者乎.

7-36 박생의 호색

을사년에 박생(朴生)이 나를 따라 명경에 갔었는데, 사람됨이 순근
질직(純謹質直)[161]하나 용모가 추하고 촌스러웠다. 처음 평양에 이르렀
을 때, 감사가 여러 기생들을 거느리고 배[舟]에서 맞이하니, 생이 눈
이 부셔서 보지 못하다가 모자 밑으로 가만히 엿보니 기태(奇態)가 이
상하였다. 한 기생이 뱃머리에 앉아 있으므로 생이 같이 간 성생(成生)
에게 기생을 가리키며, 말하기를, "네가 서윤(庶尹)[162]의 삼촌이 되니
내 일을 이루어 주기만 하면 반드시 후히 은혜를 갚겠네."하고, 관에
돌아와 방에 들고 누가 온 줄도 모르고 정신을 모아 공손히 생각하고
있었더니, 얼마 있지 않아 휘장을 걷어올리고 사람이 들어오는데 바
로 아까 뱃머리에 앉아 있던 그 여자였다. 생이 좋아서 어쩔 줄을 몰
라 혼자 중얼거리기를, "만약 성용의 힘이 아니었으면 어찌 여자가
여기에 왔겠는가."하고, 정의가 깊고 두터워 잠깐 사이도 옆을 떠나지
못하여 변소에도 또한 서로 같이 갔다. 무심히 주머니 속을 만지다
가 그 속에서 편지 조각을 얻었는데, 이것이 바로 기생의 사부(私夫)가
보낸 편지였는데, 생은 이상하게 여기지 않고 오히려 더욱 사랑하였

---

161) 순근질직(純謹質直) : 순진, 근엄하고 질서 강직한 것을 말한다.
162) 서윤(庶尹) : 한성부(漢城府), 평양부(平壤府)의 종사품(從四品)의 한 벼슬이다.

다. 매일 새벽에 기생의 짧은 웃옷을 벗겨 가지고 입혀 주면서, "이것
도 객중의 재미다."하였다. 떠나는 말에 태워 함께 데리고 가려고 이
미 안장과 말을 준비하였더니 기생은 틈을 타서 도망쳐 버렸다. 순안
(順安)에 이르러 정신을 잃고 어리둥절하다가 또 예쁜 술집 계집을 보
고 온갖 계교를 써서 방 속으로 끌어 들였으나 생이 취한 틈을 타서
그 계집도 도망가 버렸다. 생이 술이 깨었을 때 한 여자가 방문 앞을
지나가는데, 그 계집인 줄 알고 데리고 들어와 밤새도록 서로 즐겼었
는데 새벽이 되어 보니, 코가 소반 같이 크고 처음에 본 그 여자와 다
르므로 생이 급한 소리로, "이것은 다른 것이로구나."하였다.

　숙영관(肅寧館)163)에 도착하니 고을 중의 인물들이 번화가고, 수십
명의 홍상취빈(紅裳翠鬢)164)이 술통을 들고 벌여 앉아 있는 것이었다.
생은 부사가 족제(族弟)가 되므로 그 위세를 타고 미녀를 얻어 사랑이
더욱 깊었다. 이날은 마침 날이 흐린지라 생이 계집의 등을 어루만지
면서, "내일 비가 오면 일행이 머물게 될 것이니, 원하건대 내 마음을
알아주시어 주룩주룩 비를 내려 주소서."하고는, 크게 한숨을 지었다.
빈주(賓主)가 아침에 동헌에서 밥을 먹는데, 생이 종이쪽지를 부사에
게 주면서, "원하건대 여자에게 옷 빨아 입을 여가를 주십시오."하였
다. 부사가 며칠을 주었더니 생이 말하기를, "사촌간에 어찌 이다지도
인색하느냐."하므로, 부사가 마지못하여 몇 달을 주었다. 생이 말을
빌려 여자를 태우고 안주(安州)로 떠나는데, 숙천(肅川)사람들이 이를
보고 말하기를, "중국 가는 사신의 행차가 1년에 세 차례 있는데, 자

---

163) 숙영관(肅寧館) : 평안도 숙천군에 있었음.
164) 홍상취빈 : 기생을 가르킴.

제 군관이 무수하여 우리가 본 사람이 많으나 이 사람같이 음란하고 급한 사람은 보지 못하였다. 그 분주하게 다니는 모양이 마치 미친개와 같다."하였다.

안주에 도착하여 하루를 머무는 동안 사랑은 더욱 두터웠는데, 출발할 때가 임박하여 여자를 숙천으로 돌려보내려고 하니, 여자가 데리고 온 종이 마침 안장을 잃어 버렸으므로, 여자가 소리 질러 울면서 말하기를, "당신을 따라 온 것은 당신의 덕을 입으려 하였던 것인데, 이제 덕을 입기는커녕 도리어 이런 걱정이 생겼습니다."하고, 욕하기를 마지않으니 생이 정신을 잃고, 어찌 할 바를 몰랐다.

가평관(嘉平館)165)에 이르자 생이 예쁜 관노를 보고는 관인에게 말하기를, "내가 임신년에 조선 군관으로 있을 때 일찍이 이종을 사랑했으니 곧 불러오너라."하였다. 여자가 그 말을 믿고 앞으로 와서 자세히 보고 말하기를, "임신년에 누구를 따라 왔사옵니까. 나는 일찍이 당신의 얼굴을 본 적이 없습니다."하고, 소매를 뿌리치고 나가니 생이 하는 수 없이 다른 여자를 데리고 잤다.

정주(定州) 달천교(獺川橋)에 이르니 목사가 나와서 술자리를 베풀었다. 생이 한 기생을 보고 부르면서 다가앉아 말하기를, "네가 이육(李陸) 영공(令公)을 아느냐."하니, 대답하기를, "모릅니다."하였다. "네가 노공필(盧公弼)166) 영공(令公)을 아느냐."하니, 역시, "모릅니다."하니, 생이 갑자기 손을 잡고 말하되, "두 공[二公]을 모른다면 내방으로 오

---

165) 가평관(嘉平館) : 평안도 가산군에 있었다.
166) 노공필(盧公弼) : 자(字)는 희량(希亮). 호(號)는 국일재(菊逸齋)이다. 중종조(中宗朝)의 文臣이다.

도록 하여라."하였다. 이 말을 듣고 동반(同伴)이 생을 속여 말하기를, "이곳 목사와 관계있는 여자요."하였더니, 생이 드디어 놓아주었다. 또 기생 벽동선(碧洞仙)이 예쁘다는 소문을 듣고 온갖 계교를 써서 이 여자를 얻으니 일행이 생의 음란함을 미워하여 속이려고 하였다. 마침 고을 유생에 명효(明孝)란 사람이 있었는데, 나이 젊고 매우 아름다우므로 분을 바르고 옷을 잘 입혀서 동헌의 기생들 가운데 앉히니, 눈매와 옷깃이 참인지 거짓인지를 분간하기 어려웠다. 생이 한 번 보고는, "천하에 둘도 없는 사람이다"하고, 갑자기 앞으로 나가 손을 잡고 서실로 데리고 돌아가므로 명효가 일부러 뿌리치니 생이 혹은 꾸짖고 혹은 달래보기도 하였다. 이때 마침 늙은 기생이 촛불을 들고 앞을 인도하면서 생에게 말하기를, "이 계집아이는 아직 남자를 상대해 보지 않았으니 서서히 길들이시고 너무 급히 서둘러서 욕보이지 않도록 하십시오."하니, 생이 방으로 들어와 허리를 껴안고 귀에 입을 대고 속삭이기를, "네가 만약 내 말을 들어주면, 너의 살림은 내가 돌보아 주겠다."하고, 수작하는데 마침 성생이 와서, "목사가 술자리를 베풀고 우리들 위안하고자 하니 그대로 일찍 쉴 것이 아니라 기생을 데리고 가서 참석하는 것이 좋을 것이다."하여, 생이 손을 잡고 같이 갔더니 목사가 명효를 보고 꾸짖기를, "네가 관청 물건으로서 객에게 불순하니 죄가 대태(大笞)에 처함이 마땅하다."하고, 아전이 북나무[桴] 몽둥이를 가지고 가서 끌어내리니 생이 뛰어나와 무릎을 꿇고 손을 모으고 애걸하기를, "이 아이에게는 불순한 일이 없었는데, 전하는 사람이 잘못한 듯하오니 나로 인하여 죄를 얻는다면 도리어 나를 허물하는 것이 더욱 심합니다."하였다. 목사가 용서하여 주니 명효가 술잔

을 받들고 노래를 불러, "오늘 처음 만났다가 내일이면 다시 떠나가
리로다. 처음부터 만나지 않았으면 누구인지나 몰랐을 것을."하니, 생
이 등을 어루만지며 흔연히 웃으며 말하되, "어찌 이다지 불손하면서
도 이같은 노래를 부르느냐. 내가 여러 기생을 보았어도 네 얼굴만
한 것이 없었는데, 내가 너를 버리고 누구를 구하겠는가."말하고, 자
리가 파한 뒤에 방으로 와서 서로 붙잡고 희롱하며 포응함이 천태만
상이었다. 이때 벽동선(碧洞仙)이 옆에 있으므로 생이 성생(成生)에게
이르기를, "내가 미인을 얻어 이 기생은 돌보지 못하였으니 자네가
빨리 데리고 가거라."하였다. 생의 종이 창밖에 서서 말하기를, "이것
이 기생인줄 아십니까. 어찌 이렇게도 미혹하여 깨닫지 못하시나이
까."하니, 생이 도리어 "네가 어찌 내일을 아느냐."하고, 꾸짖기만 하
였다. 조금 있다가 옷을 벗고 같이 누워서야 비로서 남자임을 알고
놀라 일어나 한 마디 말도 하지 못하였다. 이튿날 행차가 이정(離亭)에
이르니 명효가 남자 복색으로 생을 따라 술잔을 전하고, 생이 말에
오르려 할 때 명효가 옷깃을 부여잡고 만류하면서, "밤새 재미있게
지낸 것은 오직 내 살림살이를 이룩하기 위함이었는데, 이제 어찌 이
다지도 쉽게 떠나십니까. 너무도 무정하옵니다."하니, 사람들이 모두
웃었다.

의주에 도착하였다. 의주에는 본래 인물이 많아 평양과 서로 비슷
한 고을이었는데, 말비(末非)라고 하는 한 나이 어린 계집 종이 있어
생이 이를 보고 어여쁘게 여겨 욕심을 내 보았으나, 이루지 못하여
배관(裵官)에 게 말하기를. "자네가 이 고을에 가서 내 일을 이루어 주
면 죽음으로써 은혜를 갚으리다."하니, 배관이, "이들은 각각 주인이

있어 내가 체어할 수 없으니 주관(州官)에게 고하는 것이 좋을 것입니다.”하였다. 생이 곧 나아가 판관을 보고 청하니, 판관이 말비를 불러 달래어도 말비가 오히려 들어주지 아니하고 상방(上房)앞에 있으므로 생이 옥호로(玉葫蘆)[167]를 풀어 말비의 옷에 매어주고 웃으면서 말하기를, “내 물건을 얻었으니 내 말에 복종하여야 할 것이다.”하고, 이 날 밤 같이 잤다. 말비는 비록 생을 사랑하는 뜻이 없지만 뒷날 이익을 얻을까 하고 애교를 부리니 생이 여기에 홀딱 녹아 스스로 아름다운 짝을 얻었다 하였다. 이튿날 말비가 생에게 말하기를, “관가가 번잡하고 시끄러우니 우리 집에 가서 채소와 변변치 못한 음식으로라도 모시는 것만 같지 못하겠소이다.”하여, 생이 달게 먹고 남기지 않았다. 생이 집을 떠난 지 오래되어 머리가 터부룩하고 얼굴에 때가 끼었으므로 말비가 따뜻한 물로 친히 얼굴을 씻겨주고 머리를 빗질해 주니 생이 더욱 기뻐하였다. 생이 돌아와 여러 사람들에게 말하기를, “그 집이 넉넉하다면서 사람이 슬기롭고도 꾀가 많아서 내 평생에 아직 이런 것은 보지 못하였다.”하였다.

강상에 이르러 이별 할 때 생이 말비를 안고 모래 위에 누워 울면서 조그마한 돌을 쪼개어 서로서로 이름을 써서 나누어 가졌는데, 생은 옷소매에 이를 매어 보금과 같이 여겨 잃어버리지 않았다. 연경에 머문지 여러 날 동안 말할 때마다 항상 말비를 불러 입에서 그 이름이 떠나지 않더니, 돌아오는 길에 요동에 들렸다. 말비가 조카 말산(末山)이 영봉군(迎逢軍)을 따라가는 길에 생에게 따뜻한 웃옷을 보냈으므

---

167) 옥호로(玉葫蘆) : 옥으로 만든 호리병박을 말한다.

로, 생이 곧 어깨에 걸치고 여러 사람들에게 말하기를, "이것은 내 아이가 보낸 물건이요."하였다. 의주에 이르렀을 때 말비가 중국 물건을 얻으려고 더욱 애교를 부리니, 생의 사랑은 먼저보다 더했고 많은 물건을 주었다[倍於多給]. 말비의 집에서 신에게 제사를 지내는 동안 말비가 생에게 이르기를, "집에 어물이 없으니 당신이 좀 얻어 오십시오."하니, 생이 판관을 보고 건어(乾魚)일속을 얻어 친히 가지고 돌아와서 무릎을 꿇고 신사주(神賜酒)를 받아 쾌히 술잔을 기울이며 말하기를, "나는 이집 대주(大主) 늙은이니 불가불 마셔야겠다."하였다. 임반관(林畔館)168)에 이르러 이별하려 할 때, 생이 말비의 손을 잡고 상방(上房)에 들어와서 술잔을 찾아 서로서로 한 잔씩 마시고, 말비는 생의 옷을 잡고 생은 말비의 손을 잡아 서로 붙들고 통곡하니, 해가 이미 높이 돋았었다. 동반이 억지로 두 사람을 떼어놓았더니, 생은 말비가 쫓아올까 걱정하여 급히 달려 나와 잘못 알고 다른 사람의 말을 거꾸로 타니, 보는 사람들은 모두 손뼉을 쳤으나 말 위에 있는 생의 눈에서는 눈물이 비오듯 하였다. 한 시냇가에 이르러 아침밥을 먹을 때 동반이 음식을 권하여도 생은 돌아보지 않고 오직 머리를 숙이고 시내만 보고 있으므로 동반이 말하기를, "자네가 울고 있지 않느냐." 하니, 생이 대답하기를, "내가 우는 것이 아니라 물속에 있는 고기를 구경하고 있는 것일세."하였으나, 모자를 벗기고 보니 눈이 퉁퉁 부어 있었다.

---

168) 임반관(林畔館) : 평안도(平安道) 선주군(宣州郡)에 있었음.

乙巳歲朴生隨我赴京, 爲人純謹質直, 容止齷齪, 初到不壞, 監司備萬隊紅粧,
來迓舟中, 生目眩不能仰視, 潛於帽下窺之, 奇態異常, 有一妓坐般頭, 生指之
謂同伴成生曰, 汝爲庶尹三寸, 能成我事, 則必厚報之, 到舘就房, 未知某之來,
凝神儀思, 我而捲帳而入, 卽般頭坐者, 生雀躍不已, 私自語曰, 若非成龍之力,
何以至此, 情意深篤, 須臾不離側, 雖於溷厠, 亦必相隨, 探囊中得小簡, 乃妓私
夫所送也, 生不以爲嫌, 反愈愛之, 每晨脫妓短襦被之曰, 亦是客中滋味, 及行
之日, 欲與載歸, 已備鞍馬, 妓因隙逃走.

至順安, 惘然自失, 又見湯酒女有色者, 白計圖之, 携入房中, 因生之醉, 其女
逃去, 生酒醒, 有一女過房, 以爲其人而執之, 終夜講歡, 到曉視之, 則鼻大如盤,
不類前見者, 生遽呼曰, 此非也.

至肅寧舘, 邑中人物繁華, 紅裳翠鬟羅擁酒樽者數十人, 生以府使族弟, 乘威
得美者, 呢愛尤甚, 是一天陰, 生撫女背曰, 明一降雨, 則一行當留, 願天知我心,
霈然注霖, 仍歔欷太息, 賓主朝飯于東軒, 生持紙呈府使, 願給女浣衣之暇, 府
使給數日, 生曰四寸之間, 何如是薄也, 府使不得已給數朔, 生借馬於人, 載向
安州, 肅川人見之曰, 朝天行次, 一年三度往來, 子弟軍官無數, 吾輩閱人多矣,
未見此人之淫急者, 其奔馳正如狂犬耳, 至安州留一日, 愛之甚篤, 臨發之際,
還送女于肅川, 女所率人失鞍子, 女呼泣曰, 所以隨汝而來者, 欲蒙德蔭, 今未
蒙德蔭, 反有此患, 罵之不已, 生茫然若無所措, 至嘉平舘, 生見官婢有姿色者,
謂舘人曰, 我是壬申年助戰軍官, 嘗愛此婢, 須喚率來, 女信之至前熟視曰, 壬
申年從誰而來, 我曾不識汝面也, 拂袖而去, 生得他人伴宿, 至定州獺川橋,
牧使來迓設酌, 生見一妓, 呼而進之曰, 汝知李陸令公乎, 曰否, 汝知盧公弼令公
乎, 曰否, 生遽前執手曰旣不識二公, 則必來吾房, 同伴誣之曰, 有千於使, 生遂
放之, 又聞妓碧洞仙有色, 百計圖得之, 一行之人惡生제懇, 欲詿之, 州有儒生
明孝者, 年少丰雋, 塗粉졍粧, 坐東軒群妓中, 凝眸整襟, 眞贋莫辨, 生視之曰,
天下無雙也, 遽前執手, 扶歸西室, 明孝故拒, 生或叱或誘, 老妓執燭尊前, 謂生
曰, 此女未經人事, 當徐徐馴之, 母遽侵辱也, 生入室抱腰附耳語曰, 汝若從我,
汝之計活, 我當遂之, 成生來曰, 牧使設酌, 欲慰吾輩, 君不可早休, 不如携妓往
參, 生携手同歸, 牧使叱明孝曰, 汝以官物, 不順於客, 罪當大笞乎, 吏取栲杖來,

扶而下之, 生出跪攢手哀乞曰, 此兒無不順之事, 傳之者誤也, 若因我得罪, 反咎我尤甚, 牧使赦之, 明孝奉觴而進歌曰, 今日始相見, 明日還相離, 厥初若不逢, 不知是阿誰, 生撫背欣笑曰, 何如是不遜而唱如是歌乎, 我觀諸妓, 無如汝之顏色, 吾捨此何求, 飮罷到房相持弄戲, 區區狎昵, 千態萬狀, 碧洞仙在側, 生謂成生曰, 吾得美人, 不顧此妓, 汝速持去, 生奴來窓外曰, 此是妓乎, 何迷而悟, 生叱之曰, 汝何知吾事, 俄而解衣同臥, 始知男子, 驚起無一言, 翌日行至離亭, 明孝男服隨生傳盃, 生欲升馬, 明孝攀衣止之曰, 終夜團欒, 欲成我計活, 今何容易而去, 大無情也, 衆人皆笑, 至義州, 州素多人物, 與箕城相甲乙, 有一年少婢名末非者, 生見而憐之, 欲邃而未邃, 謂裏官曰, 君去此邑, 能成我事, 則當以死報之, 裏官曰, 此輩各有主, 吾不能制之, 不如告州官, 生卽趨謁判官請之, 判官呼末非敎之, 末非猶未聽許, 在上房前, 生解玉葫蘆, 繫末非衣, 乃笑曰得我物, 當從我言, 是夜同宿, 末非雖無愛生之志, 欲獲後利, 百態媚之, 生心膽盡落, 自以爲得佳偶, 翌日末非謂生曰, 官家繫擾, 不如往吾家蔬?共之, 生携手同歸, 早晨進粟飯葵?, 生甘食不遺, 生離家己久, 蓬頭垢面, 末非煖水, 親自洗面梳髮, 生尤樂焉, 來謂諸輩曰, 其家殷富, 其人慧點, 吾自平生未曾見也, 至江上臨別, 生抱末非, 臥妙中涕泣, 剖小石名書名而分之, 生繫諸衣袖, 如寶金玉未嘗失, 留燕數月, 言言每稱末非, 不離於口, 回至遼東, 末非之?末山, 隨迎逢軍而去, 末非送溫襖, 生卽被於肩, 謂諸輩曰, 此吾兒所送物也, 到義州, 末非欲得唐物, 務增媚態, 生之憐愛, 倍於多給口遙末非家祀神, 謂生曰, 家無魚物, 汝可乞來, 生見判官得乾魚一束, 親持而歸, 跪受神賜酒快倒曰, 我是大主翁, 不可不飮也, 至林畔館將別, 生携末非手, 來入上房索酒, 各飮一盃, 末非執生衣, 生執末非袢手, 上待痛哭, 日已高, 同伴力解之, 生恐末非追來, 跟蹡走出, 誤得他人馬而倒騎, 見者皆抵掌, 馬上雙淚點滴如雨, 至一溪曲朝飯, 同伴勸飱專不顧, 惟俯首向溪, 同伴曰子無乃泣乎, 生曰我非泣, 乃?水中魚耳, 捲帽而視之, 目盡腫.

8-21 남해의 김(성현이 김간을 속임)

김[苔]은 남해에서 나는 것을 감태(甘苔)라 하고, 감태와 비슷하나 조금 짧은 것을 매산(莓山)이라 하는데, 구어서 자반[炙]을 만들어 먹는다. 내 친구 상사(上舍) 김간(金澗)이 절에서 독서할 때 밥상에 있는 것을 먹어보니, 아주 맛이 좋으나, 무엇인지 알지 못하다가 중에게 자세히 물어 본 뒤에야 비로소 그 이름을 알았다. 하루는 내 집에 와서 말하기를, "그대는 매산 자반을 아느냐. 천하의 진미로다."하기에, 내가, "이것은 임금님이 잡수시는 상에만 올리는 물건이므로 외인이 맛볼 수 없는 것이나 자네를 위하여 구하리다."하고, 숭례문(崇禮門)169) 밖으로 나가 연지(蓮池) 속에 태발(苔髮)이 물위에 어지럽게 떠 있는 것을 보고 조리로 떠내어 자반을 만들어 놓고 하인을 보내 상사를 불러오게 하니, 상사가 이 말을 듣고 곧 왔다. 두 사람이 마주 앉아 술을 마실 때 나는 매산을 먹고 상사는 오로지 김만 먹더니 겨우 두어 꼬지를 먹고 나서 말하기를, "자반 가운데 모래가 있어 먼저 먹던 것과는 같지 않을 뿐더러 점점 가슴속이 메스꺼워 뱃속이 편안치 않다."하고, 곧 집으로 돌아가 토하고 설사하여 수일을 앓은 뒤에 일어나서 말하기를, "중이 준 매산은 아주 맛이 있었는데, 그대의 매산은 아주 나쁘다."하였다.

내가 뜰 안에 있는 나무에 청충(靑蟲)이 가득히 있어 잎을 갉아 먹는 것을 보고, 이를 주어 모아 종이에 꼭 싸서 봉하고 어린 종을 시켜 이를 보내면서, "요행히 매산을 얻었으니 그대는 한 끼 반찬으로 하

---

169) 숭례문(崇禮門) : 지금의 남대문을 말한다.

라.” 하였다. 이때는 이미 황혼이라 상사 부처가 이불을 깔고 같이 앉았다가 기뻐하며 말하기를, “너의 주인이 먹지 아니하고 내게 보내주니 참으로 벗을 사랑하는 것이다.”하고, 마침내 봉을 뜯으니 벌레들이 마구 쏟아져 나와, 혹은 이불 속으로 들어가고 혹은 치마를 뚫고 들어가므로 부부가 놀래어 소리를 질렀다. 벌레가 닿은 곳은 모두 부스럼이 나서 온 집안이 크게 웃었다.

苔出於南海者, 謂之甘苔, 似甘苔而差短者, 曰苺山, 可作炙, 吾友金上舍澗讀書山寺, 寺僧饋之, 食之甚美, 然不知爲何物, 詳問然後始知其名, 一日到吾家曰, 君知苺山炙乎, 天下之至味也, 余曰, 此物乃御廚之供, 非外人所得嘗者, 然爲君求之, 余出崇禮門, 見蓮池中, 苔髮亂浮水面, 遂刜而取之作炙, 伻人招上舍, 上舍聞言卽至, 相對設酌, 余食苺山, 上舍專食苔, 纔訖二串曰, 炙中有沙味, 亦不類前食, 漸覺胸中穢惡, 心甚不平, 徑出還家, 上嘔下洩, 病臥數日, 乃瘳曰, 寺僧苺山甚美, 君之苺山甚惡也, 余於園中見靑虫滿樹食葉, 遂拾取, 以紙片裹封甚密, 伻小鬟往遺之曰, 幸得苺山, 以備君之一殽, 時己黃昏, 上舍夫妻擁衾同坐, 喜曰, 汝主不子食而遺我, 眞愛友也, 遂折封, 諸虫亂走, 或入衾, 或穿裳, 夫妻驚恐大叫, 虫之觸處, 皆病瘡, 一室大噱.

8-26 고집통이 신씨

같이 급제한 신생(申生)은 수염이 많으나 누렇고 키가 적고 등이 꾸부러졌다. 그러나 성품이 부지런하고 섬세하여 조금도 남에게 가차(假借)[170]함이 없었다. 일찍이 예조정랑이 되어 기생들을 검찰 할 때 너

---

170) 가차(假借) : 사정을 보아줌을 말한다.

무 각박하여 기생들이 모두 노래를 지어 조롱하였다. 또 성품이 순채[171]와 송이버섯을 싫어하며 "이것이 무슨 맛이 있기에 세상 사람들이 좋아하느냐."하였다. 친구가 모두 웃으며 말하기를, "신군은 인정에 가깝지 않은 사람이다."하였다. 또 꾀꼬리 소리를 듣고 말하기를, "좋도다. 갹조(噱鳥)의 소리여."하므로, 친구들이, "이는 꾀꼬리인데 어찌 갹조라 하느냐."하니, 신이 말하기를, "그 울음이 갹갹하니 이는 갹조요, 꾀꼬리가 아니다."하자, 친구들이 모두 그 완고함을 웃었다. 이 때 이를 위하여 시를 짓기를, "나무 가지에서 갹갹하고 우는 꾀꼬리 머물었고, 순채와 송이는 내가 좋아하지 않도다. 붉은 수염의 곱사등이 작은 남아는 이원(梨園)[172]의 기생을 검찰 할 줄 알도다."하였다.

> 同年申生, 髯多而黃, 體短背曲, 然性度勤核, 不少假借於人, 嘗爲禮曹正郞, 檢察伶妓太刻, 妓皆作歌嘲之, 又性惡蓴茱松菌曰, 此物有何滋味, 而世人嗜之, 僚友皆笑之曰, 申君不近人情者也, 又聞鶯聲, 乃曰好哉噱鳥之聲, 僚友曰此是黃鶯, 何謂噱鳥, 申曰其鳴噱噱, 此乃噱鳥, 非黃鶯也, 僚友皆笑其膠固也, 時有作詩者曰, 樹頭噱噱黃鳥止 蓴茱松菌非我喜, 紫髯曲脊小男兒, 猶知檢察梨園妓.

9-3 이육(李陸) 등 세칭(世稱) 사이(四李)의 풍류(風流)

숙도(叔度)·방옹(放翁)·번중(藩仲)·백승(伯勝) 등은 모두 문명(文名)

---

171) 순채(蓴茱): 수련과에 속하는 다년생의 수초. 어린잎은 식용으로 쓰인다.
172) 이원(梨園): 교방(敎坊)의 딴 이름. 교방은 장악원(掌樂院)의 좌방(左坊·樂雅)과 우방(右坊·樂俗)을 병칭(併稱)하는 말.

이 있었다. 어렸을 때 술과 계집에 빠져 난봉을 부려서 당시 사람들이 사이(四李)라 불렀다. 여흥(驪興) 신륵사(神勒寺)에서 글을 읽고 학업에 게을리 하지 아니하였는데, 서울로 돌아가려 하니 부사(府使)가 연석을 베풀고 이를 위로하였다. 사이가 청하기를, "원하건대 홍장(紅粧)을 싣고 배를 중류에 띄워 기쁨을 다하고 싶습니다." 하니, 부사가 이를 허락하였다. 사이가 다투어 홍장을 배속에서 껴안고 풍악 소리를 내어 하늘에 용솟음치게 하고 술에 취하여 주정하고 장난하니, 뱃사공이 모두 외면하고 돌보지 않아, 사이(四李)가 스스로 노를 저어 순풍에 돛을 달고 흘러 내려와 하룻밤 사이에 한강(漢江)에 이르렀다. 이튿날은 빗물이 크게 불어서 사공과 여러 기생이 굶주리고 고단하여 갈 수가 없었다. 배를 틈틈이 끌고 올라가서 5일 만에야 비로소 부(府)에 도착하였다. 부사(府使)가 크게 노하여 기생과 뱃사공을 벌하고 이들을 심문하니, 뱃사공들이 기생들을 모두 범(犯)하였었다. 방옹(放翁)의 장인(丈人) 박씨(朴氏)는 성품(性品)이 매우 인색하여 고령(高靈)에 노적가리 만석(萬石)이 있으나 쓰지를 않았다. 방옹이 그 벗과 함께 고령에 가서 창곡(倉穀)을 가져다가[取] 날마다 소와 말을 잡아서 향락(享樂)하였다. 박노인이 이 소문을 듣고 급히 가서 몰아내려고 하니, 방옹이 말하기를, "명년에 만약 과거에 급제하지 못하면 맹세코 집에 돌아가지 않겠습니다."하고, 진주(晋州)의 단속사(斷俗寺)에 있으면서 독서만 하였다. 방옹이 기묘년(己卯年)에 진사가 되었다. 진주에도 같이 과거에 합격한 자가 10여 명이나 있었는데, 성찬을 갖추고 촉석루(矗石樓) 위에다 크게 잔치를 베풀고는, "큰손님이 장차 이곳에 이르리라."하였다. 여러 기생이 해가 저물도록 기다렸더니 방옹이 그 친구 몇 명과 함께 가마를 타고 누(樓)에 도착하여 의자에 걸터앉았다. 옷은 누추하고 머리에 쓴 갓은 반이나 찢어진 데다가 키가 작고 얼굴이 여위어 풍채가 아주 볼품이 없었으므로 기생들이 놀라 말하기를, "이 사람이 큰손님이요."하고 서서 눈웃음만 쳤다. 방옹이 방약무인(傍若無人)하게 큰 소리로, "명년에 장원급제(壯元及第)하고, 몇 년 안 가서는 감사(監司)가 되리라."하고, 며칠을 머물면서 마음껏 즐겼다, 이듬해 갑신(甲申)에 과연 장원급제하고 몇 년 뒤에 당상관(堂上官)[173]에 올라 진주에 오게 되었는데, 몸에는 고운 비단을 걸치고 의상이 선초(鮮楚)하니 기생들이 탄복하여 눈물을 흘리는 자도 있었다. 지금은 경기(京畿) 관찰사(觀察使)가 되었다. 번중(藩仲)은 을유년(乙酉年)에 장원급제하여 형조판서(刑曹判書)가 된 뒤에 죽었고, 숙도(叔度)는 임오년(壬午年)에 급제하여 벼슬이 지중추(知中樞)에 이르렀으며, 백승(伯勝)은 병술년(丙戌年)에 급제하여 지금은 첨지중추(僉知中樞)가 되었으니, 모두 당시의 호걸들이라 아니할 수 없다.

叔度放翁藩仲伯勝, 皆有文名, 少時放蕩不羈, 時人謂之四李, 上讀書于驪興神勒寺, 俛業不懈, 將還京, 府使設宴慰之, 四李請曰, 願載紅粧, 泛舟中流, 罄歡乃已, 府使許之, 四李爭擁紅粧於舟中, 絲竹沸天, 酣酒醉謔, 篙工皆濡首不能省, 四李自作篙工, 因風順流而下, 一晝夜達于漢江而罷, 翌日雨水大漲, 篙工群妓, 飢困不能行, 挐舟寸寸而上, 五日始得到府, 府使大怒, 罰伶妓篙工而推訊之, 則篙工皆犯群妓矣, 放翁之婦翁姓朴者, 性甚吝嗇, 高靈有倉庾萬穀,

---

173) 당상관(堂上官) : 정삼품(正三品) 상계(上階)이상의 벼슬, 즉 통정대부(通政大夫), 종친(宗親)의 명선대부(明善大夫), 의빈(儀賓)의 봉순대부(奉順大夫), 서반(西班)의 절충장군(折衝將軍) 이상의 벼슬.

而不能用, 放翁與其友往取高靈倉穀, 日椎牛馬爲樂, 朴叟聞之, 卽往驅逐, 放翁乃曰, 明年若不登甲科, 誓不還家, 移寓晋州斷俗寺讀書, 放翁己卯進士, 而晋州亦有仝榜十餘人, 備盛饌, 大將絲竹於矗石樓上, 日大賓將至, 群妓皆竚待日斜, 放翁乘轎, 與其友數人, 直到樓中踞坐倚子, 布衣龘黑, 頭笠半破, 身短客瘦, 殊無風彩, 群妓驚笑, 此是大賓乎, 相與目笑不已, 放翁傍若無人, 大言曰, 明年作及第壯元, 後數年來作監司矣, 留數日, 極歡而罷, 翌年甲申果擢壯元, 後數年陞堂上官, 來到晋州, 身被紈穀, 衣裳鮮楚, 群妓皆歎服, 或有垂泣者, 今爲京畿觀察使, 藩仲摧乙酉壯元, 爲刑曹判書而卒, 叔度登壬午科, 官至知中樞, 伯勝登丙戌科, 今爲僉知中樞, 亦一時之豪傑也.

9-16 맨 꼴찌도 다행

세종(世宗) 갑인년(甲寅年)에 별시(別試)[174]를 친 다음 방을 내거는 날 상사(上舍) 박충(朴忠)이 자라처럼 움츠리고 집에 있으면서 심부름하는 종을 시켜, "방목(榜目)을 가서 보라."하고 의자를 버리고 기다렸다. 저녁때에 그 종이 천천히 돌아와서 아무 말도 하지 않고 앉아서 말에게 먹일 여물만을 장만하고 있었다. 상사(上舍)가 낙담하여 누웠다가 천천히 돌아보면서 묻기를, "방(榜)에 내 이름이 없더냐."하고 물으니 종이 말하기를, "최항(崔恒)씨는 장원이 되고 상전은 말좌가 되었나이다."하니, 상사가 왈칵 성을 내어 낯빛을 변하고 크게 욕하면서, "허허 이 늙은 도적놈아, 그것은 내가 바라던 바이다."하였다. 최는 나이 젊은 유학(幼學)이요, 박(朴)은 나이 많은 생원이라, 그 종은 말좌라고 부끄럽게 여겼지만 상사는 말좌를 다행으로 생각한 것이다.

174) 별시 : 나라에 경사가 있을 때 임시로 보이는 과거를 말함.

世宗甲寅年設別試, 出榜之日, 上舍朴忠至縮繁在家, 伻僕往觀榜目, 舍倚而
待, 日夕其僕緩步而還, 不措一言, 坐莝馬蒭, 上舍瞻落而臥, 徐顧問曰, 榜無我
名乎, 僕曰中則中矣, 殊無光彩, 上舍問何爲, 僕曰崔恒氏爲壯元, 而上典爲末
坐, 上舍勃然變色大罵曰, 唉老賊, 是余所嘗欲者也, 崔年少幼學, 朴年長生員,
其僕以末坐幾愧, 而上舍以末坐爲辛也.

9-17 사량유생 최항의 장원급제

성균관의 상하재(上下齋)는 각각 50명이며, 동서(東西)가 모두 2백 명
이니, 하재는 사학(四學) 유생 중에 뛰어난 사람으로써 충당하였다. 그
외에 동서학(東西學)에서 각각 3명씩 납미(納米)를 허하고, 찬(饌)은 관
(官)에서 급여 하니 사량(私糧)이라 이름하였다. 영성(寧城)175)이 사량으
로 관에 있었으나, 이해 별시(別試)에는 삼관(三館)에서 사량을 거절하
여 과거에 응시하지 못하게 되었다. 영성이 표를 올려 말하기를, "먹
는 데는 비록 공사의 분별이 있으나 학문에는 너와 나의 구별이 없습
니다."하고, 시험 장소에 들어가게 되니 시험장 중의 늙은 상사들이
비웃기를, "어디에 있는 피랑자(皮閬子)176)가 이같이 날뛰느냐."하니,
영성이 답하기를, "네 애비의 낭은 철이냐."하였다. 마침내 장원에 뽑
혀 벼슬이 영의정에 이르고 훈공과 업적이 일대에 으뜸이었다.

---

175) 영성 : 최항을 지칭.
176) 피랑자 : 가죽불알을 말함.

成均館上下齋各五十人, 東西摠二百人, 下齋以四學儒生取才者充之, 東西各三人, 許納米而饌則官給之, 各曰私粮, 寧城以私粮居館, 是年別試, 三館拒私粮, 使不得赴試, 寧城上表云, 食雖有公私之分, 學亦無彼此之殊, 得人試場, 場中老上舍嘲之曰, 何處皮闔子, 如此縱横乎, 寧城答曰, 汝父闖鐵乎, 竟擢壯元, 官止領相, 勳業冠一代.

9-18 남의 글로 장원한 김저(金赭)

태종(太宗) 병신년(丙申年) 중시(重試)[177]에 이조정랑(吏曹正郎) 김자(金赭)가 병조정랑(兵曹正郎) 양여공(梁汝恭)과 함께 시험장에 들어 갔는데, 양여공은 문에 능하고 김자는 호걸이었다. 양여공이 해가 질 무렵에야 시편을 작성하였는데, 김자가 양여공에게 말하기를, "너는 향생(鄕生)으로서 병조낭관(兵曹郎官)이 되었으니 족하다."하고는, 시권(試卷)을 빼앗아 이름을 고쳐 써서 바쳤는데, 김자가 그렇게 해서 장원 급제하였다.

太宗丙申年重試, 吏曹正郎金赭與兵曹正郎梁汝恭, 同入試場, 梁能文而金豪俊, 梁日夕成篇, 金謂梁曰, 汝以鄕生得爲兵曹郎官足矣, 就奪卷子, 改書名而呈之, 金遂擢壯元.

177) 중시 : 이미 과거에 급제한 사람에게 다시 보는 시험을 말함.

9-19 바람 덕에 장원급제한 윤영평(尹鈴平)

세종(世宗) 병진년(丙辰年) 별시(別試)에 처음에는 서의(書疑)[178]로써 하다가 갑자기 대책[179]을 썼다. 윤영평(尹鈴平)[180]은 어려서부터 과거의 업(業)에 졸(拙)하다가 우연히 친구를 따라 응시하였는데, 친구들의 힘을 입어 선(選)에 들었으나 전시(殿試) 날에는 친구들이 자기의 답안 작성에만 몰두하여 조력을 얻지 못하였나. 영평(鈴平)은 초지(草紙)[181]를 가지고 한 마디도 쓰지 못하고 있는데, 해가 질 무렵에 회오리바람이 어지럽게 일어나 어떤 서초(書草)[182]가 앞에 날아와 떨어졌다. 윤영평이 드디어 갖다 써 바쳤더니 장원(壯元)에 뽑혔다. 서초는 곧 강희(姜曦)가 지은 것으로 강희는 기미년(己未年) 별시에서 제1로 합격하였다.

世宗丙辰年別試, 初用書疑, 卒用對策, 尹鈴平出自紈袴, 拙於擧子之業, 偶因觀光, 隨朋赴試, 賴朋徒得中出選, 至殿試之日, 朋徒困於自作, 未得助力, 鈴平持草紙不措一辭, 日夕飄風亂起, 有書草吹落於前, 鈴平遂取而書呈之, 擢壯元, 書草卽上舍姜曦所作也, 姜於已未年別試, 得中第一名.

9-20 이칙(李則)의 골계(滑稽)

숙도(叔度)가 대헌(大憲)으로부터 성균대사성(成均大司成)으로 전배(轉

---

178) 서의 : 과제 시(詩), 부(賦), 표책(表策), 의(疑), 의(義) 중에 하나이다.
179) 대책(對策) : 문체의 한 가지로서 어떤 자문(諮問)에대답하는 책문(策文)이다.
180) 윤영평 : 윤사균을 지칭함.
181) 초지(草紙) : 글을 지을 때에 답안지에 쓰기전에 그 초고(草稿)를 적는 종이.
182) 서초(書草) : 초고(草稿)를 써놓은 종이.

拜)됨에 길이 먼 것을 꺼려 희롱하기를, "사성(司成)이란 것은 유생의 본보기가 되어야 할 것이니, 마땅히 경서에 밝고 행동을 잘 닦은 자로 삼을 것인데 내가 무슨 재주가 있어서 임무를 맡게 되겠는가. 최경례(崔敬禮)는 반궁(泮宮)의 옆에 살고 능히 우공(禹貢)[183] 한편을 외우니 이도 역시 대사성이 될만하다. 재주가 있고 가까운 곳에 거처하니 어찌 불가하겠는가."하였다. 최경례는 무인으로 젊어서 다만 우공을 외울 뿐이었는데, 당시 사람들이 숙도의 말을 듣고 웃지 않는 이가 없었다.

叔度自大憲移拜成均大司成, 禪路遠戲曰, 司成者儒生儀表, 當以經明行修者爲之, 我有何才而得授此任, 崔敬禮居泮宮之側, 能誦禹貢一篇, 是亦可爲大司成, 有才而居近, 有何不何, 敬禮武人, 少時只誦禹貢而已, 時人聞叔度之言, 無不見齒.

9-23 허문경의 폐기의론

허문경(許文敬)[184] 공은 조심이 많고 엄하여 집안을 다스리는 데도 엄격하고 법이 있었다. 자제의 교육은 모두 소학의 예를 써서 하였는데, 조그마한 행동에 있어서도 소홀히 하지 않고 반드시 삼가하였다. 사람들이 말하기를 "허공(許公)은 평생에 음양(陰陽)의 일을 모른다."하

---

183) 우공(禹貢) : 「서경(書經)」의 편명(篇名). 고대 중국 구주(九州)의 지리와 산물(産物)에 대하여 기술한 고대의 지리서.
184) 허문경 : 해조를 말함.

니, 공이 웃으면서, "만약 내가 음양의 이치를 알지 못하면 후(詡)[185]
와 눌(訥)[186]이 어디에서 났으리요."하였다. 이 때에 주읍(州邑)의 창기
를 없애려는 의논이 있어서 정부대신(政府大臣)에게 물었더니 모두,
"없애는 것이 마땅하다."하였다. 공에게만은 이 말이 미치지 아니 하
였는데, 사람들은 모두 그가 맹렬히 반대할 줄 알았다. 공이 이 말을
듣고 웃으면서, "누가 이 책을 만들었는가. 남녀 관계는 사람의 본능
으로서 금할 수 없는 것이다. 주읍 창기는 모두 공가의 물건이니, 취
하여도 무방하나 만약 이 금법을 엄하게 하면 사신으로 나가는 나이
젊은 조정 선비들은 모두 비의(非義)로 사가의 여자를 빼앗게 될 터이
니, 많은 영웅 준걸이 허물에 빠질 것이다. 내 생각으로는 없애는 것
이 마땅치 않은 줄로 안다."하여, 마침내 공의 뜻을 좇아 전과 다름없
이 그냥 두고 고치지 않았다.

> 許文敬公操心淸厲, 治家嚴而有法, 敎子弟皆用小學之禮, 毫忽細行皆自謹,
> 人言許公平生不知陰陽之事, 公笑曰, 若我不知陰陽之事, 則詡訥從何而生, 時
> 有欲革州邑娼妓之議, 命問於政府大臣, 皆曰, 革之可當, 性未及於公, 人皆意
> 其猛論, 公聞之乃笑曰, 誰爲此策, 男女人之大欲, 而不可禁者也, 州邑娼妓, 皆
> 公家之物, 取幾無防, 若嚴此禁, 則年少奉使朝士, 皆以非義, 奪取私家之女,英
> 雄俊傑, 多陷於辜, 臣意以爲不宜革也, 竟從公議, 仍舊不革.

---

185) 후 : 큰 아들을 말함.
186) 눌 : 작은 아들을 말함.

9-26 번쾌를 죽여야 마땅하다

노선성(盧宣城)[187]이 친구와 함께 술 마실 때 숙도가 취하여 호언하기를 옆에 사람이 없는 것처럼 마음대로 하였다. 차공(次公)이 말하기를, "너의 기상의 마치 번쾌(樊噲)[188]와 같다."하니, 속도가, "번쾌는 한(漢)나라의 명장이니 너의 비유함이 정당하다."하고, 더욱 양양자득하여 번쾌로 자처하였다. 차공이 말하기를, "번쾌를 죽어야 마땅하다."[189]하니, 숙도가 그때에서야 말이 없는 지라 만좌(滿座)가 모두 웃었다.

盧宣城與僚友觴飮, 叔度因醉豪語, 旁若無人, 次公曰, 汝之氣像, 正似樊噲, 叔度曰, 樊噲漢之名將, 汝之譬喩正當, 尤揚揚自得, 以噲自處, 次公曰, 噲可斬也, 叔度無言, 滿座絶倒.

9-27 안율보(安栗甫) 사과후 또 실례

중추(中樞) 안율보(安栗甫)는 그 성격이 친구를 사랑하여 술자리에서는 화목하고 취하면 친구 손을 잡고 서로 희롱하였다. 예조정랑(禮曹正郎)이 되었는데, 공사(公事) 때문에 판서(判書) 홍인산(洪仁山)[190]을 찾아

---

187) 노선성 : 노사신을 지칭함.
188) 번쾌(樊噲) : 한(漢)나라 때의 명장, 정치가. 한고조(漢高祖)를 도와서 여러 번 전공(戰功)을 세웠으며 홍문연(鴻門宴)의 잔치 때에는 한고조를 죽이는 범증(范增)의 음모를 위기일발에 번쾌는 사납고 무성운 성난 모습으로 나타나 고조를 구출하였다.
189) 고조가 죽은 후에 말을 잘못하였다 하여 계포라는 사람이 임금에게 번쾌가 당치않은 말을 하니 번쾌를 목베어야 한다고 말한 적이 있었다.

가니 홍인산이 술자리를 베풀었다. 두 공이 모두 잘 마시는 지라 종일토록 술에 빠져 있었다. 사랑하는 첩이 술잔을 권하는데 바로 홍인산의 사랑을 한 몸에 모으고 있는 여자였다. 중추(中樞)가 억지로 그 손을 잡으니 여자가 놀라 일어나다가 적삼 소매가 끊어졌다. 중추가 따라 나오다가 엎어져 뜰 가운데 누워 인사불성이 되었는데, 때마침 소나기를 맞아 옷이 모두 젖었다. 홍인산이 거두지 말도록 종에게 경계하고 날이 저물어 허둥지둥 집으로 돌아갔다. 홍인산이 의상을 보내며 말하기를, "천우(天雨)가 무정하여 귀하의 옷을 더럽혔는데, 실은 나의 권주로 말미암아 그렇게 된 것이니, 옷 한 벌을 갖추어 보내거니와 여자의 소매를 끊은 것은 그대가 스스로 변상하여 주라."하였다. 중추가 그 연고를 물어서 알고는 크게 놀라면서 말하기를, "당상(堂上)에게 무례했으니 무슨 낯이 있겠는가."하고, 벼슬을 내어놓고 떠나려 하니 홍인산이 듣고 굳이 말렸다. 중추가 그 집에 가서 사죄하니 또 술상을 베풀었다. 취하고는 다시 여자의 손을 잡으니 홍인산이 껄껄 웃으며 말하기를, "안공(安公)의 풍정(風情)은 절세 무쌍이로다."하였다. 사림에서 이 소리를 듣고 웃음거리가 되었다.

安中樞栗甫, 其性愛友, 團欒於杯酒間, 醉則執友手相戲謔, 嘗爲禮曹正郎, 因公事謁判書洪仁山, 仁山設酌, 二公皆善飮, 終日沉酗, 有佳兒傳觴, 乃仁山所鍾愛者, 中樞仰執其手, 佳兒驚起, 衫袖斷絶, 中樞趨出, 仆臥庭中不省人, 忽値驟雨衣盡濕, 仁山戒僮僕勿收, 日暮狼狽還家, 仁山送衣裳曰, 天雨無情, 汚讀貴服, 實由我勸酒之故, 備呈一件, 且佳兒斷袖, 君自償納, 中樞問如其故, 大

---

190) 홍인산 : 홍윤성을 말한다.

驚曰, 無禮於堂上, 何顔自存, 意欲掛冠而去, 仁山聞而固止之, 中遂進其第謝罪, 因又設酌, 劇飮大醉復執兒手, 仁山大噱, 安公風情絶世無雙, 士林傳以爲笑.

9-31 얼굴 못생긴 김현보 부자

김현보(金賢甫)는 용모가 파리하고 약하였는데, 그의 친구 어자경(魚子敬)이 조롱하기를, "김현보가 서장관(書狀官)191)으로 연경(燕京)에 갔을 때 중도에 죽었다는 소식이 잘못 전하여져서, 온 집안이 통곡하거늘 한 종이 문에서 가슴을 치고 발을 구르면서 통곡하여, '아깝도다, 용모여'하였는데, 그 종이 무슨 마음으로 그 용모를 아깝다 했는지 알지 못하겠다.'하였다. 김현보가 가사옹 제조(假司饔提調)가 되니 어자경이 말하기를, '현보가 나라 잔치날에 사용원(司饔院)차비에 참례하고 돌아와 어머니를 뵙고, 오늘 매우 기쁜 일이 있었습니다.'하니 어머니가, '무슨일이냐'고 물으니 대답하기를, '그 임무는 어찬(御饌)을 받들어 바치고 연회를 관장하는데, 반드시 풍채가 웅위한 사람을 뽑아서 삼는다.'하니 어머니가 놀라면서, '가문에서 그렇게 시킨 일이로다. 어젯밤에 네 아버지가 꿈에 보이더니, 장차 기쁜 경사가 있을 것이므로 꿈에 보인 것이다.'하였다. 하였는데, 그 아버지 중추공(中樞公)이 용모가 못 생겼기 때문에 어자경이 놀리기를 이와 같이 한 것이었다. 김현보가 도승지(都承旨)가 되니 양(羊)뿔과, 금띠192)를 하사하였는데, 그 허리띠가 너무 넓었다. 어자경이 말하기를, "군은 마땅히 잘 싸서

---

191) 서장관 : 중국에 보내는 사신을 따라가는 임시 벼슬을 말함.
192) 양각금대(羊角金帶) : 양의 뿔로 만들고 금으로 아로 새긴 띠.

감추어 두었다가 자손에게 전하라. 후세의 자손으로서 군의 용모를 알지 못하는 자는 마땅히 '우리 선조(先祖)가 이 띠를 띠었으니, 이 띠는 반드시 용모가 사우 춘반(四隅春盤)[193]과 같았으리라,' 하리라." 하였는데, 이것은 풍만함을 말한 것이다.

金賢甫容貌瘦弱, 其友魚子敬譏之曰, 賢甫曾以書狀官赴燕, 中路誤報訃音, 擧家痛哭, 有一奴擗踊門外曰, 惜哉容貌, 不知其奴以何心而美其貌乎, 賢甫爲假司饔提調, 子敬云, 賢甫於御宴之日, 忝司饔差備, 歸謁慈堂曰, 今日有大喜事, 慈堂問何故, 賢甫答曰爲司饔提調, 慈堂問何官, 答曰其任擎捧御饌, 專掌宴享, 必擇風儀雄偉者爲之, 慈堂驚曰, 家門所爲之事, 昨夜夢見汝父, 將有喜慶故來見也, 其父中樞公貌寢, 故子敬譏之如此, 賢甫爲都承旨, 御賜羊角金帶, 其帶腰廣博, 子敬曰, 君當什襲珍藏傳子孫, 後世子孫不知君貌者, 當云我祖橫此帶, 必是容貌四隅春盤, 言豊滿也.

10-6 세조(世祖) 만년(晚年)의 파적(破寂)

세조가 신하들을 두텁게 사랑하여 불어보시는 데 걸른달[虛月]이 없었다. 혹은 사정전(思政殿)·충순당(忠順堂)·화위당(華韡堂)·서현정(序賢亭)에 거둥하고, 겨울이면 비현각(丕顯閣)에 납시어 비록 강녕전(康寧殿)·자미당(紫微堂)·양심당(養心堂)의 안채가 깊고 은밀한 곳이더라도 외신이 때로는 들어가기도 하였다. 영순군(永順君)·귀성군(龜城君)·하성위군(河城尉君)을 사종(四宗)[194]으로 삼고, 신종군(新宗君)·거평군(居平

---

193) 사우춘반 : 네모난 봄 채소를 올려 놓은 넓은 소반을 말함.
194) 사종(四宗) : 네 사람을 중심으로 함. 네 사람을 으뜸으로 삼음.

正)・진례정(進禮正)・김산정(金山正)・율원부정(栗元副正)・제천부정(堤川副正)・곡성정(鵠城正) 등을 사종(射宗)195)으로 삼고, 또 문신 수십 명을 뽑아 겸예문(兼藝文)이라 이름하여 경사를 강로하며 혹은 나라를 다스리는 큰 꾀를 묻고, 또 무신을 불러 사후(射侯)와 과녁을 쏘되 잘 쏘는 사람을 차례를 가리지 않고 벼슬을 올려주며, 혹은 어찬을 하사하여 포장하니 사람들이 모두 부지런히 힘써서 월등한 사람이 되고자 하였다. 임금이 흔히 여러 신하와 더불어 희롱을 하여 사종(射宗)으로 하여금 쥐를 잡게 하고, 혹은 거미를 잡게 하고 혹은 임금님의 뜻하는 바에 따라 나뭇잎과 채소줄기를 따가지고 맞히는 사람은 물건을 하사하였다. 내가 그 때에 사관(史官)으로서 겸예문이 되어 매일 입시(入侍)하였는데, 임금이 몹시 더운 여름에 창문을 닫고 동옷[襦衣]을 입고 화로불을 방에 피워놓았으며, 예문 제유(藝文諸儒)는 뜰 가운데 앉아서 종일 뙤약볕에 쬐게 되어 그 괴로움을 견디지 못하였는데 전교하기를, "춥고 더운 것을 능히 참은 연후에야 큰 일을 맡을 수 있다." 하였다. 만년에 옥체가 편치 못하여 잠을 자지 못할 때 유신을 불러 서를 강하게 하고, 혹은 잡류인 최호원(崔灝元), 안효례(安孝禮) 등을 끌어들여 각각 그 술(術)을 다투게 하여 입가에 거품을 흘리고 어떤 때는 팔을 걷어올리며 욕을 퍼붓는 등의 일도 있었으나 임금은 역시 밤낮으로 책상에 의지하여 이를 듣고 보기만 하니, 두 사람이 교만하게 은혜가 내리지 않는 것을 원망하여 호원이 사사로이 안효례에게 말하기를, "나의 승지와 너의 첨지되는 것이 어찌 그리 늦느냐." 하니, 듣

---

195) 사종(射宗) : 활쏘는 사람들 중의 으뜸으로 삼음. 활쏘는 사람들의 중심이 되는 사람이라는 뜻.

는 사람마다 웃었다. 임금이 비록 심심풀이로 부르기는 하였으나 실
상은 배우(俳優)로서 기르는 것인데, 두 사람이 크게 기용됨을 바라니
당시의 의논이 이를 천하게 여겼다.

世祖愛篤臣隣, 引接無虛月, 或御思政殿, 或御忠順堂華韡堂序賢亭, 冬則御
丕顯閣, 雖康寧殿紫薇堂養心堂內壺深密之地, 外臣有時得入, 永順君龜城君河
城尉 君爲四宗, 新宗君居平正進禮正金山正栗元副正堤川副正鵠城正等爲射宗,
又揀文臣數十人, 名曰兼藝文, 或講論經史, 或問經國大猷, 又召武臣, 射?射的,
能者不次陞職, 或賜御饌, 以褒獎之, 人皆勉勵, 至有超秩擢擢者 上多與羣臣爲
戲, 令射宗或捉鼠, 或捉蜘蛛, 或隨 上意所向, 摘樹葉茱莖, 能中者賜物, 余於
其時, 以史官兼藝文, 日日入侍, 士於盛夏, 閉窓御襦衣, 張火爐於房中, 藝文諸
儒坐於儒庭中, 終日爲畏景所曝, 不堪其苦, 傳曰, 能耐寒暑, 然後可任大事矣,
晚年玉体違豫不能寐, 或召儒臣講書, 或引雜類崔灝元安孝禮等, 各以其術相鬪,
口角流洙, 有時攘臂詬罵, 無所不之, 上亦連宵夜, 憑几而廳之, 二驕人傲望恩
於不下, 灝元私謂孝禮曰, 吾之承旨汝之僉知何其遲也, 聞者無不掩口, 聖主雖
因破寂而召進, 其實以俳優畜之, 而二人仰希大用, 時識鄙之.

10-14 봉사의 즐거움과 괴로움

세조가 항상 재추와 문무사를 불러 매일 치도를 강론하기를 상례로
삼았다. 하루는 임금이 오래 나오지 않아서 여러 신하가 경회루 밑에
나아가 명을 기다리는데 최한량(崔漢良) 군이 말하기를, "오랫동안 역
마를 타지 못하니 마음이 답답하도다."하니 정국형(鄭國馨)이 "군이 봉
사(奉使)의 즐거움을 아는가."하였다. 최한량이 말하기를, "봉사의 즐
거움이 많으나 미별하는 괴로움도 또한 깊다. 춘풍의 아름다운 계절

을 당하여 준마를 타고 달려 명주(名州)로 들어가면 좌우의 긴 소나무
와 높은 전나무는 큰길에 그늘을 이루게 하여 십여 리를 연하였고,
팔뚝을 반쯤 내놓은 소매 짧은 푸른 옷 입은 나장(羅匠)196)이 쌍쌍으
로 앞을 인도하고, 초금[笳]과 피리 소리가 어울리고, 말이 날뛰어 그
치지 않으며 역마꾼이 고삐를 잡아 달리며 대문밖에 이르러서는 소라
처럼 머리 딴 계집[螺鬟] 수십 대가 길 왼쪽에 엎드려 혹은 머리를 쳐
들어 우러러보는 자도 있다. 나는 이 때에 보지 않은 체 하고 말에서
내려 상방으로 들어가서 혼자 마음속으로 생각하기를, '오늘밤에는
누구하고 짝하여 잘고.'하다가 기생이 과실 소반을 받들고 들어오면
나는 또한 생각하기를, '이 사람이 가할까 아니할까.'하여 반신반의하
다가 문득 주관이 찾아 와서 문안을 드릴 때 동헌에 앉아 술자리를
마련하고 서로 술잔을 주고받고, 내가 일어나 술을 부어 돌리면 기생
이 술을 받들고 들어오는데, 그 사람이 보기 싫게 생겨서 마음에 들
지 아니하면 분하고 답답하고, 좀 부끄러워서 읍 가운데 산천이 모두
빛이 없고 좌우의 사람을 볼 때 모두 몽둥이로 때리고 싶다. 그 사람
이 아름다워서 마음에 들 것 같으면 주관의 거동이 모두 공황(龔
黃)197)의 행위와 같아서 옥상의 새도 또한 영리한 뜻이 있는 것 같았
다. 며칠을 머무를 동안 낮에는 술에 고단하고 밤에는 잠자리에 피곤

196) 나장(羅匠) : 羅將이라고도 쓴다. 군아(郡衙)의 사령의 하나.
197) 공황(龔黃) : 공수와 황패를 말하는데 공수(龔遂)는 한(漢)나라의 남평양(南平陽) 사람.
　　　자는 소경(少卿), 경서(經書)에 밝았다. 벼슬할 때에 강의(剛毅)하여 대절(大節)이 있고
　　　충성이 극진하였으며, 백성을 잘 다스렸다. 관리의 모범으로 일컬어진다. 황패(黃覇)
　　　는 한(漢)나라 양하(陽夏) 사람. 자는 차공(次公), 벼승이 승상(丞相)에 이르렀다. 한
　　　대(漢代)의 백성 잘 다스리는 관리를 말할 때면 황패를 제일인자로 들 만큼 훌륭한
　　　관리여서 모든 관리들의 모범으로 일컬어진다.

하여 정신이 흐릿하고 분명하지 아니하여 가만히 스스로 생각하되, '이미 편안함이 없으니 오래 머무르면 병을 얻을 것이다.'하여 이때야 비로소 떠날 마음이 생겨 팔뚝을 베개삼아 흐느껴 울어 눈이 퉁퉁 붓게 된다. 주관이 문 밖에 자리를 펴고 아름다운 노래 몇 가락에 소매를 당겨 술을 권하여 전송하면, 부득이 말에 올라타고 떠날 때 해를 우러러보면 노랗기만 하고 빛이 없다. 말 위에서 졸아 반은 깨고, 반은 꿈꾸는 사이에 그 사람이 미소하고 표연히 나타나서 길가에 앉았거늘 눈을 문지르고 보면 누런 띠[茅]숲이요, 그 사람이 또 길가에 앉았거늘 눈을 문지르고 보면 곧 밤나무 숲이요, 귀에 가득 찬 바람소리와 물소리가 모두 노래하며 풍류잡는 소리다. 날이 저물어 역에 투숙하면 연기가 쥐구멍에서 나고, 참새가 소나무 끝에서 지저귄다. 완악한 종이 농을 열어 자리를 펴면 나는 턱을 받치고 앉아서 만단수회(萬端愁懷)를 어찌 다 측량하여 헤아릴 수 있으리요."하였다. 정국형이 말하기를, "군이 봉사의 괴로움과 즐거움을 아는구나. 남아서 이르는 곳마다 잘 놀고 즐겁게 지내겠거늘 하필 외방(外方)이겠느냐. 내가 겨울에 검은 돈피 갖옷을 입고, 푸른 모직으로 짠 모자를 쓰고, 자화질발(紫花叱撥)198)을 타고 은빛 나는 좋은 매를 팔뚝에 얹고, 누런 개 수대(數隊)가 따라오고, 뒤에는 기생을 태우고 가서 산에 올라 꿩을 쫓을 때 매가 꿩을 잡아 말 앞에 떨어뜨리면 사람들이 다투어 모인다. 골짜기 시냇가에 앉아서 마른나무 가지를 태워 꿩을 굽고 계집이 은 바가지로 술을 따라 마시기를 권할 때 아래로 종에 이르기까지 남은 것

---

198) 자화질발(紫花叱撥) : 붉은 복숭아꽃 같은 빛을 한 질발(叱撥). 질발은 대완(大宛)에서 생산되는 준마(駿馬)의 이름.

이 돌아가는지라, 날이 저물어 올적에 날리는 눈[雪]이 얼굴을 치는데,
반은 취하여 고삐를 잡아당겨 돌아오면 이는 참으로 행락의 취미이니
라."하였다. 이수남(李壽男)군은 말하기를, "나는 관청 일을 마친 뒤에
친구가 잔치하고 즐기는 곳을 찾아 기생을 끼고 앉아서 여러 가지로
희롱하다가 밤이 깊어서 먼저 나와 기생과 더불어 같이 돌아오되 혹
은 기생의 집에 같이 가고, 혹은 아는 집으로 가서 비록 이불과 베개
가 없으나 둘이서 옷을 벗고 같이 누우면 그 즐거움이 얼마나 지극한
고. 나날이 이와 같이 하되 항상 다른 사람으로 바꾼다. 만약 불법(佛
法)으로 말하면 원하건대 내생에 호관(壺串) 수말[牧馬]이 되어 수십마
리 암말을 거느리고 마음대로 놀고 희롱함이 나의 즐거워하는 바이
다."하였다. 김유(金柚)[199] 자고(子固)는 말하기를, "나는 친구를 역방(歷
訪)하려고 하지 않으니 내 집이 족히 손님을 모실 만하고, 나의 재산
이 잔치를 차림에 족하여 항상 꽃피는 아침 달뜨는 저녁에 아름다운
손님과 좋은 친구를 맞아 술통을 열고 술자리를 베풀어 이마지(李亇知)
가 타는 거문고와 도선길(都善吉)의 당비파(唐琵琶)와 송전수(宋田守)의
향비파(鄕琵琶)와 허오(許吾)가 부는 피리와 가홍란(駕鴻鸞)과 경천금(輕
千金)의 창가로 황효성(黃孝誠)이 옆에서 지휘하고, 혹은 독주하고 혹은
합주하며 이 때에 손님과 더불어 술을 부어 서로 주고받으며 마음껏
이야기하고 시 짓는 것이 나의 즐거워하는 바이다."하였다. 달성이 옆
에서 듣고 말하기를, "최군은 방탕하고, 정군은 호걸이고, 이군은 음
특(淫慝)하고 김군은 질탕(跌宕)하다."하고, 또 좌우에게 묻기를, "제군

---

199) 김유 : 자는 자고(子固), 호는 금헌(琴軒). 감은 자적하여 시인이 삼절이라 일컬었다.

도 역시 즐거워하는 바가 있느냐."하니, 불기(不器) 권호(權瑚)가 말하기를, "나는 시골에서 생장하여 물고기 잡는 것으로 업을 삼았습니다. 서너 서람 친구와 더불어 시냇가에 가서 긴 그물로 시내의 위아래를 막고 옷을 벗고 짧은 고의만을 입고 손수 조그마한 물고기 그물을 가지고 이리저리 고기를 몰아 들어올릴 때마다 들기만 하면 은빛 비늘이 뒤치락거려 그물 위에 빛납니다. 이 때에 보리밭에 난 순무우를 캐고 또 여뀌의 열매를 거두어 장을 끓이고, 겨자를 거르며 혹은 회(膾)를 만들고 혹은 끓이고 고기를 진참(塡塹)²⁰⁰)과 같게 하고, 주린 배를 잠간 사이에 부르게 하는 것은 나의 즐거워하는 바입니다."하니, 달성이 말하기를, "한가하고 자적(自適)한 일이로다."하였다. 사예(司藝) 유희익(兪希益)이 최후로 대답하기를, "나의 즐기는 바는 여러분의 일과는 다릅니다. 해가 긴 여름철을 당하여 밤나무 그늘 밑에 앉았으면 맑은 바람이 스스로 불어오는지라, 그 가운데 자리를 깔고 「주역」·「중용」·「대학」을 읽는 것이 나의 즐거워하는 바입니다."하였다. 달성이 말하기를, "옳기는 옳은 일입니다만 남아가 세상에 나서 어찌 이와 같이 괴로워야만 되겠느냐."하니, 자리에 있던 사람이 모두 웃었다. 이 때에 남제자순(南悌子順)이 전자(篆字)를 말씀으로 불려 와서 곁에 있다가 바야흐로 도전(圖篆)을 할 때 여성군(驪城君) 민발(閔發)이 칭찬하여 말하기를, "흰 구름과 같은 포장녁[射帳]을 청산 녹수 사이에 펴고 네 개의 살을 끼고 들어가서 포장과녁 쏘기를 갖다대는 것같이 하여 해가 다하도록 살이 땅에 떨어지지 않게 하는 것이 나의 능한

---

200) 아주 많게 한다함에 비유했음.

바요, 큰 멧돼지가 갈대 숲 사이에서 이빨소리를 내고 울 것 같으면 말을 달려들어가서 한 살로 죽여 넘기는 것도 내가 또한 능히 하고, 몹시 더울 때에 누에 올라서 얼음을 밥에 섞고, 콩가루를 비벼서 한 주발을 거뜬히 다 먹어치우는 것도 내가 또한 능히 하나, 이와 같이 글자 쓰는 묘한 재주는 백 번 죽는다 할지라도 나는 할 수 없다."하였다.

世祖每召宰樞及文武士, 講論治道, 日以爲常, 上久出御, 臣隣咸聚慶會樓下待命, 崔君漢良欠伸而起曰, 久不騎馴, 襟懷湮鬱, 鄭國馨曰君知奉使樂乎, 漢良曰, 奉使之樂雖多, 而離別之苦亦深, 當春風佳節, 騎駿馬馳入名州, 左右長松高搆交蔭大途連十里餘, 半臂靑衣羅匠, 雙雙前導, 笳角聲交憂, 馬騰驤不止, 郵夫牽轡而走, 至大門外, 螺鬢數十隊, 俯伏道左, 或有擡頭仰視者, 予於是時, 佯若不顧, 下馬而入寓上房, 私心默念曰, 今夜何人伴寢, 有妓奉茶果盤來進, 予亦念曰, 此人是乎否乎, 將信將疑, 俄而主官來訪叙寒喧, 左東軒設酌, 互相酬酢, 有妓擎盃而入, 其人麤惡, 不愜於心則憤悒無聊, 邑中山川皆無色, 見左右之人, 皆欲棒而毆之, 其人姣好, 若愜於心, 則主官擧動, 皆若龔黃所爲, 屋上之烏, 亦有何怜之意, 數日留連, 晝則因於杯酒, 夜則因於衾席, 心心恍惚, 私自念無已太康, 久留當生病矣, 於是始有離訣之心, 枕臂咽目盡腫, 主官張席門外, 離歌數闋, 挽袖勸酒而送之, 不得已升馬而出, 仰視天日黃無光, 馬上昏睡, 半醒半夢之間, 其人微笑, 驃然坐道傍, 揩眼而視, 則黃茅藪也, 其人又坐道傍, 揩眼而視, 則栗木藪也, 滿耳風聲水聲, 皆是歌管之音, 日暮投驛, 烟生鼠穴, 雀噪松簷, 頑僕開籠布席, 予支頤而坐, 萬端愁懷, 其可量耶, 國馨曰君知奉使之苦樂矣, 男兒到處行樂, 何必外方, 予於冬時, 擁黑貂裘, 冒靑氈帽, 騎紫花叱撥, 臂銀色良鷹, 黃狗數隊隨之, 後載姬妓而行, 登山逐雉鷹攫雉落于馬前, 人爭聚集, 坐澗曲燒枯拊煮雉, 姬以銀瓢酌酒而勸飮, 下至僮僕, 皆沾餘瀝, 日夕歸來, 飛雪撲面, 半趣攬轡而還, 此眞行樂趣也, 李君壽男曰, 我則仕罷後, 尋友人宴集處, 挾抄妓而坐, 多般戲弄, 夜深先出, 與妓同歸, 或往妓家, 或往所知人家, 雖無衾枕, 兩人解衣同臥, 其樂何極, 日日如是, 每易他人, 若以佛法言之, 來往 顧爲壺串牡馬, 領數十牡馬, 恣意遊戲. 此予所樂也, 金紐子固曰, 予則不欲歷 訪友人, 予家足以容客, 予財足以辨宴, 每於花朝月夕, 邀佳賓良朋, 開樽置酒, 都善吉唐琵琶, 宋田守鄕琵琶, 許語吹笛, 駕鴻鸞輕千金唱歌, 黃孝誠從旁指揮, 或獨奏或合奏, 於是與客酌酒相酬, 縱談占聯, 此予所樂也, 達城在傍聞之曰, 崔君放蕩也, 鄭君豪傑也, 李君?愿也, 金君跌宕曰, 諸君亦有所樂乎, 權瑚不器 曰, 予生長鄕里, 以獵魚爲業, 與三四友輩, 往川澗, 以長綱遮流上下, 解衣短袴 親持小罟, 縱橫驅魚, 隨入隨擧, 銀鱗翻閃於網上, 於是採麥田蘿葍, 又取蔘實, 燒醬漉芥, 或作膾, 或烹腥, 如塡壑, 枵腹忽果, 此予所樂也, 達城曰閑適也, 兪 司藝希益, 最後對曰, 予之所樂, 異乎諸子之撰, 當日長夏節, 坐栗樹陰下, 淸風 自至, 鋪席其中, 讀周易庸學, 此予所樂也, 達城曰, 正則正矣, 男兒生於世, 安 有如此因苦乎, 滿座大噱, 是時南悌子順, 以書篆被召在側, 方書圖篆, 驪城君 閔發贊之曰, 以如白雲之帳, 倚張於靑山綠樹之間, 挾四矢而入, 射帿如注, 終 日矢不墜地, 予所能也, 有封豕. 嗚牙於葦蘆叢間, 馳馬而入, 一箭二斃, 予亦能 也, 苦熱登樓, 調永沉飯, 加以豆屑, 一鉢健倒, 予亦能也, 如此書子妙妓, 雖經 百死, 予不能也.

10-17 우계지의 송별시

목은(牧隱)이 원(元)에 들어가 황갑(黃甲)201) 삼 등202)에 뽑히니, 그 일등 장원은 우계지(牛繼志)요, 이등 장원은 증견(曾堅)이었다. 목은이 본국으로 돌아올 때 우장원(우계지)이 별시(別詩)를 지어 이르기를, "나

---

201) 황갑 : 장원급제를 말한다.
202) 원문은 황갑삼명(黃甲三名)인데 갑과(甲科) 제삼인(第三人 즉 探花)이라는 말. 3등의 성적으로 급제한 것.

는 장부의 눈물이 있어 울어도 30년 동안 떨어뜨리지 않았더니, 오늘
날 정자 가에서 이별하므로 그대를 위하여 봄바람 앞에 한번 뿌리도
다.”하였다.

> 牧隱入元登第, 登黃甲三名, 其第一則牛繼志, 第二則曾堅也, 牧隱東還, 牛
> 壯元作別詩曰, 我有丈夫淚, 泣之不落三十年, 今日離停畔, 爲君一酒春風前.

* 조득림의 서재이름은 槐

파산군(巴山君) 조득림(趙得琳)이 강진산(姜晉山)에게 묻기를, “내가 서
재에 이름을 붙이려고 하오니, 대인께서 이름을 지어 주십시오.”하니,
민발이, “재명과 헌호는 시문을 하는 선비가 하는 것인데, 너도 또한
서재에 이름을 붙히려고 하느냐.”하고, 강진산을 돌아보고 말하기를,
“대인께서 만약 재에 이름을 붙혀주시려거든 마땅히 괴(槐) 자를 쓰십
시오.”하니, 자리에 앉았던 사람들이 절도하지 않은 이가 없었다.

> 巴山君趙得琳, 問於姜晉山曰, 吾欲名齋, 大人試名之, 發曰齋名軒號, 有文雅
> 儒士所爲, 汝亦欲名齋乎, 顧謂晉山, 大人若欲名齋, 富用槐字, 滿座無不絶倒.

10-17 최세원의 농담

최세원(崔勢遠)이 어렸을 때 상사(上舍)로써 관에 있을 때, 상사 김항
신(金亢信)은 망건이 정리되지 못하였고, 김백형(金伯衡)은 눈이 어둡고

사시(斜視)이므로, 최세원이 희롱하여 말하기를, "이미 머리에 쓰고 또 얼굴에 쓴 것은 김항신의 망건이요, 동쪽을 보는 것 같으나 실은 서쪽을 보는 것은 김백형의 눈동자다."하고, 상사 곽승진(郭承振)의 별명이 귀(鬼)인지라 세원이 곽귀부(郭鬼賦)를 지어 꾸짖기를, "자네가 두려워하는 바는 복숭아 동쪽가지로다. 하물며 관중에서 종아리 쳐서 기록하리로다. 천리를 빨리 가도 조금도 머무르지 말고 급급하게 하기를 율령과 같게 하라."하였다. 최세원은 강진산과 친구로서 사귐이 아주 두터웠는데, 강진산은 장원 급제 되고 최세원은 낙제하여 무릎을 안고 탄식하며 말하기를, "강 아무개는 똑똑한 사람이다. 내가 장원이 되고 강으로 하여금 말좌가 되게 하여 불러서 이를 부리려고 하였더니 뜻밖에 나보다 먼저 장원에 뽑히니, 후년에 내가 비록 장원에 뽑힌들 제가 어찌 부러워하리요. 원하건대 하늘은 사흘 동안 똥비를 내리시어 유가(遊街)하지 못하도록 하소서."하였다.

崔勢遠少時, 而上舍居舘, 有上舍金亢信, 網巾不整, 勢遠戱作句曰, 旣着頭又着面, 金亢信之網巾, 似看東實看西, 金伯衡之眸子, 上舍郭承振別名鬼, 勢遠作郭鬼賦, 誅曰, 子所畏兮桃之東枝, 況舘中兮撻以記之, 疾行千里莫留停竽, 唵急急兮如律令竽, 勢遠與姜晋山友道甚篤, 晋山擢壯元及第, 勢遠落第, 抱膝歎曰, 姜?悟人也, 我爲壯元, 而使姜爲末坐, 欲呼使之, 不意先我擢壯元, 後年我雖擢壯元, 彼何歆羨, 願天雨糞三日, 使不得遊街.

10-20 채수의 골계(먼 눈을 고치는 방법)

김사문(金斯文)이 한 눈이 멀었다. 채기지(蔡耆之)[203]가 말하기를, "내가 일찌기 옛날 늙은이에게 들으니, 옛날 고려말에 한 선비가 눈이 당신의 눈과 같았는데, 신령한 중이 이르기를, '급히 눈동자를 잘라버리고, 개새끼의 눈알을 뽑아서 넣으면 뜨거운 피가 서로 붙어서 며칠 안 가서 보통과 같게 된다.'하였다."하므로, 좌우가 모두, "과연 그 이치가 헛되지 않은 것 같다."하였다. 그러나 김사문이 크게 의심하므로 채기지가 말하기를, "좋기도 좋으나 다만 꺼리는 바가 있다. 만약 변소 안의 똥을 보면 모두 연석의 찬과 같이 보여서 먹고자 할 것이다." 하였다. 김사문이 크게 노하여 꾸짖으니 좌우가 절도하지 않은 이가 없었다.

金斯文瞎一眼, 蔡耆之曰, 我嘗聞於古老, 昔在麗季, 有一儒士眼亦如足下, 神僧教云急割去瞳子, 又割狗兒目瞳而納之, 熱血自然相附, 不數日如常, 左右曰, 果如其理不虛, 斯文亦大疑, 耆之曰, 好則好矣, 只有所憚, 若見厠中糞穢, 皆如宴饌, 而思食之, 斯文大怒叱之, 左右無不絶倒.

10-25 신린과 박거경의 우겁(愚怯)

유생 신린(辛鏻)은 강진산(姜晋山)의 누이의 아들이다. 키가 9척이요, 눈이 횃불과 같으나 겁이 많고 재용(才勇)이 없었다. 일찌기 강진산을

---

203) 채기지(蔡耆之) : 채수를 말한다.

따라 명경에 가는데, 이 때에 새로이 건주위(建州衛)를 정벌204)하여 여진(女眞)이 모두 원수로 미워하고 보복하고자 하였는데, 마침 서로 중원가는 길가에서 만나 돌을 던지고, 혹은 주먹으로 때리며, 혹은 의복과 물품을 빼앗아 일행이 어리둥절하여 탐탁한 맛이 없었다. 신린을 돌아다보니 뒤떨어져 혼자 오고 있으므로 일행은 모두 침욕을 당했으리라 하였더니 여진이 신린을 보고 모두 길옆으로 피하여 갔다. 사람들이 괴이하게 여겨 물으니, 신린이 말하기를, "심신이 떨려서 어찌할 바를 모르고 다만 눈을 크게 뜨고 보았을 따름이다."하였다. 왜냐하면 그 사람이 신린의 키가 크고 눈이 큰 것을 보고 두려워서 피한 것이었다. 박거경(朴巨卿)이 일찌기 영압사(營押使)로 명경에 갈 때 또 여진과 노상에서 만나 박거경이 말을 달려나오니, 같이 가던 사람도 역시 말을 다하여 말을 채찍질해서 수십 리를 달아나서야 비로소 허실을 알았다. 그 때 사람이 웃으며 말하기를, "신린은 마땅이 겁낼 사람이 겁내지 아니하고, 거경은 겁내지 않아야 할 사람이 겁냈으니 겁냄과 겁내지 않음이 모두 겁을 낸 것이다."하였다.

儒生辛鏻, 姜晋山之妹子也, 身長九尺, 目大如炬, 然恇怯無才勇, 嘗隨晋山赴京, 是時新征建州衛, 女眞皆讐嫉欲報之, 適相値於中原路上, 或投石, 或拳

---

204) 건주위정벌(建州衛征伐) : 명(明)나라의 요청(要請)에 따라 명군(明軍)과 합력하여 여진(女眞)을 정벌한 일. 1467년(세조 13년) 길주(吉州)에 이시애(李施愛)의 난이 일어나, 토벌군이 북상(北上)하였는데 마침 명나라에서 건주위(建州衛)의 이만주(李滿住)를 협격(狹擊)하자고 요청하여 왔다. 이에 세조는 강순(康純)·어유소(魚有沼)·남이(南怡) 등에게 명령하여 압록강을 건너가 건주위의 본거를 치게 하였다. 강순 등은 건주위의 여러 성을 치고 이만주와 그의 아들들을 죽이고 돌아왔다.

毆, 或奪衣物, 一行狼狽無聊, 顧見鏻, 在後獨來, 一行皆以爲當被侵辱, 女眞見鏻, 皆避路傍而去, 人怪而問之, 鏻曰心神戰悸, 但縱目視之而已, 盖其人見鏻身長目大, 畏而避之也, 朴巨卿嘗以營押使赴京, 又與女眞相遇於路上, 巨卿馳馬而出, 其伴而亦馳馬在後而來, 巨卿意賊人追我, 盡力加鞭而走行數十里, 是知虛實, 時人笑曰, 辛鏻常㤼而不㤼, 巨卿不當㤼而㤼, 㤼與不㤼, 皆是㤼也.

10-36 향시 관리의 허술함

향시(鄕試)의 극위(棘圍)는 경중(京中)이 엄중하고 정제된 것과 같지 못하다. 수령이 시관(試官)이 되고 수령이 과거보는 선비가 되기 때문에 흔히 누설되어 서로 통하는 일이 많았다. 한 수령이 시험에 나아갈 때 시권을 만들어 주고 나와서, 그가 지은 시권의 첫 머리 글귀를 써서 소리(小吏)에게 주면서 말하기를, "네가 가서 내 글장의 등급 차례를 보고 오너라."하였다. 얼마 있다가 소리가 돌아와서 말하기를, "글장이 고중(高中)205)이로소이다."하였다. 수령이 그 연고를 물으니, 답하기를, "처음 장중(場中)에 들어가서 당호(堂戶)에 의거하여 엿보니, 시관이 글장을 읽어 내려가다가 반쯤 읽고 나서 문득 크게 웃고 이방이라 써 붙였습니다."하였다. 어떻게 된 것이냐 하면 경자(更字)라 쓴 것이 이자(吏字)와 같아서 이방이 그 우두머리이므로 고중이라 한 것이다. 듣는 사람들이 모두 크게 웃었다.

205) 고중(高中) : 살이 보기좋게 명중하였다는 뜻에서 우등의 성적으로 합격하는 것을 말함.

鄕試棘圍, 不似京中之嚴整, 守令爲試官, 而守令爲擧子, 故多漏洩相通, 有一守令赴試, 製呈試卷而出, 書所製頭舖, 付小吏曰, 汝往觀我試卷織等第, 有頃小吏還曰, 試卷高中矣, 守令問其故, 答云, 初入場中, 倚堂戶而伺之, 試官讀試卷至半, 便大笑書付吏房矣, 盖書更字, 似吏字, 而吏房爲首, 故云高中也, 聞者皆大噱.

저자 소개

임 명 걸

중국 요녕성 무순시 출생(1972년)
중국 무순시 조선족 제1고급중학교를 나와 중국 연변대학교 조문학부를 졸업(1995년)하였다.
대학졸업 후 본 대학 조문학부 교원으로 남아 근무.
1998년 연변대학 총장님의 추천으로 한국 유학.
한국 강남대학교 대학원 국어국문과(문학석사) 졸업(2001년).
한국 성균관대학교 동아시아학술원 동아시아학과(문학박사) 졸업(2013년).
2001년 9월부터 중국해양대학교 외국어대학 한국어과에 전임으로 취직하여 한국문학사(고전)와 한국문화, 기초한국어 등 교과목을 가르치고 있다.

『용재총화』 소재 소화 연구

초판1쇄 인행 2014년 10월 23일
초판1쇄 발행 2014년 10월 31일

지은이 임명걸
펴낸이 이대현
편 집 이소희
펴낸곳 도서출판 역락
　　　　서울 서초구 동광로 46길 6-6 문창빌딩 2층
　　　　전화 02-3409-2058(영업부), 2060(편집부)
　　　　팩시밀리 02-3409-2059
　　　　이메일 youkrack@hanmail.net
　　　　등록 1999년 4월 19일 제303-2002-000014호

ISBN 979-11-5686-095-2 93810
정 가 19,000원

* 파본은 구입처에서 교환해 드립니다.

이 도서의 국립중앙도서관 출판예정도서목록(CIP)은 서지정보유통지원시스템 홈페이지(http://seoji.nl.go.kr)와 국가자료공동목록시스템(http://www.nl.go.kr/kolisnet)에서 이용하실 수 있습니다.(CIP제어번호 : CIP2014030075)